A SOCIEDADE
Cinderela

Kay Cassidy

A SOCIEDADE
Cinderela

Tradução
Viviane Diniz

1ª edição

GALERA RECORD
RIO DE JANEIRO • SÃO PAULO
2013

CIP-BRASIL. CATALOGAÇÃO NA FONTE
SINDICATO NACIONAL DOS EDITORES DE LIVROS, RJ

C338s
Cassidy, Kay, 1971-
  Sociedade cinderela / Kay Cassidy; tradução de Viviane Diniz.
– Rio de Janeiro: Galera Record, 2013.

  Tradução de: The Cinderella Society
  ISBN 978-85-01-09332-5

  1. Ficção americana. I. Diniz, Viviane. II. Título.

13-6832
CDD: 813
CDU: 821.111(73)-3

Título original em inglês:
The Cinderella Society

Copyright © Kay Cassidy, Inc., 2010

Texto revisado segundo o novo Acordo Ortográfico da Língua Portuguesa.

Todos os direitos reservados.
Proibida a reprodução, no todo ou
em parte, através de quaisquer meios.

Composição de miolo: Abreu's System

Direitos exclusivos de publicação em língua portuguesa somente para o Brasil adquiridos pela
EDITORA RECORD LTDA.
Rua Argentina 171 – Rio de Janeiro, RJ – 20921-380 – Tel.: 2585-2000,
que se reserva a propriedade literária desta tradução.

Impresso no Brasil

ISBN 978-85-01-09332-5

Seja um leitor preferencial Record.
Cadastre-se e receba informações sobre nossos lançamentos e nossas promoções.

Atendimento e venda direta ao leitor
mdireto@record.com.br ou (21) 2585-2002

Para minha mãe,

meu modelo de vida, minha amiga e
a primeira Cindy Honorária do mundo.

Mãe, eu amo você.

Capítulo 1

HÁ MOMENTOS NA VIDA em que você sabe que as coisas nunca mais serão as mesmas. Quando é chamado às raias da aventura e tem a chance de se libertar, sem inibições passadas, e reivindicar a vida que você nasceu para viver.

Relaxe. Esse não era, de forma alguma, um dia assim.

Todos em volta estavam ou escrevendo furiosamente para terminar a prova final de álgebra, sussurrando até que o Sr. Norman lhes lançasse um olhar irritado ou trocando mensagens de texto em celulares discretamente enfiados nos bolsos das calças e nas bolsas Prada. E quanto a mim? Meu maior esforço era para parecer invisível. Rezando para acabar aquele ano detestável sem atrair mais atenção negativa dos meus colegas na Mt. Sterling High por ser a "garota nova".

Finalmente, o último sinal tocou, e o restante da turma correu para a porta buscando ansiosamente um verão de liberdade. Em apenas dois segundos, só sobramos eu e o Sr. Norman recolhendo nossas coisas.

— Ótimo trabalho, Jess — disse ele, enquanto enfiava nossas provas na pasta surrada. — Transferir-se no meio do semestre é difícil, mas suas notas estão entre as melhores da turma. Seu professor de matemática anterior ficaria orgulhoso.

Que maravilha...

Não me entenda mal. Normalmente não debocho de um elogio de professor. Dou um duro danado para manter uma boa média. Mas, neste momento, ser um gênio era o único fato relevante em minha vida. E quando a única pessoa que se interessa em puxar conversa com você é alguém de quarenta e tantos anos que lê *The Calculus News* de cabo a rabo, você sabe que está a poucos centímetros do nível mais baixo no barômetro social.

Acenei em agradecimento — sem querer me indispor com um professor que me daria aula de trigonometria no ano seguinte — e segui em direção à porta.

Quando cheguei ao corredor, aquilo lá parecia mais uma fraternidade do que uma escola. Ou o que eu imaginava que seria uma fraternidade. Garotos e garotas se cumprimentando com vários toques de mãos, e todo o conteúdo de uma pasta despejado sem cerimônia na lixeira mais próxima. Gente indo embora correndo, atirando confetes e M&M's uns nos outros e lembrando aos amigos, aos berros, sobre as festas que estavam por vir. O inspetor Joe reclamava gritando da bagunça e falava sobre respeito e uso adequado das lixeiras. Até mesmo Rick, o inspetor-assistente gato, balançava a cabeça, e ele não devia ter muito mais do que nossa idade.

E lá estava eu, passando silenciosamente em meio a toda aquela confusão. Cheguei ao corredor lateral, mas não consegui me aproximar do meu armário, porque havia um casal se agarrando em frente a ele. Quanta elegância! Agora eu tinha de ficar parada ali olhando como uma palerma ou encontrar alguma coisa para fazer rapidamente.

Eu me apoiei em uma porta cinza a alguns armários do meu e comecei a rabiscar minha pasta, mantendo o casal que se contorcia em minha visão periférica até poder tentar chegar ao meu armário.

A desgraça da minha existência passou, seguida pelas comparsas, e desacelerou para examinar o lugar em que ficava meu armário. Lexy jogou o cabelo preto e liso sobre um dos ombros e sussurrou algo para sua gangue. Elas me olharam com desprezo explícito enquanto Morgan, a puxa-saco principal de Lexy, cacarejou uma gargalhada.

Minhas inimigas não eram nada sutis.

Qualquer um acharia que Lexy estaria cansada de me atormentar depois de dois meses, mesmo eu tendo sido um alvo fácil. Estava lá havia apenas duas semanas quando fizeram os testes para líder de torcida da equipe do ano seguinte. Ser líder de torcida era a única coisa pela qual eu ansiava não importava quantas vezes nos mudássemos. Era tudo o que eu queria! A precisão, a criatividade, a alegria de arrasar numa acrobacia perfeita. O problema foi que, ao me incluírem na equipe principal — uma garota que vinha de fora das fileiras das líderes de torcida da Mt. Sterling High —, havia uma vaga a menos para as antigas alunas. E esse foi o caso de Alexandra Steele, mais conhecida como Lexy. Uma derrota que ela não aceitou gratuitamente. Ou silenciosamente.

Agora, então, a maioria das pessoas me conhecia de vista, embora geralmente se referissem a mim como "Aquela Garota Nova". Em tom de desdém. Aquela Garota Nova que roubou o lugar da superpopular e detestável Lexy Stecle.

Às vezes, a invisibilidade é uma bênção.

Como sabia que tinha minha atenção, Lexy virou-se para meu armário, passou esbarrando no casal que arfava e parou a centímetros de mim.

— Dizem por aí que você tem grandes planos para o verão. Vai sair com as amiguinhas de Beaumont, é?

As aliadas de Lexy deram risinhos abafados do boato infame de que eu queria ser líder de torcida na rival Beaumont High porque achava que a equipe da MSH era "um bando de divas arrogantes que não sabiam a diferença entre uma cambalhota e uma carambola".

Pensei em ignorá-la, mas é algo difícil quando a pessoa está tão perto que dá para sentir o cheiro do Tic Tac em sua boca. Tentei parecer entediada.

— Por que faria isso, se nem as conheço? Um boato sem sentido. — Não que qualquer uma das minhas colegas de equipe parecesse notar.

— É isso que é engraçado nos boatos, não é? — disse Lexy. — Não precisam ser verdadeiros. Apenas verossímeis o bastante para causarem impacto. — Um sorriso convencido se insinuou nos lábios dela. — Diga-me, Ladrazinha... essa história causou impacto?

E aí está.

Eu sempre suspeitara de que Lexy seria a fonte do boato — por sua desavença pessoal comigo —, mas nunca imaginei que fosse confessar tão francamente a mentira. Ou parecer tão orgulhosa. Por outro lado, de que adiantava seu poder se não pudesse se gabar quando sentisse vontade?

E sim, é claro que era uma grande mentira. Mas era também uma mentira da qual eu não havia ficado sabendo até o estrago já estar feito. Sem que tivesse ninguém para me apoiar, as outras líderes de torcida estavam mantendo distância.

Eu tinha derrotado Lexy na vaga para a equipe, mas ela cuidaria para que as meninas não me aceitassem como parte do grupo.

— Por que você não desiste e se poupa do sofrimento? — perguntou ela com um falso ar de tristeza no rosto. — Não se cansa de ficar perto de pessoas que a desprezam?

Mordi a parte de dentro da bochecha para me impedir de dizer um dos milhares de desaforos que estavam fervilhando em minha cabeça. E para manter as emoções sob controle. Nunca havia deixado que ela me tirasse do sério, mas suspeitava de que nós duas sabíamos que esse dia estava por vir. Encurralada em frente ao meu armário no último dia de aula, entretanto, não era a hora nem o lugar.

Em vez disso, olhei diretamente para Lexy, com uma expressão bem-estudada de confiante indiferença. Eu tinha aperfeiçoado esse olhar havia muito tempo para me defender de provocadores como ela. Não podia passar irritação ou ameaça (o que só encorajava o inimigo), nem parecer intimidada (porque era algo que atiçava os provocadores). Havia uma linha tênue, mas você não podia se arriscar a ultrapassá-la se quisesse ter alguma chance de ser deixada em paz.

— Não está pronta para uma provocação hoje, hã? — Ela franziu as sobrancelhas e fez biquinho. — Você me desaponta, Parker. Eu diminuiria minhas expectativas com relação a você, mas elas já estão a sete palmos da terra.

Convencida de que havia vencido outro round, Lexy deu meia-volta e seguiu para o corredor principal. Sussurrou baixinho alguma coisa que fez o grupo todo virar a cabeça em minha direção. Elas me encararam com desprezo, levantando os narizes cirurgicamente esculpidos, desfizeram-se de mim como se eu fosse insignificante e saíram de vista passeando alegremente.

O alívio tomou conta de mim, seguido de um suspiro depressivo. Após nove mudanças em 16 anos (graças às atribuições profissionais do meu pai na área de consultoria ambiental), esse foi o pior caso de *garotanovícíe* pelo qual passei. A maioria das pessoas pensa que conseguir ser líder de torcida a inclui automaticamente entre os populares, mas não. Apenas me aproximei das fronteiras da popularidade por associação. Havia passado a maior parte da minha existência tão perto da elite que podia sentir o cheiro dos perfumes de grife, mas nem uma vez tinha cruzado o limiar da aceitação. Era como viver com o rosto colado à janela, a respiração embaçando o vidro, enquanto o mundo seguia girando sem você. Se não quisesse tanto ser líder de torcida, me afastaria dessa janela e nunca mais olharia para trás.

Construiria casas para a Habitat para a Humanidade, serviria sopa para os necessitados e tiraria inúmeras fotos de animais abandonados para colocar em sites locais de adoção. Eu era a perfeita Garota Voluntária. Não deveria haver algum tipo de recompensa cármica por ser uma pessoa decente?

Meu espírito já abatido estava perigosamente perto da aniquilação total quando ouvi a voz que me fazia desmaiar até mesmo nos piores dias. Olhei para o final do corredor, esperando Ryan dobrar a esquina dos armários em frente ao meu.

— Sem chance, cara — dizia Dale Boone enquanto ele e meu futuro marido se aproximavam. — Ouvi falar que Frau Gardner deu a mesma prova de alemão três anos seguidos. É a única explicação para Mike ter tirado nota máxima. A irmã dele teve aula com Frau ano passado.

— O vocabulário me matou — disse Ryan. Ele balançou a cabeça, girou a combinação e abriu o armário. — Ela não deu nada dos oito primeiros capítulos.

Observei o cabelo escuro de Ryan esvoaçar sob o boné dos Braves. Tão sedoso, tão incrível, tão perfeito para se passar os dedos. Meu delicioso Ryan Steele. Se ele ao menos soubesse meu nome...

Ou pelo menos me conhecesse como algo que não fosse a arqui-inimiga de sua irmã.

Ryan e Dale continuaram com a comiseração sobre o alemão, e me deixei inebriar pela visão dele. Alto e musculoso, com o maxilar bem-definido de Jake Gyllenhaal. Acrescente a isso um jeito sempre gentil de tratar os outros (mesmo os geeks e nerds) e o bom e velho charme do Sul, e o resultado era o tipo de cara com quem valia a pena sonhar. O tipo de cara que me fazia desejar ter 1,70m, pernas compridas e ser loura, e não ter 1,60m com carinha de menina, sardas e um esfregão castanho e sem brilho como cabelo.

As fantasias rolavam livres em minha mente. Se ao menos Lexy não estivesse determinada a destruir a melhor chance que eu tinha de fazer parte daquele lugar... Se ao menos as líderes de torcida tivessem tentado me conhecer antes de Lexy lançar as garras sobre elas... Se ao menos Ryan soubesse que eu existia...

Se ao menos eu pudesse romper aquela cadeia social esmagadora... Então minha vida seria perfeita.

Ryan atirou suas coisas na sacola da Nike e, tão rapidamente quanto chegou, já estava de saída. Fora da escola, fora da minha vida, por um verão inteiro. E me perguntei se eu iria acabar me consumindo pela abstinência de Ryan.

E, então, aconteceu. Quando Ryan virou em direção ao corredor principal e à saída, olhou de volta para onde ficavam nossos armários.

Congelei. Como podiam os olhos de alguém ser tão hipnotizantes? Mesmo a 6 metros de distância, tornavam minha respiração difícil.

Em uma das mais chocantes reviravoltas desde que havia me mudado — e isso não era pouca coisa —, o rosto de Ryan se abriu em um sorriso deslumbrante quando me viu. Ele ergueu uma das mãos num ligeiro aceno e gritou "Bom verão para você" com voz de barítono, quase me derretendo por completo.

Ah. Meu. Deus.

Longos e excruciantes meses como "a garota nova" foram apagados num glorioso instante. Apesar de todas as calúnias de Lexy, a eterna otimista em mim ainda tinha esperança de que alguém — *qualquer um* — fosse reconhecer que eu não era um completo desperdício de oxigênio. E essa pessoa seria Ryan? Meu coração se transformou em mil borboletas, agitando-se alegremente no peito.

O sorriso dele era contagiante, e o sorriso que dei em resposta foi tão grande que fez minhas bochechas doerem. Acenei de volta, as borboletas voando em formação.

— Para você também, Ryan.

E, quase ao mesmo tempo, uma voz masculina atrás de mim gritou:

— O mesmo pra você, cara!

As borboletas voavam em um grande caos enquanto eu engolia a bile. Será que ele tinha notado? Que mais alguém tinha notado? Onde encontrar uma capa da invisibilidade quando se precisa de uma?

Mas, infelizmente, Ryan olhou para mim. Realmente *olhou* para mim, quero dizer, agora pude perceber a diferença. Ele esboçou um fraco sorriso de desculpas antes de trocar cumprimentos de despedida com outro cara e sair em direção ao corredor seguido pelo grupo de amigos e com um bando de admiradores abrindo caminho como o mar Vermelho.

Nessa hora, todas as borboletas desmaiaram.

A única bênção salvadora foi que alguém gritou um convite de festa para o casal que não se desgrudava, então me aproveitei de sua pausa momentânea em busca de ar e disparei para meu armário. Empurrei os corpos entrelaçados para fora do caminho e rapidamente coloquei a senha, agradecendo a tudo que havia de sagrado por essa ser a última vez que eu teria de lutar com aquela besta de metal. Virei a maçaneta, cruzei os dedos, assoprei-os para dar sorte e puxei a trava.

Nada.

Não sou o tipo de pessoa que sai por aí estragando o que é de propriedade da escola. Sou praticamente uma garota-propaganda das boas-moças. Mas, naquele instante, eu tinha tantas emoções praticamente à flor da pele que não tive problema de espécie alguma em descontar minha raiva naquela porcaria de armário dos diabos. Se Satã existe, certamente ele, Lexy e meu armário estão mancomunados.

Com os corredores se esvaziando rapidamente, não demonstrei nenhuma piedade àquela geringonça. Dei-lhe um chute, um puxão e então uma combinação de puxão e chute. Puxei enquanto chutava três vezes no canto de baixo para ver se ele abria, o que às vezes funcionava. Não forte o suficiente para chamar atenção para mim, eu esperava. Apenas forte o bastante para sacudi-lo, fazendo-o sair da Grudadolândia. Não que tivesse dado certo.

Olhei em voltar para ter certeza de que ninguém estava olhando para a grande idiota que logo seria aluna do terceiro ano e que não conseguia sequer abrir o próprio armário. Felizmente estavam todos ocupados. Minha invisibilidade tinha retornado ainda que tardiamente, um único ponto de luz no dia que de resto fora detestável. Além de ser torturada por Aquela Que Não Deve Ser Nomeada, a última coisa de que eu precisava era chamar atenção para mim mesma enquanto brigava com o armário como uma mulher das cavernas.

Dei mais uma pancada rápida com o lado do pé, o que fez com que a porta se abrisse e quase batesse na minha cabeça. Xinguei baixinho — palavras que *não* deixariam a treinadora Trent feliz — e joguei tudo na minha bolsa surrada SER LÍDER DE TORCIDA É TUDO o mais humanamente rápido possível. Pastas, canetas e o lápis de olho que tinha perdido havia duas semanas — tudo atirado de qualquer jeito na bolsa. Com uma pancada forte e um desejo malcontido de mostrar o dedo para um objeto inanimado, me despedi do segundo ano.

* * *

O último dia de aula é sempre motivo de comemoração. Isso era verdade no meu caso também, embora não pelos motivos usuais. Em vez de ansiar por um verão deitada à beira da piscina, me divertindo com os amigos, lançando olhares sedutores para garotos bonitos de bermudões, eu estava destinada a um verão cheio de trabalho, trabalho e — cheguei a mencionar? — mais trabalho. Trabalhar na Presentes Celestiais com Nan, ajudar minha mãe a preparar o quarto dos gêmeos, ser voluntária. O acampamento de líderes de torcida era um bônus, mas neste verão o objetivo era me manter ocupada e não chamar atenção.

Quando se começava com o pé esquerdo numa escola nova, a melhor estratégia geralmente é se manter na encolha durante um tempo até um novo drama chamar a atenção de todos. Esse era o plano mestre à la Jess para o verão. Depois eu voltaria a seguir a corrente no outono que estava por vir e esperava sair do radar de Lexy por um tempo. A meta número um era encontrar um lugar —

qualquer lugar — em que eu pudesse me enturmar. Graças a Lexy, não seria com as líderes de torcida.

Abri as portas para a estrada principal e respirei fundo apesar do calor opressivo do fim de maio. Meu estômago começou a relaxar com a chegada do fim daquele meu ano letivo horrível. O alívio durou uns sete segundos, até o motor do ônibus no final da fila roncar e ganhar vida. Levantei os olhos a tempo de ver o primeiro de uma longa fila de ônibus começar a sair.

Meu ônibus? O segundo da fila.

Avaliei minhas opções naquela fração de segundo e decidi que caminhar os 2 quilômetros e meio até em casa era infinitamente melhor do que correr por ali inalando fumaça e balançando os braços na esperança de fazer o motorista do ônibus parar. Alguns quilômetros de exercício eram muito melhor do que ficar conhecida como "a garota esquisita que rouba o lugar de líderes de torcida e não sabe ver as horas".

Para matar minha sede vespertina, decidi pegar um refrigerante. Ou refri, como as pessoas aqui costumam dizer. Mais um item para minha lista de "Coisas que Devo Lembrar Para me Enturmar". Eu me virei para voltar ao prédio e dei de cara com um peito muito largo.

Literalmente. *Dei de cara.* Com um peito *masculino* muito largo.

E nem foi um daqueles encontrões engraçadinhos tipo "ooopa", onde os dois começam a rir e desviam para o lado. Foi do tipo "humpf", em que você bate com muita força e seu ar sai como uma tuba com defeito.

Olhei para cima, o pânico tomando conta de mim quando reconheci o cheiro de Cool Water do meu amado. Meu pesadelo acordada se confirmou quando meus olhos encontraram os maravilhosos olhos azuis do Adônis também conhecido como Ryan. Strike dois contra a equação "Ryan Steele mais Jess Parker igual a felizes para sempre".

— Desculpe — disse ele naquele sexy falar arrastado do Sul. — Não sabia que este lado da calçada estava ocupado.

A voz dele foi como sais aromáticos para a brigada de borboletas, e elas começaram uma nova dança enlouquecida em homenagem a meu último vexame.

— Desculpe — murmurei. — Eu estava apenas, hum...

Mas Ryan já havia desviado em direção ao chamado de sua loura oxigenada sexy da semana.

— Vamos, Ryan — disse a Loura Falsa com a voz nasalada e os seios imensos.

Sim, eu sei. Sou maldosa.

— Temos de chegar ao lago antes dos outros — queixou-se ela. — Preciso de um lugar com sombra ou vou ficar cheia de sardas.

Meu nariz se contorceu em defesa. Que bom que minhas sardas ficavam só nessa área, e não se espalhavam pelo corpo todo como as da minha vizinha, a Sra. Cleavis, ou eu estaria tendo uma convulsão.

Observei enquanto eles iam em direção ao estacionamento dos veteranos. Não pude deixar de notar a ironia de que as primeiras palavras que Ryan disse para mim (palavras de verdade, não do tipo imaginárias, direcionadas a outra pessoa) se deveram a outra gafe social minha. Por que eu não podia ter uma queda por um cara da minha idade e da minha estirpe — quero dizer, "perdedores"? O irmão mais velho da fundadora do Clube das que Odeiam Jess, a Ladrazinha de Vagas, era minha opção menos promissora.

Além disso, eu era praticamente um estereótipo ambulante: a líder de torcida que babava pelo *quarterback* do time de futebol americano. Só que eu não era popular. Pelo menos não era um completo clichê.

Não que isso importasse, de qualquer forma. Ninguém manda no coração. Eu sabia por experiência própria. E não parecia conseguir romper com minha maré de azar de me apaixonar por garotos inatingíveis. No momento, meu coração queria que certo *quarterback* gato com rosto de artista de cinema e um maravilhoso peito musculoso me cobrisse de atenção e de beijos. Se isso não fosse possível, me contentaria que ele me conhecesse como outra coisa que não a nêmesis de sua irmã. Ou, ousando sonhar, que meu nome não fosse, de fato, A Garota Nova.

Do jeito que as coisas vão, precisarei trabalhar um pouco mais nisso.

Abri a bolsa em meu ombro e procurei pela carteira, determinada a dar logo o fora dali. Tateei, mas não consegui encontrá-la em meio à bagunça, então girei a bolsa para a frente e a segurei aberta para dar uma olhada lá dentro.

O empurrão vindo de trás — mais como uma pancada — me arremessou para longe. Minha bolsa caiu e atingiu o chão com um baque, espalhando pela calçada papéis, tralha pessoal e o que havia sobrado do meu orgulho.

A primeira coisa que peguei foi o envelope com o roteiro do acampamento de líderes de torcida. Graças a Deus, tenho reflexos rápidos ou teria perdido dois dedos no salto de uma sandália estilo "fatal". O pé de Lexy desceu com firmeza sobre o envelope e deixou uma sutil mas expressiva marca de salto na minha adorada papelada.

Lexy e sua gangue seguiram em frente sem sequer olhar para trás, mas fizeram questão de chutar e danificar o máximo que conseguiram enquanto passavam pela bagunça. Algumas coisas tinham começado a rolar pela calçada em direção ao estacionamento, e tive de correr para alcançá-las antes que fossem atropeladas. Agarrei um pacote de balas e algumas canetas coloridas e por pouco não consegui pegar o gloss que seguia direto para a estrada principal.

Recolhi várias coisas enquanto caminhava de volta à cena do crime. E lá, reorganizando os papéis numa pilha arrumada, estava a única pessoa da MSH que já tinha sido legal comigo. (Fora o Sr. Norman, que não estou contando por motivos óbvios.) Heather Katherine Clark não era aparentemente gentil — quero dizer, não éramos amigas ou qualquer coisa parecida —, mas pelo menos ela não me tratava como uma leprosa social. Porque era uma também.

Por mais que eu apreciasse a ajuda, é péssimo quando as únicas pessoas que não a desprezam são as que também são desprezadas. Uma vez que você resolve ser simpático, se junta a eles e se torna um deles. Nunca entendi por quê, mas era assim que funcionava a política do ensino médio.

Peguei o restante das minhas coisas e joguei-as na bolsa enquanto Heather me estendia sua pequena pilha arrumadinha.

— Não prestei atenção no que era — disse ela a título de cumprimento.

— Você não perdeu nada. — Olhei para Heather e ela parecia mais, sei lá, *aberta* do que de costume. Como se esperasse que eu dissesse alguma coisa.

As poucas pessoas que ainda passavam me observavam achando graça, meu estômago ainda revirado depois do último encontro com Ryan, e lá estava Heather me olhando com se aquele fosse um momento de intimidade entre amigas da vida toda. Dezesseis anos vivendo no limbo de "garota nova", oito semanas de sofrimentos provocados por Lexy e dois interlúdios embaraçosos com Ryan em menos de cinco minutos desabaram sobre mim de uma só vez.

Surtei.

Não externamente, como um colapso público que alimentaria as fofocas por semanas, mas por dentro, onde realmente importava. Todo o esforço para me enturmar havia sido, mais uma vez, reduzido a um momento de solidariedade por outra pária. Lexy era a maldade em pessoa e ainda assim vivia cercada de amigos — ou, pelo menos, "amigos" — e eu era a perdedora *du jour*. De novo.

O destino tinha um senso de humor doentio.

Eu não queria me ligar a Heather. Não queria sua ajuda nem sua pena ou aquele momento de intimidade. Só queria ir para casa fingir que o segundo ano nunca tinha existido.

E eu detestava me sentir assim em relação a uma pessoa que sempre tinha sido legal comigo.

Olhei para o chão, me achando um arremedo horrível de ser humano.

— Obrigada. — Encostei numa pedra com meu sapato, soltando o ar lentamente para deter a onda de culpa. — Por me ajudar e tudo o mais. Não precisava.

Heather deslocou o peso do corpo de um pé para o outro, provavelmente esperando por mais. Finalmente olhei para cima e vi o brilho desaparecendo de seus olhos.

— Sem problemas. Não vou pegar o ônibus. — Ela se virou para ir embora. — Tenha um ótimo verão, Jess.

Apertei a ponte do meu nariz para tentar evitar uma dor de cabeça, observando minha única possível amiga ir embora. Vi um monte de gente sair, mas não fiz muito progresso com relação à minha própria partida.

Fiquei lá parada pensando em minhas opções: alcançar Heather e pedir desculpas por agir como uma idiota ou tentar evitar maiores prejuízos e partir logo para me tornar uma eremita durante o verão — Heather era cliente da Presentes Celestiais, então eu podia me desculpar com ela quando estivesse no trabalho —, mas Lexy ainda não tinha esgotado sua cota de maldade do dia.

— Onde está seu namorado, Kit Kat?

Meus olhos se estreitaram enquanto observava Lexy e as amigas se aproximarem. Heather se manteve firme, mas o tremor nos ombros entregava seu medo. Ela não disse nada.

— Qual é o problema? O gato comeu sua língua? Ah, espere, sei o que comeu sua língua. — Lexy inclinou a cabeça. — Ou devo dizer "quem"?

Fechei minha bolsa, de olho no que acontecia. Heather recuou um passo e tropeçou para fora da calçada, indo para a rua.

A gangue de Lexy a cercou em dois segundos, e Lexy deu um passo à frente, a altura da calçada realçando a posição de poder.

— Podemos fazer isso do meu jeito ou posso acabar com você e *aí* fazer as coisas do meu jeito. A segunda opção é mais divertida, mas estou me sentindo generosa, então vou lhe dar a chance de escolher.

Lágrimas começaram a correr dos olhos de Heather, lágrimas de impotência misturada à raiva. Somente uma pessoa que já havia chorado aquelas lágrimas as reconheceria a dez passos. Meus pés se moveram antes que meu cérebro pudesse acompanhar.

— A oferta dura até segunda. Depois disso, tenho de escolher. E cuidarei para que a escolha dê o que falar por muito tempo depois que sairmos deste lugar. — Lexy cruzou os braços. Você está nessa sozinha, Kit Kat. E tenho reforços — acrescentou ela, indicando as amigas com a cabeça.

— Pronta para ir? — perguntei, encontrando minha voz quando passei esbarrando em Lexy e parei ao lado de Heather. — Desculpe demorar tanto. Você sabe como são essas coisas de líderes de torcida.

Pelo canto do olho, vi Lexy ficar tensa antes de se recompor e retomar a atitude perversa.

— Bem, isso é interessante. Não consigo decidir qual das duas é mais molambenta.

Olhei para ela.

— Ah, ei, Lexy. Não notei que era você atrás dessa montanha de maquiagem.

— *Ela* é seu reforço, Kit Kat? — Lexy olhou de mim para Heather. — Últimas notícias: duas perdedoras não equivalem a um grupo.

Nunca tive reforço durante toda a minha vida. Só era preciso que uma pessoa decidisse apoiá-lo e lhe desse uma chance numa briga contra um provocador, mas quando se é um excluído, as chances são quase as mesmas de ganhar na loteria. Eu podia não ser grande coisa na escala social de poder, mas pelo menos podia dar apoio a Heather. Dois é sempre melhor do que um.

Aprumei os ombros.

— Você não é a única a contar com reforços. Estamos nisso juntas, então é melhor se acostumar.

— Verdade?

— Conte com isso.

— Tem certeza de que é isso que você quer, Kit Kat?

Quando Heather não respondeu, cheguei mais perto. Ela precisava de apoio moral, e eu estava mais do que disposta a oferecer. Qualquer coisa para estabelecer uma frente unida contra as forças do mal.

Em vez de falar, Heather olhou para mim, lágrimas escorrendo como desculpas pela bochecha. Mal dava para ouvir a voz dela.

— Sinto muito, Jess.

Ela se virou e saiu.

Fiquei tão surpresa que nem consegui me mexer. Havia me jogado na fogueira social, consolidando meu status entre os Mais Procurados da Mt. Sterling para ajudar outra excluída. E ela havia desprezado minha ajuda bem na frente das pessoas de quem eu tentava salvá-la.

Pior, eu não estava nem certa se podia culpá-la. Heather tinha me ajudado a juntar os cacos quando Lexy havia passado detonando minha vida, e eu a afastara. Agora ela era o alvo, e eu estava impondo minha maneira de resolver as coisas como se ela não tivesse escolha.

Hipócrita, hipócrita, hipócrita...

Eu podia ter ignorado o que estava acontecendo. Podia ter mantido distância como todos os outros. Mas o limite para o qual Lexy estava me empurrando havia semanas tinha finalmente chegado. Por meus esforços, vi o primeiro sorriso legítimo no rosto de Lexy. Tinha dado a ela um lugar na primeira fila para assistir à minha humilhação final.

— Deve ser difícil ser você, Parker. Tentar a sorte na equipe da escola e descobrir que as outras meninas não a querem. Que não tem um único amigo. Nem mesmo os fracassados perdem tempo com você. — Lexy se virou para ir embora, lançando seu olhar de despedida por cima do ombro. — Isso deve mesmo fazer com que se pergunte o que há de errado com você.

Quando a névoa da humilhação se dissipou em minha mente, Lexy estava no meio do estacionamento. Olhei para ela, tentando apagar as palavras que soavam em meus ouvidos. Mas foi o carro andando lentamente ali perto que finalmente me acordou do transe. A voz da Loura Falsa atingiu meus ouvidos enquanto ela fofocava com outra aluna que logo estaria no último ano. Havia um grupo de populares circundando o veículo. Quando a multidão se dividiu e os olhos de Ryan encontraram os meus, percebi, sem sombra de dúvida, que ele havia testemunhado minha derrocada final.

Minha desgraça estava completa.

Exaurida pela vergonha prolongada, me arrastei de volta para a escola em busca do tão necessário refrigerante. Apoiei a bolsa num banco para procurar mais uma vez o dinheiro. O som da batida da bolsa contra a madeira ecoou pelos corredores praticamente vazios. Engraçado como um lugar podia estar fervilhando em um minuto e completamente sem vida no outro.

Procurei o dinheiro que não pensara em separar quando estava espalhado pela calçada. Como havia poucas pessoas ainda por ali, a maioria do lado de fora, despejei o conteúdo da bolsa no canto perto das máquinas. Bem no fundo da bolsa — que surpresa — estava minha carteira. Praticamente sozinha. A não ser por um pequeno envelope cor de lavanda que deslizou para cima dela.

Em letras pequenas e sofisticadas, estava escrito: *Para Jessica apenas*.

Quase ninguém me chama de Jessica. Sempre sou chamada de Jess, menos por Nan e pelas recepcionistas de consultórios médicos. Quem quer que tivesse deixado isso para mim não devia me conhecer muito bem. O que, dadas as circunstâncias, não era uma revelação surpreendente. O fato de essa pessoa até mesmo saber que eu *tinha* um nome lhe dava pontos extras.

Virei o envelope. Estava fechado com um desses lacres antigos, com o qual se pinga cera no papel e depois se faz uma marca com um selo especial.

Coloquei-o de volta na pilha, tentando processar esse último acontecimento. Alguém tinha me entregado uma carta que não parecia uma mensagem de ódio. Porque, sério, qualquer um que coloque selos especiais de cera em cartas de ódio tem muito tempo a perder.

Mas um selo especial de cera como uma piada elaborada? Isso era bem a cara de Lexy.

Apesar de tentada a jogar aquela coisa idiota no lixo — ela ia ver só —, não podia. Sempre fui curiosa demais. Eu me conhecia o bastante para saber que nunca chegaria em casa antes de ceder à tentação, então segui em frente, determinada a acabar logo com a piada de uma vez por todas. Coloquei algumas moedas na máquina e peguei meu refrigerante (refri, tanto faz), reuni minhas coisas e segui para o banheiro feminino.

Verifiquei embaixo das portas para ter certeza de que não havia testemunhas antes de trancar uma delas e impedir alguém de presenciar minha pegadinha. Porque, vamos encarar, isso estaria bem de acordo com o restante do meu dia.

Abri o envelope, com cuidado para não partir o selo em dois. De alguma forma, o selo fazia o conteúdo de envelope parecer importante. E não era sempre o romper de algum lacre que abria o portal para o sétimo círculo do inferno nos filmes? Ou seja, mais um motivo para mantê-lo intacto.

Minha mão hesitou sobre a aba aberta. Uma parte de mim queria ver logo o que havia dentro, mas a maior parte — a preocupada com a autopreservação — resistia. Como minha vida tinha chegado a isso? Por que eu tinha medo de abrir bilhetes casuais pensando que seria mais uma de uma longa lista de provocações adolescentes? Sim, havia uma chance de ser uma correspondência legítima, mas a probabilidade era ridícula. Podia ser otimista, mas não era idiota.

Ainda assim...

Coloquei a mão dentro do envelope e retirei o cartão lavanda coordenado com o mesmo design cheio de curvas do selo. Abri o cartão, com minhas mãos tremendo de medo e sentindo o leve vestígio do que eu costumava chamar de esperança, quando um pequeno broche de sapato de salto alto prateado caiu em minha mão.

Mas que droga...?

Consegui segurar o broche, por pouco impedindo que ele fosse parar no vaso, e abri o bilhete com a outra mão. As palavras estavam escritas com a mesma caligrafia feminina. Não era uma mensagem, mas um convite, um que me fez sentir um calafrio na espinha que não tinha nada a ver com o ar-condicionado.

Solicita-se sua presença no Moinho.
Hoje, às 19 horas.
Use o broche. A discrição é OBRIGATÓRIA.

Capítulo 2

FIQUEI PARADA NA CALÇADA de pedra, observando o broche prateado que tinha prendido discretamente na bainha amassada da minha blusa. Sete em ponto. Espiei pelas enormes janelas do Moinho, aliviada de ver que estava cheio de gente. Por mais intimidadora que as multidões pudessem parecer agora, esta oferecia uma nítida vantagem. Com tantas pessoas em volta, eu podia passar despercebida, como se tivesse ido ali apenas para beber algo, e o broche não seria notado até que eu quisesse.

Se eu quisesse.

Deslizei o dedo pelo contorno do broche. Eu tinha passado grande parte da tarde fazendo uma lista com as zilhões de razões para isso ser uma armação. Sem mencionar o fato de que eu não tinha qualquer pista nem mesmo de quando o convite havia sido colocado no meu armário. (Meu armário não ia exatamente ganhar um prêmio por organização.) *Hoje às 19 horas*, podia ter sido na terça-feira da semana passada.

Por outro lado, a lista de razões por que eu *deveria* ir era curta e simples: minha curiosidade estava me matando, e minha sorte tinha de mudar em algum momento. Ou pelo menos essa era a teoria. Carma e tudo o mais.

Mas, no final das contas, foi a patética saga da minha vida que definiu. Eu já tinha aguentado a campanha de tortura de Lexy e (duas vezes) o constrangimento diante do garoto dos meus sonhos. O que mais alguém poderia armar para mim num lugar público como o Moinho, onde haveria várias testemunhas, incluindo adultos? Nem mesmo Lexy seria tão ousada. Era o que eu esperava.

Fiz uma rápida oração invocando boa sorte e empurrei as portas de vidro, o ar frio da cafeteria mal conseguindo passar por todas aquelas pessoas e chegar até onde eu estava. Havia casais esperando na fila, jovens conversando sobre o que aconteceria no verão... Todos pareciam ter um motivo para estar ali, e nenhum parecia ter a ver comigo.

Entrei na fila e esperei, mantendo os olhos atentos a qualquer atividade estranha. Reconheci alguns rostos, mas nada fez meu alarme interno de perigo soar. Em grande parte porque não havia sinal de Lexy ou do bando de garotas felizes e fofoqueiras.

Estava quase no começo da fila quando Sarah Jane Peterson e Kyra Gonzalez, as cocapitãs da equipe de líderes de torcida, surgiram do corredor perto dos banheiros. Pareciam saídas de capas de revista adolescente, o cabelo louro brilhante e as maçãs do rosto salientes de Sarah Jane em um formidável contraste com o cabelo castanho e a pele perfeita de Kyra. Como nas revistas de moda que eu devorava todo mês. Mesmo numa escola em que todos eram fascinados por moda como a Mt. Sterling, elas se destacavam como estrelas. Só que Sarah Jane e Kyra eram pessoas tranquilas, não divas.

Sarah Jane escaneou o salão, os olhos parando em mim. Ela me encarou, sem expressão, passando dos meus olhos para meu peito e de volta ao rosto, como se estivesse fazendo uma rápida avaliação, e continuou a checar o restante da sala. Ela e Kyra seguiram em direção a uma mesa de garotas no canto, e fui esquecida num instante.

Eu teria remoído o fato de que Sarah Jane e Kyra eram duas das garotas mais bonitas e populares da escola — sem falar que também eram minhas colegas de equipe — e tinham acabado de me ignorar como se eu fosse insignificante. O que eu entendia, devido aos desdobramentos daquele boato sobre as líderes de torcida. A não ser por... Por que Sarah Jane olhou para minha blusa? Será que...?

— Aparecendo em público tão cedo? — perguntou Lexy, alto o suficiente para se fazer ouvir em meio ao barulho. — Que coragem! Achei que você já tinha sido humilhada o suficiente por um dia.

Ela havia se aproximado sorrateiramente enquanto eu viajava pelo mundo da fantasia. Bem feito para mim, por baixar a guarda.

— Isso me toca bem aqui — disse Lexy, tocando o peito onde uma pessoa normal teria um coração —, saber que você vai ficar abandonada este verão. Mas não perca as esperanças. Quem sabe não consegue arrumar um amigo até a faculdade?

Queria tanto lembrá-la de que eu passaria parte daquele verão no acampamento das líderes de torcida, para o qual ela nunca iria, mas não fiz isso. Em parte porque não queria arrumar briga. Só queria que ela fosse embora. Mas também porque suas palavras doeram mais do que eu gostaria.

Era estranho. Lexy tinha o talento especial de meter o dedo exatamente no meio da ferida. E da maneira que deixasse a pessoa mais exposta. É como se tivesse uma lista com as maiores inseguranças de cada um e recebesse uma estrela dourada cada vez que usasse isso para magoar alguém.

Eu a ignorei, dando uma olhada no menu como se não tivesse outra preocupação na vida.

— Isso não é triste? — Lexy perguntou a Morgan. — Ela está fingindo não me ouvir só para não ter de encarar a realidade.

Respire fundo. De forma alguma ia deixar que ela arrancasse qualquer reação de mim. Até alguém esbarrar nela por trás, fazendo seu café voar. Como se meu peito fosse um alvo.

Arfei. O café passou queimando pelo tecido fino da roupa, escaldando minha pele como um ferro quente. As falsas desculpas de Lexy enganavam a todos, menos a mim, quando Sarah Jane se aproximou e pegou meu braço. Lexy pareceu furiosa com a interferência, mas se fez de inocente quando o gerente da noite saiu com ar irritado.

Sarah Jane me levou às pressas para o banheiro, mas não rápido o bastante para me impedir de ver Lexy e Morgan se cumprimentarem disfarçadamente pelo trabalho perfeito. Meu rosto ficou ainda mais vermelho do que o peito, latejando com a injustiça. Como garotas como Lexy sempre conseguiam se dar bem?

Sarah Jane me empurrou em direção às pias enquanto várias garotas saíam depressa do banheiro. Ela rapidamente encharcou umas toalhas de papel com água fria e me entregou.

— Coloque isso embaixo da blusa — instruiu.

O alívio gelado era o paraíso para minha pele queimada. Ela e eu ficamos lá durante vários minutos, encharcando novamente a toalha de papel em água fria quando ficava quente, até que se fez um silêncio constrangedor.

Em todos os anos em que havia desejado algum apoio, nunca poderia imaginar que viria de alguém como Sarah Jane Peterson. Procurei afastar as esperanças carentes de que eu estivesse perto de ser aceita pelas líderes de torcida.

Depois de muitas rodadas de toalhas de papel molhadas, puxei a gola da camiseta e dei uma olhada. Meu sutiã tinha sofrido perda total, e meu peito estava vermelho como um tomate, mas sem bolhas.

Kyra colocou a cabeça na porta.

— Está tudo bem aí?

— Estamos sozinhas. — Sarah Jane acenou para ela lá de dentro. — Ela está usando.

— Graças a Deus. O que Lexy estava tentando provar? — Kyra se virou para mim. — Ela viu o broche?

— O quê?

Sarah Jane balançou a bainha da minha blusa.

— Lexy viu isto?

— Não tenho ideia. Isso importa?

— Claro — disseram em uníssono.

Joguei o papel-toalha na lixeira enquanto Kyra se virava para Sarah Jane com olhos arregalados e notícias alarmantes que eu não conseguia entender.

— Elas saíram em *três* SUVs.

— Por que precisavam de três? E o que estavam fazendo aqui? Isso não faz parte da tradição delas. — Sarah balançou a cabeça. — Precisamos sair deste lugar.

— Já estou cuidando disso. — Kyra olhou de volta para mim. — Você está pronta?

Para quê? Até agora minha pequena aventura era um mistério embrulhado em papel de desastre. Com um laço de pele pegando fogo. Não tinha a menor vontade de bancar a detetive.

— Acho que vou para casa — falei, saindo de mansinho em direção à porta. — Obrigada pela ajuda com a toalha de papel, Sarah Jane.

— Não tão rápido, *chica*. — Kyra se colocou entre mim e a porta. — Você não quer saber o porquê de tudo isso?

— O porquê é eu ter "roubado" o lugar dela. — Resisti ao impulso de fazer aspas com as mãos. A julgar pelo que eu sabia, Sarah Jane e Kyra concordavam com ela.

Ou não. Pareciam surpresas com aquela revelação, então expliquei:

— Consegui entrar para a equipe. Ela está na reserva. — Será que alguma dessas coisas soava familiar para elas?

— Isso é só uma história para despistar, Jess. — Sarah Jane secou as mãos. — Vamos explicar tudo isso no Pernoite.

— Pernoite onde? — Tudo o que eu queria era me arrastar para a cama e me esconder embaixo das cobertas até ter 25 anos. — Tenho planos para esta noite — menti.

— Sei que tem — disse Sarah Jane com um sorriso. — Com a gente.

* * *

Elas me fizeram entrar no banco traseiro do conversível vermelho de Sarah Jane. À caminho da minha casa, Kyra me falou sobre a anfitriã do Pernoite, uma ex-líder de torcida da MSH chamada Cassandra, que tinha acabado de concluir o primeiro ano como animadora da Geórgia. Procurei agir como se ficasse totalmente à vontade com o fato de estar sendo levada para o paraíso da festa do pijama, mas... por dentro?

Eu estava pirando.

Passar uma vida inteira como a garota nova do pedaço significava que, quando já era amiga o suficiente de alguém para passar a noite fora com um grupo, o dia da mudança estava perto de acontecer. Aos 16 anos, eu ainda era embaraçosamente ingênua em relação a essas coisas.

O que devia levar? O que se usava para dormir? Minha combinação confortável de moletom cortado e camisa surrada não ia fazer aquela viagem de jeito nenhum. Precisava levar algum lanchinho?

E então me ocorreu uma coisa. Essas não eram minhas maiores preocupações. Não era uma festa de Kyra e Sarah Jane — era de Cassandra. O que significava — alô-ou? — que *Cassandra* é quem decidia quem convidar de fora.

Será que iriam me virar as costas se vissem que eu tinha sido convidada por Kyra e Sarah Jane? Quanto do status social delas seria brevemente estendido a mim? Eu nunca antes tinha estado tão perto de uma festa desse calibre para saber com certeza, mas, dados os acontecimentos do dia até então, aquele não era o momento de arriscar novamente.

Nada ansiosa para acrescentar "Invasora de Festas do Pijama" à longa lista de terríveis apelidos que Lexy me daria, tentei evitar outro fiasco.

— Então vão estar todas lá? — perguntei, aproveitando uma pausa na conversa. Talvez conseguisse me misturar se fosse um evento de líderes de torcida.

Pensei no boato. *Ou talvez não.*

Kyra abaixou a música.

— Todas quem?

— A equipe inteira?

— A equipe de líderes de torcida? Algumas. Não todas.

Respirei fundo. Melhor falar abertamente sobre minhas preocupações do que dar de cara com uma Cassandra surpresa e potencialmente nada feliz.

— Eu não deveria na verdade ser convidada por Cassandra?

Sarah Jane me olhou pelo espelho retrovisor.

— Você conhece Cass?

— Não.

— Então como ela poderia convidar você?

Como elas podiam não entender minha aflição?

— Não quero entrar de penetra e estragar os planos — falei, esperando parecer casual, mas soando sem jeito e envergonhada.

— Não é nada de mais, Jess — disse Kyra. — É meio uma tradição, não uma festa formal ou coisa do tipo.

— Mais como um convite habitual — acrescentou Sarah Jane. — Não tenho nem certeza de quem estará lá. Nunca sabemos, até chegarmos.

Era assim com os populares. Se ouviam falar de uma festa, assumiam logo que podiam ir. Mas não funcionava da mesma forma para o restante do mundo. A maioria de nós tinha de ser claramente convidada ou corria o risco de bancar o ridículo e ser expulso.

Quando Sarah Jane desligou o motor em frente à minha casa e elas começaram a soltar o cinto de segurança, entrei em pânico.

— Não demoro — falei, saindo depressa do carro. Ainda não tinha decidido o que levar, não queria que elas vissem meu quarto que parecia ter sido atingido por um furacão, e, definitivamente, não queria que elas conhecessem minha mãe em seu presente estado hormonal. Minha vida já era ridícula o bastante por conta própria.

Quase atropelei minha mãe ao passar em disparada pela porta.

— Fui convidada para uma festa do pijama — gritei, subindo a escada de dois em dois degraus. — Só vim pegar umas coisas.

Tirei a bolsa de líder de torcida de trás da porta do closet, joguei minha blusa e meu sutiã estragados na lixeira, então me lembrei do broche e o peguei. Vesti correndo minha blusa rosa GATINHA DE TORCIDA e dei uma olhada na pilha de roupas em cima da cama. No tempo que levou para minha mãe subir as escadas, com o atual andar de pato, para me interrogar, eu já tinha jogado na bolsa um short, uma calça de ginástica, algumas camisetas e estava pegando o que quer que estivesse limpo na gaveta de lingerie.

— Você estava planejando pedir? — Minha mãe relaxou, sentando-se na minha cama, arfando depois de rebocar 18 quilos de barriga de bebê escada acima. — Para a casa de quem você vai? — perguntou ela, tentando recuperar o fôlego. — Os pais dela vão estar em casa?

— Desculpe. Posso ir? É uma das garotas que era líder de torcida aqui — falei, sem gostar do rumo que isso estava tomando. — Duas das outras líderes me chamaram para uma festa que sempre acontece na casa dela.

Atravessei o quarto e coloquei o hidratante e o estojo de maquiagem — segundo meu pai, a caixa de ferramentas — na bolsa e esperava conseguir fazê-la ver a razão da minha pressa. De uma mulher que tinha deixado eu me virar sozinha desde os 12 anos, ela havia se tornado a SuperMãe das Bilhões de Perguntas desde que havíamos nos mudado para a Geórgia. Largar o trabalho como importante auditora para ficar em casa com os gêmeos quando nascessem a deixara com um grande vazio, o qual preenchia interrogando as pessoas. Que sorte a minha!

Mamãe estava na beirada da minha cama, respirando com dificuldade e ponderando minha história. Finalmente, viu a luz da razão.

— É uma festa do pijama de líderes de torcida?

— Não sei ao certo quem são todas que estarão lá, mas Sarah Jane e algumas das outras vão. Ela é nossa cocapitã — acrescentei por precaução. Capitães são responsáveis, certo? Isso tinha de me ajudar.

Minha mãe assentiu, de alguma forma satisfeita com a ideia de que eu fosse passar a noite com completas estranhas, cujos pais podiam ou não estar em casa, desde que se tratasse de algo relacionado ao esporte. Bom, não importa.

— Precisamos começar a pintura do quarto dos bebês — ela me lembrou. — Vai chegar a tempo de me ajudar pela manhã?

Fiquei séria. Ela nunca havia considerado largar o emprego por mim, mas pelos gêmeos... Era uma história completamente diferente. Se a família Parker fosse o sistema solar, os gêmeos estavam para se tornar nosso sol.

— Prometo — respondi. — Estou com meu celular, se você precisar de mim. — Dei-lhe um rápido abraço, mais delicado no meio, e corri para a escada antes que ela mudasse de ideia.

* * *

Até alguns anos atrás, Mt. Sterling era uma típica cidade pequena, escondida entre os subúrbios distantes de Atlanta e as montanhas do norte da Geórgia. Um lugar agradável e tranquilo com moradores simpáticos como minha avó (Nan) e estabelecimentos como sua loja New Age de suvenires. Então algumas grandes empresas transferiram os escritórios de seus figurões para a cidade, que ficou muito mais sofisticada.

Onde Cassandra mora? Definitivamente na Figurõeslândia.

Segui Sarah Jane e Kyra até a calçada da frente da mansão de Cassandra e esperei em silêncio, tentando parecer uma pessoa reservada. Kyra tocou a campainha, conversando à vontade durante todo o tempo. Quando a porta se abriu e se ouviram gritinhos de alegria, mudei minha estratégia de "parecer reservada" para "me misturar com a paisagem". Mas Sarah Jane não estava sentindo nada daquilo. Ela me puxou para dentro do vistoso foyer de mármore e fez as apresentações formais.

— Cass, esta é Jess Parker. Ela é nova na equipe este ano. A equipe dela em Seattle ficou entre as dez mais na competição nacional.

— Aquela que conseguiu deixar Lexy de fora — disse Cassandra, erguendo as sobrancelhas. — Sua reputação a precede.

Depois de ter passado um tempo com Kyra e Sarah Jane, seria de imaginar que eu já deveria ter me acostumado a ficar perto de gente bonita. Mas Cassandra fazia com que as duas parecessem quase comuns. Cabelo cor de chocolate, espesso e brilhoso, e o sorriso de 1 megawatt faziam-na parecer um anúncio ambulante de... bem, qualquer coisa que se quisesse vender. Especialmente para o público masculino.

— Acho que sou eu — falei, sem conseguir pensar em uma resposta inteligente para deixar o clima mais leve. — Desculpe por vir de penetra na sua festa.

— Não se preocupe com isso. SJ me contou que você vinha. — Cassandra sorriu. — E acho que já deveria ter aparecido há muito tempo alguém que colocasse Lexy no devido lugar. Todo mundo precisa ser derrubado do pedestal para se manter humilde.

Então me senti tão aliviada por ela não ter ficado aborrecida com a história da Lexy — ou por eu ter entrado de penetra — que quase não registrei a voz atrás de mim.

— Não fique irritada, Cass — disse a voz sexy dos meus sonhos. — Só esqueci meu iPod.

— Fora de cogitação, Ry! Você conhece as regras. Se esquecer alguma coisa depois das sete, fica sem ela até o dia seguinte — gritou Cassandra enquanto Ryan passava por nós e subia a escada sinuosa. Ela virou de costas para nós, balançando a cabeça. — Garotos. Acham que as regras só se aplicam quando é conveniente para eles.

Três coisas se passaram pela minha mente em rápida sucessão. Um, Ryan Steele estava ali naquela casa, o que significava... dois, que Cassandra era irmã dele, o que também queria dizer (por favor, não!)... três, que Cassandra também era irmã de Lexy. Se eu vinha pensando em motivos ocultos, um confronto público com Lexy em seu território era tão interessante quanto qualquer fofoca que eu pudesse imaginar. Ao que tudo indicava, não estava ali de penetra, no fim das contas.

Eu era a grande atração.

A campainha tocou novamente, e dei um passo para o lado para testemunhar outro gritinho de alegria enquanto minha mente tentava pensar num jeito de fugir dali rapidamente sem entregar que havia descoberto qual era o jogo. Com a mente trabalhando a toda velocidade, virei para pegar minha bolsa e dei de cara com um peito que já me era familiar a essa altura.

Esfreguei o nariz e olhei discretamente para o rosto de Ryan. Bem a tempo de ver o canto da sua boca se repuxando num meio-sorriso.

— Vai ser sempre assim com a gente agora? — Ele acabou cedendo e sorrindo com vontade. — Trombando um no outro em todos os lugares?

Ai, Deus, bem que eu queria.

— Não ouvi você descer as escadas.

— Não é difícil de acreditar, com toda essa gritaria.

Ele piscou para mim e seguiu em direção à porta, mas depois parou e virou de volta.

— Não deixe Cass obrigá-la a fazer nada que não queira. Debaixo dessa aparência imaculada, ela é terrível.

— Ryan! Não assuste os convidados. — Cassandra o empurrou porta afora. — Você vai fazê-la fugir antes mesmo que a gente possa saber mais sobre ela.

— Saber mais sobre mim?

— Conhecer você melhor — disse Cassandra suavemente, me afastando da porta da frente/rota de fuga. — Entre, Jess. Juro que somos inofensivas.

Devo ter hesitado por tempo demais, porque Cassandra passou um braço em volta de mim.

— Lexy não está aqui — disse ela em voz baixa enquanto Kyra e Sarah Jane cumprimentavam duas outras garotas que reconheci da escola. — Ela tem os próprios programas, então somos só nós esta noite.

Eu não estava acreditando. Desde quando eu pertencia a *nós*?

— Olhe, não a culpo por desconfiar... — disse ela. — Você está aqui por uma razão, mas lhe garanto que não é o que imagina. Trouxe seu broche?

Dei um tapinha no bolso do short.

— Ele é seu ingresso para a noite, e Lexy definitivamente não tem um. Confie em mim, OK?

Olhei para Cassandra em todo seu esplendor e glória e, por alguma razão inexplicável, confiei nela. Aquilo tinha de significar alguma coisa. Podia sentir o broche no bolso, como se estivesse tentando me mandar uma mensagem. *Acredite*, parecia dizer.

E respondi: *Eu sou a pessoa aqui; você é um pedaço de metal.* Silêncio.

Mas não conseguia tirar da cabeça as palavras tranquilizadoras de Cass. Ela estava me envolvendo. Apesar do alerta de Ryan e de suspeitar que eu ainda podia ser a atração da noite, engoli em seco e deixei o otimismo reinar supremo.

— Vamos — falei. Havia chegado a hora de encontrar meu destino.

Capítulo 3

CASSANDRA ME LEVOU DE volta para a cozinha aberta e arejada — uma maravilha moderna que devia ser do tamanho da minha casa inteira — onde garotas tomavam algo batido, espumoso e aparentemente delicioso. Isso parecia incrível, uma vez que eu estivera nervosa demais para comer antes de ir para o Moinho. A não ser pelo fato de que agora eu estava uma pilha de nervos de novo, e vomitar um *smoothie* em frente à anfitriã provavelmente seria visto com maus olhos.

Enquanto caminhávamos em volta da grande ilha com a bancada reluzente, notei que as duas garotas que preparavam as bebidas no liquidificador acrescentavam doses generosas de todos os tipos de garrafas bonitas. Não dava para ver os rótulos, mas apostava em destilados. O que era péssimo, já que eu não bebia muito. Ou não bebia nada, para falar a verdade. Ainda assim, ali estava eu, finalmente prestes a ser aceita socialmente, e *bamm*. O dilema da bebida.

Não tive chance de pensar numa forma elegante de recusar, porque Sarah Jane, Kyra e uma garota chamada Paige imediatamente se juntaram a nós com copos gelados que cheiravam como uma divina mistura de bananas e chocolate.

Cassandra levantou o copo num brinde para nós quatro.

— A um superverão.

— A um superverão — repetimos, fazendo tinir os copos.

Todas as outras tomaram um grande gole da maravilha gelada. Hesitei.

Cassandra me observou sobre a borda do copo.

— Você não quer?

— Não é isso, o cheiro é ótimo, Cassandra. Eu só... — Queria enfiar minha cabeça num buraco. — Não como nada faz algum tempo.

— É Cassie ou Cass, e não se preocupe com o shake, Jess — disse ela, pegando vários pedaços de wraps vegetarianos de uma bandeja próxima e estendendo-os para mim num guardanapo estampado com padronagem de praia. — Não há bebidas alcoólicas no Pernoite.

Uma festa cheia de pessoas populares e sem álcool? Isso para mim foi um choque. Os alunos da minha antiga escola diriam que elas eram patéticas. Da maioria das minhas escolas, na verdade. Ainda assim, eu não podia deixar de pensar que alguém não tinha entendido direito a mensagem na área do liquidificador.

Cassie seguiu meu olhar.

— Gwen, o que temos hoje? — gritou ela para uma das garotas que estavam preparando as bebidas.

Gwen Fielding, campeã estadual de vôlei, que poderia muito bem ter trocado o esporte por um contrato como modelo, levantou as garrafas numa sucessão rápida.

— Banana, chocolate com menta, biscoito de gengibre e hortelã.

— As receitas exclusivas do Moinho — explicou Cassie. — As melhores bebidas de café gourmet do planeta.

Obviamente elas *não* eram o tipo comum de garotas populares.

Quando todas chegaram, havia mais do que uma dúzia de garotas andando de um lado para o outro na cozinha de última geração dos Steele. Durante as horas seguintes, experimentei diferentes shakes, belisquei wraps cremosos e picantes, e me diverti com Sarah Jane, Kyra e as outras garotas.

Para meu crédito, consegui conter a empolgação pelo fato de Ryan pegar comida daquela geladeira de tamanho industrial todos os dias (qual seria seu lanche favorito?), tomar café da manhã naquela mesa todas as manhãs (que cadeira sortuda acomodava o belo bumbum?) e fazer centenas de outras coisas no espaço que estávamos ocupando. O potencial era desconcertante.

Um pouco antes da meia-noite, Cassie anunciou que era hora de nos "retirarmos para a masmorra". Desci a escada atrás das outras em direção a uma enorme área de lazer que era um paraíso festivo. O porão dos Steele tinha de tudo, com uma gigantesca tela plana, mesa de bilhar e um bar elegante cheio de todas as bebidas e petiscos que se pode imaginar. Um verdadeiro santuário para jovens.

Montamos camas improvisadas pela sala e vestimos nossos pijamas. Eu me lembrei do broche no bolso do short e me perguntei o que ele tinha a ver com aquela noite.

— É para algo especial que irá acontecer mais tarde — foi tudo o que Cassie disse. — Um pouco de mistério torna a noite mais divertida.

Até agora ainda era Mistério 1 x 0 Jess. Esperava que minha contagem de pontos melhorasse.

A atmosfera era amigável e descontraída quando nos acomodamos para passar a noite, com Sarah Jane, eu, uma rainha de concurso de beleza chamada Mel, e Kyra numa pequena fileira arrumadinha perto das portas de correr de vidro que davam para a área da piscina.

Sarah Jane esticou as longas pernas. O pijama de lua e estrelas formou uma constelação contra o cobertor azul-escuro. Minha calça de ioga e camiseta da Gap pareciam incrivelmente genéricas em comparação. Por que não pensei em levar meu pijama fofo com estampa de beijinhos? Será que eu não podia fazer nada direito?

— Você tem sorte de já ter um emprego, Jess — dizia Sarah Jane. — Todas as boas vagas tinham sido ocupadas por alunos de faculdade quando fui procurar mês passado.

— Ouvi que Casey Sturgeon conseguiu um emprego no Harry and Marie's — disse Kyra, referindo-se ao pequeno restaurante retrô no coração da cidade, famoso pelas boas gorjetas. — Debbie Maloney e Jay Carter também.

— Nossa, isso é uma evolução e tanto para Jay — disse Kyra. — Ele não trabalhou no lava-rápido da Main ano passado? Sei que está tentando economizar para a faculdade. Ele acha que os pais não vão conseguir ajuda financeira, mas não podem pagar pela faculdade sem isso.

Assenti junto com as outras sobre a sorte de Jay ter conseguido o emprego no restaurante, mas não tinha ideia sobre quem era Jay Carter. Ou, aliás, Debbie Maloney.

Eu conhecia mais pessoas do que a maioria dos alunos novos conheceria após apenas alguns meses, graças às horas estudando o livro de fotos dos alunos do ano anterior na biblioteca. Essa era sempre a primeira coisa que eu fazia numa escola nova para me ajudar a aprender rapidamente quem é quem. É fácil entender quem sai com quem examinando as fotos em grupo e as espontâneas, no livro do ano.

Mas eu não conhecia todo mundo. Então só assenti e sorri, pegando a dica da reação das outras pessoas e fingindo saber sobre o que estavam falando. O tempo todo me sentia uma farsa.

Conversamos sobre as provas finais, garotos (não sobre Ryan, graças a Deus) e planos para o verão. Depois de um tempo, parei de ter de fingir. Até contribuí com algumas histórias engraçadas, incluindo uma que fez Mel cuspir uma uva-passa no carpete de tanto rir. O que fez com que todas nós ríssemos ainda mais.

Mas era meio estranho estar ali sem nenhum adulto. A mãe de Cassie tinha falecido havia um ano ou dois, e o pai estava fora da cidade em uma conferência de cirurgiões. Então éramos só cerca de uma dúzia de garotas, comida gostosa, boa música e horas de conversa fiada.

— Onde você trabalha como voluntária desde que se mudou para cá, Jess? — quis saber Paige enquanto se jogava na beirada do saco de dormir de Mel.

Fiquei espantada. Não tinha contado do trabalho voluntário a ninguém, ou pelo menos certamente não naquele grupo, onde podiam entender que eu dedicava meu tempo ao voluntariado para evitar ficar sozinha em casa.

— Geralmente na Sociedade Humanitária — respondi. Ajudar animais abandonados soava mais glamouroso do que empunhar um martelo na varanda de uma casa da Habitat, mesmo que eu gostasse de fazer os dois.

— Queria poder fazer isso — disse Mel. — Adoraria ajudá-los, mas sou alérgica a gatos.

— Você sempre pode fazer alguma coisa do lado de fora, arrecadar fundos, ou qualquer outra coisa. Eles estão organizando um grande evento de dia da adoção na escola fundamental, e dias de adoção sempre demandam muita gente para ajudar com a papelada. Você não precisaria nem ficar na área dos gatos...

Mel não disse nada por um segundo. Aproveitei a oportunidade para me repreender mentalmente por parecer a Boa Samaritana. *Bela maneira de parecer descolada, Jess. Sugerir à rainha de um concurso de beleza que passe um sábado inteiro cuidando de papelada burocrática. O que eu iria sugerir em seguida? Sexta à noite no lar dos idosos?*

— Pode ser uma boa ideia — disse Mel. — Eles normalmente separam os cães dos gatos, não é mesmo?

— Estou planejando ir até lá — Paige disse a Mel. — Posso pegar você, se precisar de carona. Você também, Jess.

Fiquei lá sentada, espantada. Paige definitivamente era uma pessoa influente entre aquelas garotas. Não de um modo ruim, do tipo Lexy em qualquer sentido. Ela era totalmente gente boa e pé no chão, e eu já tinha notado como as garotas a respeitavam. Respeitavam Cassie também. Além disso, Paige tinha acabado de se formar e, ainda assim, ali estava ela oferecendo caronas para meras alunas de ensino médio que acabara de conhecer. Dava para ser *mais* legal do que isso? Quando crescer, quero ser como Paige Ellis. Ou Cassie Steele. Ou Sarah Jane Peterson. Ou, na verdade, qualquer uma menos eu.

Kyra tinha inclinado a cabeça para trás, apoiando-a no travesseiro cor de lavanda bordado com um floreado K.

— É tão legal estarmos aqui, só nós — disse ela. — É a primeira vez na semana que consigo relaxar.

Dessa vez, quando assenti, não foi só porque pude me identificar com as noites insones por conta da ansiedade das provas finais, mas porque concordei com o que ela sentia em relação a nós.

Dessa vez, eu realmente me sentia como *nós*. Ou como parte de um *nós*, de qualquer forma. O que me fez perceber o quanto tudo aquilo era estranho. Quero dizer, calma aí. Um bando de garotas populares boazinhas que se reuniam fora de seus grupos de costume — líderes de torcida, atletas, nerds, uma atriz que tinha obtido o registro profissional — *e* conseguiam fazer uma intrusa como eu se sentir bem-vinda? Apesar da minha falta de habilidade social e dos meus modos de boa samaritana? Era suficiente para dar a uma garota esperança de que ela podia, finalmente, por alguma bizarra reviravolta do destino, se enturmar. A maioria das garotas pertencia a um mundo social diferente do meu, mas se eu podia sair com elas por uma noite, talvez pudesse fazer isso de novo algum dia.

Mas, ainda assim...

Como eu tinha passado de saco de pancadas emocional de Lexy e de ver minha oferta de ajuda desprezada por Heather a ter um grupo de garotas incríveis me tratando como um ser humano normal, tudo no mesmo dia? Principalmente quando estávamos acampadas bem no lugar onde Lexy costumava pendurar seu chapéu pontudo?

Muitos anos como excluída me deixaram desconfiada. Tinha de ter alguma armação naquilo. De acordo com minha própria experiência, sempre tinha. Nada nunca era assim tão fácil.

Tinha vasculhado a área de lazer à procura de câmeras escondidas ou microfones que talvez Lexy tivesse plantado. Afinal, ela tinha de saber que todas estavam lá, não é? Esse tipo de coisa era a cara dela. Então prestei atenção a tudo à minha volta, e até mesmo peguei petiscos para outras pessoas como desculpa para checar a área do bar mais de perto.

Mas tudo estava em seu lugar. E parecia tudo certinho também, sem nada que indicasse perigo. E meu medidor de perigo funcionava muito bem quando eu estava atenta. Esta noite? Eu o havia sintonizado em altíssima frequência. Talvez esses aparelhos tecnológicos fossem avançados demais para uma garota prática como Lexy. De qualquer forma, tinha jurado que não ia baixar minha guarda como fizera no Moinho. Ela não iria me pegar desprevenida duas vezes, de forma alguma.

Apesar da ligação com Lexy, Cassie e as garotas não tinham aprontado nada que me fizesse duvidar das palavras de boas-vindas da anfitriã. Se eu estava totalmente paranoica, não podia *culpá-las* por isso. Talvez culpasse Lexy. Mas não as meninas.

O bocejo de Paige foi contagiante, e começamos a formar filas em frente aos vários banheiros dos Steele, rindo como velhas amigas enquanto enfrentávamos os rituais noturnos que faziam de nós garotas.

Acabei no corredor de cima esperando minha vez, ouvindo sem atenção as tagarelices sobre os lugares preferidos para as férias de primavera.

— Acho que nenhum lugar é tão animado quanto Daytona — disse Gwen. — Vôlei de praia todos os dias em que estávamos lá.

— Prefiro Manhattan a Daytona em qualquer época. — Cherie, a atriz, passou a bolsa Clinique para o outro quadril enquanto esperávamos. — Broadway, baby.

Eu me escorei na falsa parede pintada, os olhos indo parar no cômodo à nossa frente. A luz do corredor se derramava sobre um espaço limpo e arrumado, com um edredom de cores vivas e uma pintura delicada de um único dente-de-leão já não tão vistoso. O quarto de hóspedes, presumi.

A fila andou, e comecei a me virar, mas captei alguma coisa na parede oposta, em que ficava uma estante cheia de troféus. A imagem de uma mulher curvilínea e quase sem roupa estava colada à porta do armário. A menos que o quarto de hóspedes dos Steele fosse frequentado por rapazes, calculei que aquele quarto era de Ryan.

O quarto saiu do campo de visão quando avancei na fila, mas isso não me impediu de me deleitar com sua pseudoproximidade. Enquanto mantinha um ar de normalidade, é claro. Não havia razão para alertar as outras sobre minha obsessão. O quarto de Ryan estava tão próximo que eu podia ter esticado a mão e tocado nele. Que bom que estava cercada, ou poderia ter sucumbido à tentação e entrado no mundo particular do garoto dos meus sonhos... Só por um minuto.

Mais tarde, enrolada no cobertor felpudo na área de lazer, voltei a pensar na imagem do quarto dele. Em um minuto, minha mente tinha memorizado os detalhes. Tentei imaginá-lo lá dentro, me perguntando no que ele pensava quando apagava a luz. Mas, finalmente, os dias de estudo pesado para as provas finais me venceram e caí no sono, esperando sonhar com Ryan e um par de lábios deliciosos ao encontro dos meus.

Doces sonhos.

* * *

Muito antes de o dia clarear, acordei em meio a um daqueles sonhos em que eu sentia muita vontade de ir ao banheiro, mas, por toda parte, as cabines só tinham meia parede e nenhuma porta. Além disso, elas eram do lado de fora em um pátio no meio de uma festa, e eu ficava completamente envergonhada por não conseguir encontrar um lugar seguro para, você entende, fazer o serviço.

Acho que isso queria dizer que eu me sentia vulnerável na vida real (é o que diz minha enciclopédia dos sonhos, pelo menos), mas, enquanto eu me perguntava por que estava sonhando com banheiros e não com Ryan, minha bexiga sugeriu que devia ser porque precisava mesmo fazer xixi.

Andei na ponta dos pés por entre as meninas dormindo, com cuidado para não pisar em ninguém no escuro. Subi a escada, passei pela cozinha e segui direto para o corredor do banheiro. Estava lavando as mãos e admirando um dos piores casos de cabelo bagunçado da história quando ouvi vozes do lado de fora.

— Acalmem-se, meninas. Cass, onde estão as velas?

— Acho...

— Estou com elas. Ai!

— Shhh!

— Você pisou no meu pé, Chèrie. Está tentando me aleijar antes do acampamento?

— Dá um tempo. Estamos trabalhando como se estivéssemos na Idade das Trevas aqui.

Abri a porta, pensando no que poderia estar acontecendo.

— O que vocês estão...?

— Ai, meu Deus! — Sarah Jane levou a mão ao peito. — Você quase me mata do coração, Jess!

Saí do banheiro, plenamente consciente da minha aparência com aquele cabelo despenteado em contraste com as garotas no corredor. Elas estavam radiantes, usando longos vestidos brancos que definitivamente não eram camisolas.

Olhei para elas.

Elas olharam para mim.

Algumas olharam para Cassie em busca de orientação, mas ela estava congelada. Finalmente, balançou a cabeça.

— Não sei qual é o protocolo. Ninguém nunca nos pegou no meio da preparação antes. — Ela franziu as sobrancelhas, o que eu esperava que significasse que estava pensando e não tentando entender se uma família de canários tinha construído um ninho no meu cabelo. — Vocês levam Jess lá para baixo e acordem as outras. Só nos deem mais alguns minutos para terminar.

Sarah Jane me levou para baixo enquanto algumas outras garotas de branco seguiram. Calmamente, acordaram as belas adormecidas.

Meus olhos saltaram logo para o broche de sapato alto que eu tinha prendido no cantinho da minha fronha para não perder. Se essa era a parte "especial" da noite, por que elas não podiam ter nos dado algum aviso? Escovei rapidamente o cabelo enquanto Sarah Jane ajudava alguém a achar o estojo das lentes de contato, mas eu ainda me sentia malvestida e despenteada para o que quer que elas estivessem planejando.

Todas estavam acordadas, subimos a escada em fila única, passando pela cozinha, e saímos pelas portas de trás no enorme terraço dos Steele. Não sabia o que esperar, mas o cenário completo de um cerimonial não era uma das opções.

A lua projetava os raios através das árvores, dando um tom azulado a tudo. No meio do terraço, Paige estava de pé com o vestido branco solto, o tecido transparente esvoaçando na brisa da noite. Parecia uma antiga deusa grega. Quase etérea. Estava atrás de uma grande mesa redonda coberta por uma toalha branca e nos deu as boas-vindas silenciosamente com um aceno de mão.

Chegamos mais perto, e as garotas mais velhas nos acomodaram atrás de uma meia-lua de cadeiras cobertas por mais tecido branco, com laços que brilhavam sob a luz das estrelas. Olhei em volta e notei que tínhamos sido organizadas em duas fileiras bem-arrumadas atrás das sete cadeiras. Todas, com exceção de Gaby (outra nerd que nem eu) e Cassie, ambas em pé, ao lado, observando a procissão.

Cada uma das garotas que formavam a fileira de trás — Sarah Jane, Kyra e as outras — estava com uma das mãos no ombro da garota à sua frente. As garotas da minha fileira pareciam embaladas pelo sereno cricrilar dos grilos, e os rostos exibiam expressões tranquilas, ainda que curiosas, de aceitação. Eu, por outro lado, me mantinha cética quanto a tudo aquilo. Meus medos latentes de que pregariam uma peça em mim tinham oficialmente entrado em ação.

Na mesa em frente a Paige havia uma grande vela branca queimando em uma bandeja de metal, que cintilava como se guardasse segredos além da nossa compreensão. Paige ergueu as mãos, palmas para cima, e se dirigiu a nós com uma voz baixa e melodiosa.

— Quem entra no Círculo Sagrado?

— Nós, as Irmãs da Sociedade — disseram Sarah Jane e a fileira de trás.

— O que as traz ao Círculo?

— Buscamos voltar a preencher o rol da Irmandade.

— A Irmandade aceita sua missão.

As "Irmãs" se certificaram de que todas na fileira da frente estivessem sentadas antes de se aproximarem de Paige. Cassie chegou mais perto para ajudar e entregou a Paige uma longa e fina vela branca. Paige a acendeu a partir da grande vela elegante enquanto cada Irmã pegava uma vela igualmente longa e fina, só que mais escura, da mesa. Uma a uma, Paige acendeu as velas — roxas, pude ver com a luz —, e as Irmãs retornaram silenciosamente às suas posições atrás de nós.

Tentei procurar Lexy no meio delas, mas tudo estava obscurecido pelo tecido branco entrelaçado na grade em volta do terraço. Muitos vasos de plantas altas e frondosas bem juntos uns dos outros no limite da cerca nos isolavam da área aberta do terraço. Isso deixava nossa área com um ar de reserva, quase mistério. Foquei minha atenção em Paige e tentei me concentrar no evento que estava para acontecer. O que quer que elas tivessem planejado, não tinha sido feito às pressas. Tinham investido muito tempo orquestrando essa cerimônia.

Paige ergueu sua vela branca, as Irmãs levantando as roxas em resposta.

— Viemos aqui esta noite — começou ela —, em nome da Irmandade, para trazer novas Irmãs à nossa congregação. Oferecemos a vocês uma oportunidade, jovens Irmãs. Somos a nova face das mulheres. Nossa liderança trará a aurora de uma nova era.

Um coro de vozes respondeu atrás de mim.

— Celebramos nossa verdadeira força.

— Cada uma de vocês — continuou Paige, assentindo para nosso grupo que estava sentado — foi selecionada pelo potencial de dar continuidade à nossa missão em uma tradição condizente com nossa amada Irmandade. Mas, antes, celebramos a glória de vocês no presente.

As Irmãs que estavam de pé se moveram como se fossem uma só para a mesa de Paige e pegaram o segundo grupo de velas longas e finas. Sarah Jane fez um sinal para eu me levantar quando se aproximou e me entregou uma vela pálida.

— Celebramos vocês como vocês são, jovens Irmãs — disse Paige. — Aceitem nossa luz como um reflexo da sua própria. Sua vela confirma os triunfos e desafios que fizeram de você quem você é hoje.

— Eu celebro sua glória, Jess — sussurrou Sarah Jane, acendendo minha vela a partir da dela.

Ela então ficou parada ao meu lado, sua vela roxa e a minha cor de lavanda lançando um brilho cálido em nossos rostos. Sarah Jane parecia extremamente tranquila, completamente em desacordo com as batidas fortes do meu coração. Podia algo assim tão sereno ser do mal? Minhas suspeitas sobre Lexy vacilaram.

Sarah Jane devia estar lendo meus pensamentos.

— Não fique com medo — disse ela suavemente. — Você está destinada a ser uma de nós.

De novo com o *nós*. Meu coração bateu um pouco mais rápido. Quantas vezes eu tinha sonhado em ser uma das poucas escolhidas? Ser verdadeiramente aceita pelos populares em vez de ficar de escanteio na minha própria vida?

— Viemos aqui esta noite — continuou Paige — para honrar nossa Irmandade, celebrar sua glória e confiar a vocês sua missão. Cada uma de vocês entra para a Irmandade com um objetivo especial e um presente único para compartilhar com o mundo. Buscamos ajudá-las a produzir esses tesouros e contribuir com eles para o bem maior.

O coro de vozes soou.

— Abraçamos nosso futuro.

As Irmãs voltaram para a mesa, cada uma colocando a mão num jarro de cristal. Sarah Jane voltou para o meu lado, a mão levemente fechada sobre o peito.

— Com ternura no coração, prestamos homenagem ao seu potencial — disse Paige. — Acreditamos no poder de nossos destinos compartilhados.

As vozes soaram em coro uma vez mais.

— Seremos extraordinárias.

Paige se virou em direção à extremidade oposta da meia-lua.

— Melanie Davis. Você possui o maravilhoso dom da calma e serenidade. Traz paz àqueles à sua volta e resolve controvérsias com um coração puro. Apoiamos sua busca pela verdade maior. — Kyra colocou algo na palma da mão de Mel e sussurrou em seu ouvido.

Paige chamou cada garota pelo nome enquanto se movia pelo arco — Katrina Walker, Chandi Prasad, Hannah Campbell, Nalani Akina, Alicia Gallagher. Eu era a última, minha respiração foi ficando curta e rápida. *Por favor, não deixe que eu seja a piada.*

— Jessica Parker. Você possui o dom excepcional da liderança. Louvamos sua determinação inabalável e firme lealdade. Você é uma defensora da justiça e uma guardiã visionária do mundo.

Meu queixo caiu quando Sarah Jane colocou um lindo pingente prateado de borboleta em minha mão livre.

— Irmã Jess — sussurrou ela —, nós celebramos seu potencial e acolhemos seus dons na Irmandade.

Estava tão chocada que mal pude acompanhar o restante da cerimônia. Eu, uma defensora da justiça? Uma guardiã visionária do mundo? Essas pessoas por acaso me conheciam? Eu não conseguia nem me proteger de Lexy!

Senti-me numa emboscada, fantasia e realidade me chocando em medidas iguais. Aquilo era real. Entendia isso agora. Não era um trote elaborado. Elas queriam que eu estivesse ali, me queriam em sua Irmandade secreta. E não tinham a *menor* ideia de quem eu realmente era. O que eu tinha falado sobre o trabalho como voluntária? Só estava ajudando alguns filhotes, não salvando uma galáxia inteira deles.

A decepção caiu sobre mim. Elas estavam me dando tudo com que eu sempre sonhara, tudo que vislumbrara do outro lado. Ainda assim não importava o quanto desejasse fazer parte daquilo tudo — fazer parte de algo real e verdadeiro e especial —, isso nunca tinha sido o que eu havia imaginado.

Posso ter sido a rainha das causas importantes, mas essas eram as garotas mais incríveis da MSH. As melhores entre as melhores em cada faceta da vida do ensino médio. Eu não estava nem no mesmo nível. As Irmãs eram estrelas brilhantes, tão decididas a acolherem outras como elas que não perceberam que uma intrusa tinha passado despercebida. Uma exceção que era o epítome do comum. Eu era a única ali que sabia que meu convite não era nada mais do que um equívoco.

Uma lágrima indesejada deslizou pela minha bochecha, e Sarah Jane a limpou com a manga do seu vestido.

— Eu também chorei — sussurrou ela, e olhei em volta, surpresa ao ver uma lágrima brilhando na bochecha de Mel no extremo oposto. Mas as lágrimas de alegria de Mel e Sarah Jane e as minhas de infelicidade nada tinham em comum.

Assim como nós.

— Você tem certeza — falei, e minha garganta se fechou por um instante — de que queriam me escolher?

Detestei perguntar, sentindo mais medo dessa resposta do que de todos os confrontos com Lexy. Mas sabia que não poderia viver com isso se fossem elas a perceber mais tarde que cometeram um erro. Não poderia suportar a piedade.

Sarah Jane levantou um dedo para Paige, que parou a fala no meio. Sarah Jane se virou para me olhar com atenção, os olhos cheios de compaixão, sabedoria e uma força que eu nunca poderia alcançar.

— Você é a guardiã, Jess. A verdade está dentro de você se procurar por ela. Acredite que está aqui porque foi destinada a estar.

Ela não sabia quão maluco seu pedido era. Alguém como Sarah Jane nunca poderia entender. Estava pedindo para eu pôr abaixo minhas defesas, paredes que me mantinham protegida em minha solitária, mas segura, pequena bolha. Uma bolha que me permitia acreditar que eu *era* boa o suficiente, que as pessoas só não tinham tido ainda a chance de me conhecer de verdade.

Fechei os olhos e respirei fundo, rezando por algum tipo de sinal. Nenhum raio apareceu no céu, mas uma sensação momentânea de paz tomou conta de mim. A sensação veio e foi embora tão rapidamente que me perguntei se tinha sido minha imaginação, mas, no final das contas, eu sabia. Se algum dia houve uma hora para se acreditar, era agora. "Confie no universo e vá com Deus", como Nan diria. Aquilo me deixou apavorada. *O que aconteceria quando percebessem que sou apenas eu?*

— Jovens Irmãs — continuou Paige —, prestamos homenagem a vocês agora e celebramos quem se tornarão. Com este pingente para lembrá-las de seu maior potencial, chegou a hora de decidirem. — Paige fez um sinal para que nos aproximássemos da mesa. — Em toda vida há um momento da verdade. Vocês permanecerão como são agora ou aceitarão o chamado para cumprir seu potencial maior?

Cassie se adiantou para colocar uma vela larga e achatada no centro da mesa. Bastou um olhar para o formato dos pavios — um no alto e outros sete em meia-lua em volta da base — e entendi que nos representavam. Paige acendeu o pavio do alto e ergueu sua vela para as Irmãs de pé, com ar de orgulho, atrás de nossas cadeiras vazias.

— Longa vida para a Irmandade — disseram elas, apagando suas velas de uma só vez.

— Cada uma de vocês deve decidir seu futuro — disse Paige, virando-se para Mel. — Irmã Melanie, você aceita o chamado da Irmandade?

Sem hesitar, Mel acendeu o pavio em sua ponta da meia-lua.

— Eu aceito o chamado.

Cada garota aceitou sem demonstrar qualquer centelha de dúvida de que aquele era exatamente o lugar a que pertenciam. Os pavios ganharam vida até todos estarem acesos, com exceção do meu.

— Irmã Jessica, você aceita o chamado da Irmandade?

A confiança lutava com o medo. Somente uma coisa era pior do que estar sempre de fora: sentir a magia de fazer parte e depois ser banida de volta quando o sonho desmoronasse. Valeria o risco?

A paz tomou conta de mim novamente, mais forte dessa vez, mas tão efêmera quanto antes, e eu me acalmei para silenciar os medos. Ouvi a voz baixa e serena dentro de mim e abaixei minha vela trêmula até o pavio, a voz mal saindo, como um sussurro.

— Eu aceito o chamado.

— Resta uma última coisa. A vela que queima brilhante em nossa mesa representa cada uma de vocês como estimadas Irmãs da Sociedade. Onde uma jornada começa, outra deve terminar. Quando estiverem prontas para começar sua nova jornada, apaguem suas chamas e liberem os medos que as prendem ao passado.

Uma a uma, as garotas apagaram suas velas cor de lavanda. Olhei para Sarah Jane, que estava silenciosamente me encorajando enquanto segurava com força a mão de Gwen por cima da minha cadeira. Anos de vida solitária inundaram minhas lembranças, me arrastando para a segurança da minha bolha. Com as palmas das mãos suando, resisti à tentação de me encolher de medo diante do desconhecido e fiz aquilo que mais me assustava. Dei um voto de confiança.

Fios de fumaça saíam rodopiando de minha vela apagada quando olhei para Paige.

— *Namastê*, Irmãs — disse ela. — Sejam bem-vindas à Sociedade Cinderela.

Capítulo 4

NOVE HORAS DEPOIS, EU estava de volta ao Moinho para o almoço. Agitada pela empolgação e pelo pouco sono, dolorida após duas horas pintando o quarto dos bebês com minha mãe, segui Sarah Jane pela mesma calçada na qual tinha caminhado a noite anterior. O mesmo caminho de pedras, as mesmas portas de vidro jateado com as xícaras de café estilizadas. Tudo estava igual... e diferente.

Na noite anterior, tinha ficado parada do lado de fora dessas portas duplas, ponderando sobre meu destino como uma excluída perpétua. Em uma questão de horas, eu havia cruzado o limiar impreciso da aceitação. De volta à cena do crime, estava de frente para a porta que se abriria para meu futuro. Não era mais Jess Parker, *persona non grata*. Era Jess Parker, recém-iniciada Irmã da Sociedade. O mundo era minha ostra.

Desacelerei o passo, me sentindo um pouquinho sobrecarregada e incerta. E sim, um pouco melodramática.

Sarah Jane olhou para mim.

— Está preparada para isso?

— Só há um jeito de descobrir. — Respirei fundo, empurrei as portas e com coragem entrei em minha fabulosa nova vida.

Em se tratando de um rito de passagem, foi muito frustrante. Ninguém me jogou confete ou me pediu autógrafo. Ninguém sabia que havia qualquer coisa de diferente comigo, a não ser pelo fato de que eu tinha chegado com Sarah Jane Peterson, *it girl* local. O resto era *status quo*.

O que era uma decepção. Um pouco de comemoração teria matado alguém?

— Quando começamos? — perguntei a Sarah Jane enquanto esperávamos na fila.

O nervosismo e a expectativa combinados me fizeram soar mais como uma garotinha de 6 anos na noite de Natal do que uma Cinderela de 16; mas não podia evitar. Desde que Sarah Jane tinha me falado sobre nossa Sociedade e as transformações supremas de vida que realizava, visões de fadas-madrinhas tinham passado a ocupar minha mente.

Se dependesse de mim, podíamos pular a parte do almoço e ir para o shopping de barriga vazia. Um guarda-roupa novo era a primeira coisa da lista do meu programa de transformação, e luzes âmbar brilhantes vinham logo em seguida.

— Vamos pegar nossas bebidas primeiro — murmurou Sarah Jane, virando-se em direção ao balcão. — Oi, Audrey. Quero um mocha latte grande.

— Oi, SJ. Já está saindo.

Audrey London se movia com o tipo de graça que se imaginaria em uma top model, embora você esperasse ver isso em uma passarela, e não atrás do balcão de um luxuoso rival do Starbucks.

Comecei a perguntar "Vocês vêm muito aqui?", mas fechei a boca. Porque, alô-ou? Audrey London tinha chamado Sarah Jane pelo *nome*.

Eu sei! Uma modelo que foi duas vezes capa da *Sports Illustrated* e que, segundo dizem, namorou Matthew McConaughey (Sarah Jane diz que é apenas um boato) e agora era proprietária de uma cadeia de cafeterias superbadaladas conversava com Sarah Jane como se elas fossem velhas amigas.

O Moinho em Mt. Sterling era o primeiro café de Audrey e, desde que ela se tornara um fenômeno da franchising, seu quartel-general. Eu havia lido um artigo em que ela dizia que a melhor amiga era uma grande professora na Universidade Montgomery, que ficava a menos de vinte minutos do Moinho. Mas, ainda assim, estabelecer-se em uma pequena cidade como Mt. Sterling em vez de abrir negócio em Nova York, Milão ou em Sydney, sua terra natal?

É claro que eu achava que isso era maluquice. Mas, por outro lado, nunca tinha tido uma melhor amiga, então o que eu entendia disso?

Audrey gostava de permanecer visível, então não era incomum encontrá-la atrás do balcão conversando com os clientes. O que era parte do que fazia do Moinho o lugar para ver e ser visto por todo o corpo estudantil da MSH.

Mas quando ela perguntou sobre o namorado de Sarah Jane pelo nome e como ela foi na prova final de francês, meu celebrômetro entrou em sobrecarga. Sofro de um dos piores casos de medo de celebridades. Não me entenda mal, gosto de assistir a elas como todo mundo, mas estar de verdade na presença de uma? Era uma história completamente diferente.

Quando chegou minha vez, quase não consegui falar. Depois de gaguejar meu pedido, fiquei muda e ouvi Sarah Jane terminar sua história enquanto um funcionário entregava o latte de Sarah Jane para Audrey. Além de fazer as melhores coberturas de abóbora para muffin do mundo — de acordo com a revista *Seventeen* —, uma das coisas que tornaram o Moinho famoso era a figura que eles salpicavam no alto de suas deliciosas bebidas. Seguravam uma espécie de coqueteleira sobre o copo, davam um tapinha rápido, e você tinha uma imagem perfeita no alto do seu café de grife. Eu já tinha tomado bebidas com todo tipo de figuras, de borboleta a megafone e, certa vez, um coração.

Audrey pegou uma coqueteleira roxa que eu não tinha visto antes e colocou a cobertura no café de Sarah Jane. Meu latte extragrande de caramelo chegou em seguida, e Audrey pegou a coqueteleira rosa que eu conhecia, de libélula. Ela parou com a coqueteleira na mão e olhou para Sarah Jane.

— Ela está com você?

— Esta é Jess Parker — disse Sarah Jane. — Estamos passeando hoje.

Audrey estendeu a mão livre por cima do balcão para apertar a minha.

— Prazer em conhecê-la, Jess. Já vi você aqui com Rosemary.

Uau. Ela até sabia o nome de Nan.

— Olá, senhorita London. É um prazer conhecê-la. — E eu só gaguejei uma vez. *C-conhecê-la*.

— Ah, me chame de Audrey. Estamos entre amigas, certo?

Assenti meio na dúvida, muda em minha fobia por celebridades, enquanto Audrey trocava a coqueteleira para a roxa e disparava uma rápida figura sobre o café. Ela colocou uma tampa clara e me entregou o copo enquanto eu pegava o dinheiro.

Audrey balançou a cabeça.

— É por conta da casa. Bem-vinda, Jess Parker.

Agradeci imensamente, ainda surpresa por ela ter dito meu nome não uma, mas duas vezes. Quando olhei para meu latte grátis, vi uma figura que nunca tinha visto antes. Ela estava começando a se desintegrar na mistura cheia de vapor, mas parecia claramente ser um sapato. De salto alto, para ser exata. Como um...

— Não é possível — sussurrei.

— É, sim — sussurrou Sarah Jane de volta enquanto Audrey piscava para mim antes de se virar para atender a próxima pessoa da fila.

Senti um bolo na garganta. Um ritual de iniciação à luz da lua e eu já estava socializando com os ricos e famosos. Fiquei observando a figura se dissolver lentamente até desaparecer. Mas meu primeiro vislumbre de como a outra metade vivia estava impresso em meu cérebro. Fama, fortuna e uma cobertura de latte no formato de um sapatinho de cristal.

Eu esperava que o relógio nunca soasse meia-noite.

Sentamos em um dos lugares da frente quando algumas garotas que reconheci da ginástica saíram. Audrey se aproximou com uma toalhinha vermelha fofa de bistrô e limpou rapidamente a mesa. Ela desacelerou a mão que estava limpando e baixou a voz.

— Ouvi dizer que havia 14 no Campo ontem à noite.

Os olhos de Sarah Jane se arregalaram.

— Quatorze?

— Quatorze o quê? — perguntei, esquecendo que era a agregada.

— Pessoas. — Sarah Jane olhou de relance para Audrey. — Duplicaram?

Audrey assentiu, terminando a limpeza com um floreio.

— Força em números, querida — disse ela antes de voltar para trás do balcão.

Sarah Jane ficou sentada imóvel, ainda em choque com o número 14. Kyra e Mel chegaram, e Sarah Jane acenou para que se juntassem a nós. Kyra se dirigiu primeiro ao balcão, e ela e Mel foram pegar suas bebidas.

Quando chegaram à nossa mesa, a expressão de Kyra era igual à de Sarah Jane.

— Quatorze? — perguntou ela a Sarah Jane em voz baixa. — Como não percebemos isso?

Sarah Jane balançou a cabeça.

— Não sei, mas vamos ter de repassar a informação.

Eu estava para perguntar "Quatorze o quê?" de novo, imaginando que Sarah Jane iria perceber que era indelicado continuar falando de maneira cifrada, quando dois caras fortes e bonitos do último ano entraram em cena. Mark Evans e Ben Harper chegaram caminhando tranquilamente, maravilhosos com as blusas polo e bermudas cargo. E, simples assim, o humor passou de sombrio a radiante.

Eles puxaram cadeiras junto às respectivas namoradas, Mark perto de Sarah Jane e Ben, de Kyra. Sarah Jane os apresentou a mim e a Mel, e a conversa mudou para histórias de guerra da semana das finais. Ouvi em silêncio e tentei fingir que pertencia àquele mundo. Até Ben olhar para a porta e gritar:

— Steele!

Todos nos viramos, e ali, em carne e osso — uma *maravilhosa carne* —, estava o garoto dos meus sonhos. Ryan levantou o queixo cumprimentando e veio em nossa direção. Os rapazes trocaram um aperto de mão exagerado, cheio de testosterona, antes que ele se virasse para as garotas. Meu coração parou quando vi que me reconheceu.

— Então você sobreviveu? — Um sorriso iluminou-lhe o rosto. — Achei que aquela talvez fosse a última vez em que veríamos Jess Parker.

— É — falei, tentando pensar numa resposta inteligente. Em vez disso, só conseguia pensar em como ele sabia meu nome todo e quão brancos eram seus dentes assim de perto, de forma que não me ocorreu nada. Só "é".

Ele voltou sua atenção para o restante do grupo e se juntou à conversa sobre a festa na casa de Nick Case na noite anterior. Quis me matar por não conseguir pensar em nada.

Tentei parecer espontânea e descontraída, mas não havia como fugir da realidade. Para alguém que se sentia totalmente à vontade entre adultos — graças a anos trabalhando como voluntária —, eu ficava muito sem jeito em meio a pessoas da minha idade. Principalmente garotos. Eu podia ser uma Irmã, mas ainda tinha muito chão pela frente até conseguir me enturmar com o grupo de Sarah Jane.

Quando os garotos finalmente se levantaram para sair, Mark deu um beijinho rápido na bochecha de Sarah Jane.

— Quais são seus planos hoje?

— Sair com as garotas — disse ela. — Talvez ensaiar um pouco nosso número de animadoras de torcida.

O quê?! *Nãããão!* Sarah Jane tinha me prometido que passaríamos a tarde cuidando da minha transformação, e não testando passos novos para...

Oh.

Então *discrição* incluía não falar nada com os namorados. Interessante.

Ben deu um beijinho em Kyra — os dois casais ganhando pontos por demonstrações comedidas de afeto em público —, e os rapazes seguiram para a porta. Foi só quando Sarah Jane reprimiu uma risada que percebi que eu estava claramente com um olhar pidão de cachorrinho.

— Ryan? — perguntou ela.

Meu rosto ficou vermelho em dois segundos.

— Não sabia que ele ia estar aqui.

— Eles andam em grupo, mas isso é uma história para outro dia. — Ela deu uma olhada em volta da mesa, com um brilho nos olhos. — Agora temos muito o que fazer.

* * *

Quando se está prestes a entrar no misterioso mundo de uma sociedade secreta, ir em direção aos banheiros de um café e passar pela porta de serviço não é exatamente o primeiro lugar a que se espera ir.

Sarah Jane parou para fazer uma ligação do telefone público na área reservada aos funcionários, mas pelo que pude entender, não chegou a falar com ninguém. Passou algo que parecia um cartão de crédito no telefone e apertou alguns números antes de ouvirmos um zumbido e um clique da porta com a inscrição ACESSO RESTRITO À GERÊNCIA. Nós a seguimos pela porta em direção a outro corredor... e outro... cada vez mais para dentro do prédio. O Moinho parecia estar construído em volta de um labirinto.

Pensei se devia deixar uma trilha de migalhas de pão. O que me deixou com fome, uma vez que, entre conversarmos com Audrey, falarmos sobre o número 14 e vermos três caras gatos muito desconcertantes, tínhamos nos esquecido de almoçar.

Finalmente paramos em frente a uma porta com um teclado e esperamos enquanto Sarah Jane apertava mais botões. As borboletas estavam agitadas no meu peito, mandando uma mensagem em código Morse do tipo: *Você tem certeza de que está pronta para isso?*

Sarah Jane abriu a porta e a manteve aberta enquanto Kyra e Mel entravam. Fui logo em seguida e me vi no esconderijo secreto da Sociedade Cinderela.

A luxuosa instalação parecia uma imensa e elegante sala de conferências. Mas, em vez de atender a sujeitos de terno, éramos apenas nós quatro e Gaby, que estava ocupada distribuindo fichários pela mesa gigantesca.

Uma acolhedora e brilhante mesa de madeira, com grandes cadeiras confortáveis de rodinhas, revestidas em maravilhoso couro acamurçado roxo, davam à sala um ar sofisticado, ao mesmo tempo em que garantiam um ar caseiro e aconchegante ao espaço. Ainda assim, os medos da noite anterior voltaram, lembrando-me de que aquilo tudo estava muito fora do meu mundo. Coloquei a mão sobre uma cadeira, acariciando nervosamente o couro macio.

— Sintético, é claro — disse Sarah Jane. — Macio, mas sem que qualquer animal tivesse de morrer por isso.

Velas de baunilha estavam acesas sobre uma bandeja de cristal no centro da mesa, e fotos com lindas molduras revestiam as paredes. Essas eram de um suave tom de lavanda e, observando mais de perto, exibiam celebridades: atrizes elegantes, atletas profissionais e ganhadoras do Grammy. Exatamente o tipo de mulheres que se esperaria que a Sociedade Cinderela considerasse como modelos de vida. Todas confiantes, todas poderosas, todas deslumbrantes.

É. Anos-luz fora do meu mundo. Uma outra galáxia, até.

Cheguei mais perto para observar as fotos em grupo com molduras prateadas que estavam perto da porta, algumas das quais incluíam Sarah Jane, Kyra ou Paige cercadas por outras garotas. Todas pareciam luminosas e felizes. Como emoldurados caracteres asiáticos de alegria, sabedoria, prosperidade e harmonia, a sala era um tributo ao poder feminino.

Gaby acenou para que déssemos a volta na mesa, onde grossos fichários esperavam por nós. Sarah Jane me levou até um deles, e Kyra levou Mel até outro. Estendi a mão para pegar o fichário.

Sarah Jane segurou meu pulso.

— Gab?

— Esperem — disse ela, ainda se movimentando agitadamente pela sala, acendendo velas, pegando materiais em prateleiras e tigelas para lanches. — Precisamos esperar todas as outras.

— Não se preocupe. — Sarah Jane se inclinou em minha direção. — Essa é a primeira vez de Gaby como Presidente Alfa. Ela vai ser incrível.

— Presidente Alfa? — perguntei.

— Tenha paciência, J. — Ela olhou para Gaby, que estava colocando uma mistura de cereais com frutas secas e chocolate em tigelas de vidro no formato de joias. — Audrey já te falou sobre o aumento do número?

Gaby levantou os olhos, perdendo a concentração e derramando a mistura na mesa.

— Ela já sabe de alguma coisa?

— Quatorze — disse Kyra.

Gaby colocou a sacola na mesa fazendo barulho.

— É o dobro.

Sarah Jane, Kyra e Gaby se entreolharam, cada uma refletindo sobre o mágico número 14, enquanto Mel e eu trocávamos olhares de quem não fazia a menor ideia do que estava acontecendo.

Limpei a garganta.

— O que esse número significa?

Gaby balançou a cabeça para clareá-la, curvando-se para recolher a mistura que tinha caído pela mesa.

— Acho que vou ter de incluir isso. — Ela apoiou as mãos na mesa. — Como Gwen diria, *O jogo começou*.

— O jogo começou — concordou Sarah Jane.

* * *

As outras garotas da cerimônia de iniciação estavam chegando, e Sarah Jane e Kyra se retiraram para uma fileira de cadeiras contra a parede, atrás de nós. Quando todas estavam sentadas, Gaby foi para a cabeceira da mesa e abriu um grande livro com encadernação de couro e fecho lateral, como um diário.

— Como todas sabem, meu nome é Gaby Winston. Serei a Presidente Alfa pelo próximo ano. Meu trabalho é dirigir as reuniões nível Alfa e prepará-las para dar o próximo passo na Irmandade.

Ela respirou fundo e continuou:

— Como essa é a primeira vez de vocês aqui no Clube, permitam-me dar alguns esclarecimentos. Este é nosso local de encontro, para Cindys somente. Ninguém mais sabe da existência dele. Há travas de segurança na entrada externa da gerência e na porta para o Clube. Cada uma de vocês receberá seu próprio código, e o sistema de segurança irá registrar todas as vezes que entrarem nestas instalações. Vocês são livres para voltar aqui sempre que quiserem, durante o horário comercial, para estudar e trabalhar em seus projetos.

Ela esticou os braços para abranger a sala.

— Isto é o que chamamos de Sala de Estudos. Passando por aquela porta, fica o escritório Alfa — disse ela, apontando para a esquerda. — É onde me encontrarão quando eu estiver de serviço, este verão. Se eu não estiver de serviço, podem me deixar uma mensagem.

Gaby fez um gesto para as outras portas mais distantes, à esquerda.

— A próxima porta é o escritório da líder, Paige Ellis. Ela está trabalhando como conselheira de acampamento este verão, então vai ficar afastada na próxima semana durante o treinamento de conselheiras. A última porta é o escritório Gama. Tem o próprio acesso fechado e está fora dos limites para vocês, a menos que recebam credenciamento Gama de segurança.

Ela apontou com o polegar sobre o ombro.

— Atrás de mim fica o *lounge* das Cindys. Temos uma ótima estrutura lá: uma cozinha americana com algumas mesas, dois laptops, uma TV e um banheiro. Audrey mantém nosso estoque bem-abastecido, então fiquem à vontade quando quiserem fazer um lanchinho. Se desejarem um sanduíche ou algum item lá da frente enquanto Audrey estiver por aqui, há instruções sobre como fazer os pedidos próximas aos laptops. Audrey trará o que quiserem aqui.

Credenciamento de segurança e uma supermodelo nos servindo? Quem *nós éramos*?

— De agora em diante, vocês só ficam lá na frente se estiverem aqui socialmente. Se vierem por causa da Sociedade, entrem pela porta de fora perto dos banheiros e depois pelo acesso dos funcionários. Vocês devem ir embora da mesma forma que entraram. Ninguém deve vê-las entrar ou sair, se puderem evitar. Se alguém fizer alguma pergunta, apenas digam que estão fazendo algum trabalho para Audrey.

— Audrey contrata estudantes para várias tarefas no estabelecimento — explicou Kyra. — Isso nos ajuda com o disfarce.

Elas não estavam brincando sobre a discrição. Eu me perguntava se ainda faltava muito para tirarem impressões digitais.

— Os fichários em frente a vocês — continuou Gaby — são seus manuais de treinamento na Irmandade. As letras *MTC* na capa significam *Manual de Transformação da Cinderela*. O MTC é um dos documentos mais secretos da Sociedade e *não deve* sair do Clube. Há armários com tranca no *lounge* para vocês os guardarem quando saírem.

Desde quando transformações exigiam treinamento? Minhas fantasias sobre simples fotos de "antes e depois" estavam parecendo cada vez mais um sonho impossível.

Gaby consultou o livro à sua frente, deixando o dedo na página para marcar o lugar em que estava.

— Não é preciso dizer que nada do que vocês veem, ouvem ou fazem no Clube sai do Clube. Vocês não devem mencionar o *MTC* ou nada sobre a Sociedade Cinderela para não Cindys.

— E quanto a Audrey? — perguntei. — Ela não sabe?

Gaby sorriu.

— Você é rápida. Um grupo como o nosso não pode funcionar sem ajuda, então temos um dedicado sistema de apoio para o que fazemos. Audrey tem um contrato lucrativo conosco pelo espaço, então isso funciona para todas nós.

Eu não conseguia imaginar o que *lucrativo* significava para uma supermodelo milionária, mas as Cindys tinham de ser seriamente bem-financiadas. Fiz uma anotação mental para tentar arrancar de Sarah Jane quem estava financiando nosso grupinho. Ela havia jurado que era algo estritamente sem taxas. O que era bom, porque minha mesada não podia bancar um hamster, quanto mais uma supermodelo.

— Ela também é nossos olhos e ouvidos — acrescentou Sarah Jane. — Isso é parte de por que ela é tão comunicativa lá na frente. Ela já é assim naturalmente, mas dessa forma descobre muita coisa sobre as pessoas que entram na loja. Se algo é prejudicial a nós ou a... — ela fez uma pausa — outras pessoas, Audrey nos conta.

— E essas outras pessoas são exatamente o motivo de vocês estarem aqui — disse Gaby. — Os princípios da Sociedade Cinderela são simples, mas poderosos: celebrem sua força, abracem seu futuro e sejam extraordinárias. Toda Cindy, não importa de que nível, segue os mesmos princípios. É o que impulsiona tudo o que diz respeito à Irmandade.

Parecia que Sarah Jane tinha deixado algumas coisas fora de sua explicação sobre as Cindys. Ou talvez eu tivesse as ignorado no minuto em que ouvi as palavras *você* e *transformação* na mesma frase.

Gaby nos fez abrir os *Manuais de Transformação da Cinderela* em um gráfico que esclarecia toda a história dos níveis hierárquicos.

— A Sociedade tem quatro níveis — explicou ela. — Alfa, Beta, Gama e Delta. Assim que aceitam o chamado durante a iniciação, vocês são oficialmente uma Alfa. Como Alfas, sua prioridade é aprender sobre a missão da Sociedade e completar a primeira parte do seu treinamento de Cindy para prepará-las para a batalha à frente

Treinamento, treinamento e mais treinamento. Quando nós iríamos fazer a...

Espere. Ela disse "batalha"?

— Trabalhamos com dedicação para sermos as melhores que pudermos e contribuirmos para o bem maior. Mas, para cada uma de nós, existe alguém no lado oposto do espectro. Tipo como na física, em que...

— Gab — interrompeu Sarah Jane. — Chega de aula de ciências.

— Estraga-prazeres. O que quis dizer é que para cada Cindy existe uma antagonista.

— Uma Malvada? — brinquei, mas parei de rir quando percebi que nenhuma das minhas irmãs Alfa tinha entendido a referência. — Sabe, como as meias-irmãs malvadas da Cinderela?

Gaby não demonstrou qualquer traço de sorriso.

— Nunca brincamos sobre as Malvadas. Mas sim, elas são nossas antagonistas. Na maior parte do tempo, vivem uma existência superficial. Muito superficial, muito focadas no agora. Sexo casual, bebidas, às vezes drogas, até mesmo coisas ilegais de menor importância. Assumem riscos sem se preocupar com as repercussões. Ou, se se preocupam, não deixam isso limitar seu estilo de agir.

Uma Alfa chamada Kat assentiu.

— Levando a Geração do "Eu" ao extremo.

— Você entendeu — concordou Gaby. — As Cindys, por outro lado, entendem a necessidade de às vezes sacrificar o agora, prestem atenção, às vezes, não sempre, para alcançar a vitória maior depois. Há um plano maior em ação, e somos apenas uma peça do quebra-cabeça.

— Então — disse Mel, para ver se era isso mesmo —, as Cindys são boas e as Malvadas são más. Como uma batalha escolar entre o bem e o mal?

— As Malvadas não são cem por cento más, assim como as Cindys não são cem por cento boas — alertou Gaby. — Mas, de resto, sim. As Malvadas ganham poder manipulando e dominando outras pessoas. Principalmente os Joviais, que é como chamamos as pessoas que não são Cindys nem Malvadas. É uma abreviação de Jovens Normais, mas não deixem o nome enganar vocês. Cada um deles tem a força e a habilidade para causar um grande impacto. Você não precisa ser uma Cindy ou uma Malvada para isso.

Eu tinha sido uma jovem normal minha vida inteira, então precisava concordar em relação a isso.

— A missão das Malvadas é dominar os Joviais e fazê-los realizar seu trabalho sujo. Nossa missão é proteger os Joviais e, essencialmente, derrotar as Malvadas.

As Cindys versus as Malvadas. Lutando pelos Joviais?

Gaby deslizou para o lado o painel de avisos na parede atrás dela, revelando um quadro branco por baixo.

— Para derrotar as Malvadas, seguimos os dois mandamentos da Irmandade.

Ela pegou um marcador azul da bandeja e escreveu o mandamento número um no quadro.

PROTEJA-SE

— A Irmandade pode ajudar oferecendo apoio quando necessário — disse Gaby —, mas você deve ser capaz de enfrentar uma Malvada e vencer. Isso significa se preparar para não deixar que consigam entrar em sua cabeça com seus jogos mentais.

Ela se virou de volta para o quadro e escreveu o segundo mandamento Cindy.

PROTEJA OS JOVIAIS

— Poder é a chave. Dê a uma Jovial as ferramentas para se salvar e coloque-se como um apoio para lhe dar confiança. A melhor maneira de proteger uma Jovial é ajudá-la a se proteger. Quando ela expressa seu próprio poder, as Malvadas começam a perder o delas.

Gaby colocou a tampa no marcador e o pôs de volta na bandeja.

— Não é uma missão fácil, mas quando terminarem seu treinamento Alfa e Beta, estarão prontas para lutar com as Malvadas e saírem por cima. Alguma pergunta até agora?

A pergunta dela encontrou sete olhares vidrados em volta da mesa.

— Isso é normal. É muita coisa para absorver no início. — Gaby respirou fundo e começou seu último tópico: — OK, com relação aos 14...

Meu corpo recebeu uma dose de cafeína verbal.

— Para continuar a construir a Irmandade, fazemos a proposta a sete garotas todo ano. Até agora, assim também fizeram as Malvadas. Mas, se o serviço de informações da Audrey estiver certo, e ela raramente está errada, as Malvadas decidiram subir um nível e recrutaram 14 garotas este ano.

Daí o "dobro".

— Então elas vão ter mais gente do que nós — disse Mel lentamente, tentando compreender o que aquilo representava. — A balança pesa a favor delas. Mas como isso afeta a nós, Alfas?

Gaby estendeu uma das mãos.

— De mais maneiras do que conseguimos esclarecer no primeiro dia. Tenho certeza de que já há pessoas empenhadas em resolver esse problema específico. Por agora, apenas concentrem-se no seu MTC. É a melhor maneira de se preparar para o que quer que elas tenham planejado.

Abrimos nossos fichários e começamos a ler sobre a história da SC enquanto Gaby se retirava para seu escritório e nossas mentoras (ou "Irmãs Mais Velhas", de acordo com Gaby) seguiam para o *lounge*. Quem poderia imaginar que uma sociedade secreta dedicada a combater as garotas más do mundo tinha florescido na Mt. Sterling havia mais de um século?

No entanto, eu não podia evitar dar uma espiada nas outras seções que Gaby tinha mencionado. Depois da história, havia várias outras subdivisões, incluindo a muito aguardada seção sobre a aparência. Infelizmente, estavam todas vazias a não ser por uma apresentação geral.

Gaby colocou a cabeça para fora do escritório, e eu soltei as páginas.

— Se vocês precisarem de alguma coisa, estarei aqui pelo resto do dia — disse ela. — Como amanhã é a primeira aula como Alfa, tentem ler a seção de história e as outras apresentações gerais antes para que estejam prontas para mergulhar na fase um da transformação de vocês.

Visões de deslumbramento e popularidade do calibre de Sarah Jane me desconcentraram. Poderíamos ter de aprender sobre nossa história primeiro, mas isso não significava que eu não podia sonhar com o que viria a seguir. Eu estava cercada por garotas populares, segurava um guia ultrassecreto para me tornar uma pessoa descolada em mãos, e tinha a rainha do baile de formatura do terceiro ano bancando a fada-madrinha para a transformação da minha vida. Essa história tinha todos os ingredientes de um conto de fadas.

A não ser pelo fato de que tudo em nossa missão arrepiava os pelos da minha nuca.

As Cindys podiam ter essa vertente da Transformaçãolândia, mas a Irmandade era uma força para se levar em conta. E, ao contrário dos filmes, elas não estavam combatendo vilãs malignas em uma terra distante. Nossas vilãs estavam bem aqui, muito perto de casa.

Eu apostaria minha adorada bolsa Kate Spade que Lexy era uma grande Malvada. E, se fosse, isso representava muito mais do que eu tinha pensado quando aceitei participar.

Como eu poderia um dia lutar com Lexy e vencer?

Capítulo 5

IR AO CLUBE PELA segunda vez não diminuiu em nada o fator assombro. Mel e eu aparecemos no final da manhã do dia seguinte para terminar de ler as apresentações gerais do *Manual de Transformação da Cinderela* antes da primeira aula Alfa naquela tarde. Gaby, é claro, estava lá desde que havia sido preparado o primeiro café na loja da frente. Ela nos cumprimentou no *lounge*, carregando um muffin com pedaços de maçã e um BlackBerry pendurado numa cordinha de segurança.

Gaby pegou um refrigerante para cada uma de nós enquanto colocávamos nossas coisas nos lindos armários cor-de-rosa. Ela havia colocado David Cook nos alto-falantes do iPod na cozinha, mas prontamente desligou.

— Desculpem — disse ela. — Precisava de alguma coisa para acordar.

Eu me identifiquei totalmente. David Cook podia me acordar a qualquer hora.

Mel e eu pegamos nossos fichários e nos sentávamos nas confortáveis cadeiras da Sala de Estudos quando Sarah Jane e Kyra entraram. Elas guardaram suas coisas e se juntaram a nós na mesa. Sarah Jane pôs seu enorme fichário perto do meu. Mesmo pousando-o suavemente na mesa, ainda provocou um grande barulho.

Observei aquela monstruosidade, subitamente feliz porque o meu só tinha algumas poucas dezenas de papéis, e imaginei o que poderia haver no dela. Eu tinha descoberto que ela era uma Cindy do terceiro nível, uma Gama, então quem poderia saber o que seria aquilo tudo?

Pelo que havia aprendido até agora, a fase Alfa tratava principalmente da parte dos princípios que se referiam a *celebrar sua força*, e a fase Beta se aprofundava em *abraçar seu futuro*. Como sou uma garota esperta, cheguei à conclusão de que as Gamas cuidavam de *serem extraordinárias*. Já as Deltas... humm, o que vinha depois de ser extraordinária? Dominar o mundo?

Todas nós imergimos em nosso trabalho do MTC — Mel e eu nas últimas apresentações gerais e Sarah Jane e Kyra em seus projetos especiais. O ar zumbia com vibrações de produtividade.

A porta do Clube se abriu novamente e Paige entrou, seguida por Audrey. Pareciam sérias quando se dirigiram para o escritório de Paige. Nossas Irmãs Mais Velhas observaram as duas circunspectamente e, com calma, fecharam os MTCs. Quando colocaram de lado os fichários, Paige abriu a porta. Ela assentiu para Sarah Jane em silêncio e voltou para dentro enquanto Audrey saía do Clube sem dizer uma palavra.

Sarah Jane e Kyra abriram o escritório Gama, entraram e fecharam a porta.

Mel e eu nos entreolhamos.

— O que foi isso? — perguntei.

Mel bateu um ritmo *staccato* com a caneta.

— Viu as notícias esta manhã?

Minha mãe ligava no Canal do Tempo todas as manhãs, mas algo me disse que não era sobre isso que Mel estava falando.

— O que foi?

— A Miss Teen Blue Ridge perdeu o título ontem à noite. — Ela se inclinou para perto de mim, baixando a voz. — Enviaram um vídeo com ela fumando um baseado no bosque atrás da escola para um canal de TV local. Quando a identificaram, chamaram o representante do concurso para uma declaração oficial. O representante chamou a família da garota, confirmou que era ela e tomou sua coroa.

Que situação! Mas quem em sã consciência fumaria um baseado atrás da própria escola? Em primeiro lugar, gosto de todos os meus neurônios, obrigada. E em segundo, uma celebridade adolescente local fazendo *qualquer coisa* de errado em público é uma manobra idiota. Acrescente ilegal a idiota, e o que ela esperava?

— O que isso tem a ver com a gente? — Antes que "com a gente" saísse da minha boca, eu já sabia a resposta. A pergunta não era por que ela tinha sido tão idiota, mas por que a estação de TV recebeu o vídeo em primeira mão.

As Malvadas atacam novamente.

— Quem pode ter feito isso com ela?

— Lexy e Morgan costumavam participar de concursos — disse Mel. — Lexy era uma das concorrentes a Miss Teen Blue Ridge e "se aposentou" logo depois que perdeu para Alyssa.

— Parece que ela está saindo da aposentadoria.

— Parece.

Pensei em Lexy jogando uma bebida fervendo em mim quando ousei ignorá-la. Quão longe ela iria caso se sentisse prejudicada? Será que eu era uma Cindy havia tempo suficiente para que me defendessem caso ela intensificasse o ataque contra mim?

— Espero que ela não venha atrás de nós desse jeito. — Estremeci. — Minha reputação já anda de mal a pior. Mais um ataque e voltarei para o status de perdedora.

— Nada de conversa Malvada aqui — disse Gaby, vindo em nossa direção. Querem pedir um lanchinho? Comi muffins a manhã toda e estou doida por um sanduíche de ovos com molho pesto. Lanches e bebidas são por conta da casa, mas normalmente pagamos Audrey pelas refeições. Alguém quer?

Meu estômago roncou. Eu não podia chegar a 30 metros do Moinho sem que a fome se manifestasse. Isso não seria nada bom para o futuro do meu uniforme de líder de torcida.

— Claro — falei. — O que é conversa Malvada?

Mel e eu seguimos Gaby até o *lounge* para pegarmos nossas carteiras enquanto ela explicava.

— Qualquer tipo de negatividade. Xingar, fofocar, diminuir as pessoas. Incluindo nós mesmas. — Ela me lançou um olhar incisivo quando disse a última parte. — Até conversas Malvadas que se passam na sua cabeça.

Mel parecia estar achando divertido quando cumprimentou Gaby.

— Vocês monitoram nossos pensamentos?

— Ainda não patenteamos, mas nos dê algum tempo...

Sarah Jane dissera que, quanto mais alto você chega dentro da Sociedade, mais estudos independentes realiza. A maneira como Gaby brincou sobre a patente me fez suspeitar de que adoraria tentar colocar em prática esse projeto. Parecia haver muito pouca coisa que uma Cindy não conseguiria fazer, caso se empenhasse. Fora eu, claro.

Ah. *Esse* tipo de conversa Malvada na sua cabeça.

Que bom que a patente era só uma piada. (Provavelmente.)

* * *

Depois que as Alfas chegaram e aguardavam ansiosamente sentadas em volta da mesa, Gaby começou.

— Bem-vindas à primeira aula Alfa — disse Gaby. — Falaremos sobre diversos assuntos hoje, mas o principal que precisam saber: o treinamento Alfa é todo sobre como torná-las mais fortes. Lembrem-se, nossa meta é prepará-las para enfrentar uma Malvada e vencer.

Ela distribuiu uma planilha com o programa Alfa.

— As Malvadas aproveitam-se da fraqueza. Se elas puderem focar em suas inseguranças, vão derrotá-las nove entre dez vezes. O programa Alfa foi feito para ajudá-las a superar as inseguranças e a se concentrar nos pontos fortes. Se as Malvadas não puderem atingir qualquer ponto fraco, vocês ganham a posição de poder. Para vencer as Malvadas, devem manter o poder a seu lado.

Eu ansiava pela vitória. Principalmente se Lexy fosse a perdedora. Lexy e todas as suas assessoras Malvadas.

Gaby deslizou o painel de avisos para mostrar o quadro branco outra vez. Os mandamentos de ontem ainda estavam escritos em grossas letras maiúsculas.

Ela apontou para PROTEJA OS JOVIAIS.

— Falaremos mais dessa parte da missão depois. Por ora, nosso foco está aqui — disse ela, desenhando um enorme círculo vermelho em volta de PROTEJA-SE. — Se quiserem derrotar as Malvadas, devem evitar que entrem em suas mentes. Vocês já sabem que elas se aproveitam das fraquezas, mas o detalhe é que elas sabem exatamente onde procurá-las. Elas vão direto para as três áreas onde é mais provável que consigam levar vantagem.

Gaby pegou um marcador roxo da bandeja e escreveu uma equação no quadro.

Poder = Personalidade + Aparência + Pontos Fortes

— Para se tornar verdadeiramente poderosa, é preciso se sentir completamente confortável com o que faz de você *você*. Deve se sentir confiante sobre quem é como pessoa. — Ela ticou acima da palavra *Personalidade*. — Precisa se sentir satisfeita consigo mesma. — Ela fez uma marca sobre *Aparência*. — E precisa entender seus pontos fortes *e* saber como usá-los a seu favor.

Gaby ticou uma marca final sobre *Pontos Fortes* e colocou a tampa na caneta.

— Parece simples, mas essas são as três coisas com relação às quais a maioria das garotas se sente insegura: a maneira de agir, a aparência e se têm algo a oferecer. As Malvadas sabem e vão atrás disso obstinadamente.

Ela fez contato visual com cada uma de nós para ter certeza de que havíamos entendido a mensagem.

— Se vocês se sentirem inseguras em qualquer uma dessas áreas, considerem-se um alvo. É apenas uma questão de tempo até que elas usem suas inseguranças contra vocês.

Pensei em como tinha sido fácil para Lexy atingir meus pontos fracos. Se era capaz de fazer isso com todo mundo, então tinha truques bem poderosos.

Gaby tentou aliviar um pouco a tensão ao ver nossas expressões sérias.

— Não precisam se estressar — disse ela. — O lado bom é que, uma vez que dominarem esses três fatores, terão eliminado grande parte do poder das Malvadas sobre vocês. E vocês *vão* dominar todos os três. É nosso trabalho fazer com que consigam.

Nossas Irmãs Mais Velhas tinham começado a se reunir um pouco à frente da porta para o *lounge*. *Por favor, que isso seja um sinal de que nossas transformações não vão demorar*. Eu estava pronta para recuperar meu poder em grande estilo.

— Deixe-me lhes fazer uma pergunta — disse Gaby. — Quantas de vocês gostariam de mudar alguma coisa na própria aparência?

Todas as Alfas levantaram as mãos. Até Mel, a rainha da beleza.

— Olhem em volta — ela nos disse. — Noventa e dois por cento das garotas querem mudar alguma coisa em sua aparência. As Malvadas sabem disso também. É por isso que o primeiro passo no Programa de Poder de vocês é a aparência.

Uma comemoração varreu a sala. *Transformações e tarde de compras, lá vamos nós!*

— Apenas não confundam uma bela aparência com ser uma diva fashion — preveniu ela — ou se sintam como se precisassem gastar rios de dinheiro em um novo visual. Simplesmente precisam sentir-se confortáveis em seu próprio estilo.

Assenti como se acreditasse nela.

— A parte principal da aparência é o que chamamos de estilo próprio. As Irmãs Mais Velhas vão explicar em detalhes o que é isso, mas antes de passá-las para elas, quero que se lembrem de duas coisas.

A sala ainda estava alvoroçada com a notícia de nossas iminentes transformações, então Gaby esperou até ter nossa total atenção.

— Duas coisas — repetiu ela. — Primeiro, quando se trata de beleza, não existe uma receita de bolo, que sirva para todo mundo.

Olhei em volta da mesa para minhas irmãs Alfa. *Receita de bolo* definitivamente não era a primeira coisa que vinha à minha mente. Nós não éramos nem da mesma parte do mundo. Chandi tinha vindo da Índia para cá alguns anos atrás, e Nalani tinha nascido no Havaí, mas morou no Japão até os 9 anos.

— Em segundo lugar, não existe perfeição — continuou Gaby. — Concentre-se em conseguir o máximo com o que você tem e ficar em paz com o que não pode mudar. É mais fácil falar do que fazer, confiem em mim, eu *sei*, mas é essencial dominar esta parte do Programa de Poder. Confiança traz poder.

Para explicar melhor o que queria dizer, cada uma das Irmãs Mais Velhas deu um passo à frente e disse às Alfas uma coisa a respeito de si mesma que gostaria de mudar, se pudesse. Até Gaby compartilhou o que sentia. O nariz de Gaby era largo demais (os óculos se equilibravam perfeitamente), Cherie gostaria de ganhar peso (a garota tinha mesmo um jeito de Calista Flockhart por baixo das roupas soltas), Kyra tinha os quadris muito largos (as blusas larguinhas disfarçavam isso muito bem). E a lista seguia.

O engraçado é que eu sempre pensara nelas simplesmente como sendo bonitas. Mas quando se parava para olhar com atenção os defeitinhos dos quais falavam, acho que dava para ver o que queriam dizer. No entanto, era essa a questão. Normalmente você não via os defeitinhos. Via o pacote completo: seguras, refinadas, confiantes.

Ainda assim, eu não conseguia imaginar uma época em que pudesse ficar de pé numa sala cheia de gente e, por vontade própria, apontar meus pequenos defeitos. Se minha transformação me desse um tiquinho da confiança delas, já seria uma vitória de proporções míticas.

Gaby nos entregou um bolinho de folhas com o trabalho preparatório do Programa de Poder para distribuirmos entre nós enquanto as Irmãs Mais Velhas davam a volta na mesa.

— Essas tarefas irão ajudá-las a criar a base para o Programa de Poder de vocês — disse ela. — Façam com calma, sejam sinceras sobre quem vocês são, e assim irão se sair bem. Na verdade, elas podem ser bastante divertidas, se vocês se envolverem, então lembrem-se de aproveitar também. Só se é Alfa uma vez.

Depois de prometermos não enlouquecer com as transformações, Gaby nos deixou ir com nossas fadas-madrinhas, também conhecidas como Irmãs Mais Velhas. Enquanto as outras Irmãs Mais Velhas se acomodavam à mesa perto de suas Alfas, Sarah Jane caminhou em minha direção, com um molho de chaves na mão.

— Pronta?

Meu olhar passou das chaves para meu fichário e para as outras Alfas, que continuavam em volta da mesa. Mel estava se levantando para ir a algum lugar com Kyra, mas todas as outras pareciam que iriam ficar ali por mais um tempo.

— Eu não preciso fazer o lance preparatório? — perguntei. Será que eu tinha tirado uma carta especial de Irmã Mais Velha ou algo assim?

— Ah, você vai ter de fazer, sim, com certeza. Não pode lançar a nova você até saber quem ela é.

Obrigada, Dr. Phil.

— Mas antes quero apresentá-la ao seu próprio estilo da mesma maneira que minha Irmã Mais Velha me apresentou.

— E isso quer dizer...?

— Missão de reconhecimento.

* * *

Blue Ridge Park é um complexo esportivo gigantesco, com campo de beisebol, campos de futebol, quadras de basquete, pistas de skate e vários parquinhos para as crianças. Nos meses de verão, todos os moradores de Mt. Sterling com menos de 20 anos inevitavelmente acabam indo parar ali.

— Primeiro o mais importante — disse Sarah Jane enquanto desligava o motor. Ela tirou uma pequena caixa brilhante da bolsa. — Um presente para minha Irmãzinha.

Presente! Desatei o laço e levantei a tampa. Uma pulseira de berloques prateada cintilou para mim lá de dentro. Mesmo sem pingente, era totalmente deslumbrante.

Coloquei a pulseira e girei o pulso devagar, observando os elos chanfrados captarem a luz do sol, e notei que, sim, havia um pingente. A borboleta da iniciação que eu havia devolvido à Sarah Jane depois da cerimônia para "uma coisa especial". Fiquei sem fôlego ao vê-la de novo e tive de fazer força para conter a onda de emoção.

— Toda Cindy recebe uma pulseira de berloques quando se torna Alfa — disse Sarah Jane. — O primeiro pingente é uma borboleta, para simbolizar a mudança que você está prestes a realizar na sua vida.

— Uma metamorfose. — Eu queria *tanto* ser a borboleta.

— Você receberá outros pingentes quando passar por outros marcos importantes, mas este é um constante lembrete de que a beleza verdadeira está presente desde o começo. Você está só cuidando para que a verdadeira você resplandeça no final.

Por mais piegas que o discurso dela pudesse parecer, comprei a história como um grande balde de pipoca amanteigada numa noite de cinema.

— É lindo, Sarah Jane. Obrigada.

— Lembre-se do que ela significa, e você nunca se desviará do caminho. Esse é o segredo para sobreviver nesse período Alfa.

Eu sabia que ela estava brincando. Depois pensei em seu volumoso fichário e achei que provavelmente havia uma ponta de verdade naquilo também. Depois de sobreviver a centenas de páginas de treinamento e projetos, eu mereceria cada pingente, e mais.

— OK, vamos falar do básico. — Sarah Jane soltou o cinto e virou-se para mim. — O objetivo do quesito "aparência" do Programa de Poder é melhorar sua imagem para que você se sinta absolutamente confortável e confiante.

Mal resisti a dar soquinhos no ar em comemoração. Finalmente, a parte boa!

— Encontrar seu estilo próprio é o exemplo final de como você vai se sentir bem consigo mesma. Gaby estava certa sobre isso ser a chave para a confiança com seu novo visual. É onde você junta todas as peças: cabelo, maquiagem, roupas, acessórios, para mostrar quem realmente é. Casual ou glamourosa, delicada ou esportiva, ou uma combinação de duas ou três coisas? Uma vez que entender isso, terá seu estilo próprio.

Para que eu pudesse entender melhor, fizemos uma caminhada pelo parque e observamos a miscelânea de pessoas. Skatistas com bermudas bem abaixo da cintura e jogadores de basquete com camisas cortadas e tênis de cano longo. Não era exatamente a meca da moda, aquela introdução ao estilo próprio.

SJ desacelerou o passo em frente ao campo de beisebol, onde reconheci alguns garotos da escola. E alguns professores também.

— Esta é a competição anual de verão alunos-professores — explicou ela. — Eles sempre jogam uns contra os outros, em busca do direito de ficarem cantando vitória no ano seguinte. Ontem foi o jogo de basquete. Nós os detonamos. E hoje é o jogo de beisebol.

SJ me conduziu até as arquibancadas que estavam vazias, de onde se tinha uma boa visão da tribuna de honra, o real motivo de estarmos lá. Com tantos populares presentes, aquele era praticamente um esperado evento de moda. Subimos algumas fileiras, nos acomodamos da forma mais confortável que os bancos de metal permitiam e concentramos nossas atenções em nossos colegas de escola.

A inadequação me atingiu como uma onda. Raramente me sentia por dentro da moda, onde quer que morasse. Ah, eu tinha tentado. Mas depois de quase ir à falência tentando reformular meu guarda-roupa a cada vez que nos mudávamos de cidade, e acabar descobrindo que eu estava imperdoavelmente usando a moda do ano anterior, ou pior, que eu era garota-propaganda do que havia de mais comum, tinha aprendido a me tornar uma observadora inteligente de moda e estilo.

SJ se inclinou para trás, apoiando os cotovelos nas arquibancadas atrás dela. Fiz o mesmo em seguida, e deixamos os óculos de sol esconderem nossos olhares do mundo.

— Vamos começar com alguém conhecido — disse SJ. — Como você descreveria meu estilo?

Hum, perfeito? Dei uma olhada na sempre fabulosa Sarah Jane Peterson. Sarah Jane elevava o estilo clássico e elegante à categoria de ciência exata. Se Ralph Lauren ou Tommy Hilfiger desenvolveram esse estilo, inevitavelmente encontraram o caminho no armário de SJ. Loura, com a beleza refinada e maquiagem natural, era um espanto ela não ser o rosto atual da *Cover Girl*.

—Clássico e elegante? — me arrisquei.

Vi os olhos de SJ se arregalarem.

— Eu chamaria de estilo clássico e casual, mas você arrasou. E Kyra? Ela está sentada na segunda fileira de baixo para cima.

Estreitei os olhos em direção à multidão e a vi sentada ao lado de Mel, torcendo para Ben. Kyra tinha um estilo divertido e atrevido — usava um vestido de verão Nicole Miller superfofo que era um dos meus preferidos. Além disso, tinha aquele incrível cabelo avermelhado e uma pele perfeita, que precisava de zero maquiagem para parecer fabulosa.

— Divertido e atrevido.

— Você tem um dom, J. Kee chama esse estilo de "leve e atrevido", mas de novo você acertou na mosca. Sua transformação vai ser moleza. — Ela deu uma nova olhada nas arquibancadas antes de passar o teste final. Fileira do alto, no meio. Camisa preta.

Meus olhos deslizaram pela fileira até pousarem na última pessoa que eu gostaria de ver. Contive um gemido e obedientemente estudei sua assinatura fashion. Detestava admitir, mas Lexy tinha um estilo bem-definido. Preferia roupas Hugo Boss que valorizassem o corpo, de modo que fosse notada (esse era sempre o objetivo de Lexy) e jeans Diesel com blusas coladas no melhor "Urban Chic" para sair por aí. Com o cabelo tingido sempre mais preto do que o preto e a pele pálida, definitivamente passava a seguinte mensagem: Bem-vindo a *Sex and the City*, primeira temporada.

— Puro vagaba rica?

Sarah Jane me lançou um olhar gentil, mas desaprovador. Definitivamente nossa Sarah Jane era o tipo de garota que não gosta mesmo de conversa Malvada.

— Lexy tem um estilo poderoso, é só no que vou lhe ajudar — disse ela. — Procure deixar as emoções de lado e tente de novo.

Observei Lexy caminhando de maneira relaxada com as Malvadas, fazendo o máximo para chamar atenção enquanto fingia não ligar para nada à sua volta. Estreitei os olhos para visualizar melhor aquele ardil.

— *Sexy chic* calculado.

— Eu diria "cuidadosamente planejado", mas acho que dá no mesmo. O efeito é improvisado e sexy, mas é preciso muito esforço para conseguir isso. Há um comprometimento total para alcançar esse estilo.

Conclusão? Elas não eram meras mortais. Incríveis fashionistas circulavam pelos corredores da Mt. Sterling High. Como eu podia competir com elas? Uma coisa era Ryan saber meu nome. Outra era usá-lo em uma frase que incluísse "quer sair comigo?".

SJ se sentou, abrindo um grande sorriso.

— Você leva o maior jeito para esse lance de estilo, Jess. É muito mais esperta do que eu quando comecei meu Programa de Poder.

Não acreditei nem por um segundo, mas ainda assim isso me animou. Até ela dizer:

— Como você definiria *seu* estilo próprio?

A verdade é que eu não fazia a menor ideia. Sempre tinha sido meio camaleoa em se tratando de roupas, nunca tinha me ligado em deixar minha própria marca no quesito moda. Tentar acompanhar era o máximo que eu podia fazer.

— Não tenho um — admiti.

— Sério? E qual você quer que seja?

Essa era difícil. Elegante, com certeza. Divertido e descontraído, mas não muito mulherzinha. Esportivo, mas nada muito largado ou masculino ou que realçasse demais o corpo. Marcante, definitivamente. E sexy o suficiente para desviar a atenção de Ryan de garotas como a Loura Falsa, sem ser vulgar.

Olhei para Lexy de novo e dei de ombros. Sexy com certeza não era minha praia.

Como se junta tudo isso em um estilo próprio? Quero dizer, eu li *Vogue* assim como toda garota. Mas *ver* roupas e ser capaz de *criar* um estilo próprio são coisas totalmente diferentes. Enquanto outras garotas ficavam aperfeiçoando seus *looks* da moda, eu acumulava dezenas de horas de trabalho voluntário. O que não era muito útil para resolver o dilema que tinha em mãos.

— Qual você recomenda?

— Você precisa descobrir sozinha. Experimente alguns estilos diferentes e veja como se sente. Quando achar um que a deixe confortável e confiante, será este seu estilo próprio. E, quando chegarmos ao shopping — disse ela, e quase desmaiei de emoção —, permita-se experimentar coisas novas e veja o que acha. Você não sabe que alguma coisa é a *sua* cara até dar uma chance a ela.

Parecia justo. Além disso — alô-ou? —, eu iria ao shopping tendo Sarah Jane ao meu lado!

Terminada a sondagem, andamos até o Snack Shack para pegar uma raspadinha e nos sentarmos nas arquibancadas. Consegui tropeçar apenas de leve quando vi Ryan levantar-se do banco para o aquecimento antes de entrar no jogo. Foquei cuidadosamente à frente para que ele não pensasse que eu o estava perseguindo. Mas, quando a cabeça dele se virou, acompanhando nossa saída, tive de me esforçar para manter a calma. Assim que viramos de costas para ele, a emoção tomou conta de mim. Ryan Steele tinha acabado de me ver passar.

Me ver. *Passar.*

Agora, antes que pareça que eu me acho a tal, sim, eu estava andando com Sarah Jane, que provavelmente podia fazer metade dos homens da MSH virar a cabeça. Mas uma vez que ela estava namorando um dos melhores amigos de Ryan, não acredito que ele se atreveria a demonstrar isso, mesmo se estivesse a fim dela.

Mal podia conter minha alegria quando entramos na fila. Eu estava tão eufórica que quase não vi Heather pagar a própria bebida e seguir para o lado da loja.

— Cereja Maravilha ou Explosão de Uva? — perguntou SJ.

— Uva, obrigada. — Estendi o dinheiro para ela. — Volto já.

Dei a volta no prédio para alcançar Heather antes que ela chegasse às arquibancadas de novo. Eu não a via desde o último dia de aula e não queria que ela fosse embora antes que tivéssemos a chance de conversar.

Eu tinha dado a volta quase completa quando ouvi a voz dela. Não dela, Heather, mas *dela*, Lexy. Dei uma olhada e vi Lexy, Morgan e Tina — as Três Mosqueteiras das Malvadas — cercando Heather de forma ameaçadora. Estavam de costas para mim, então só pude ver uma das mangas cor-de-rosa de Heather. Lexy falava em tom baixo, mas, acostumada a uma vida inteira chamando atenção para si mesma, era praticamente impossível abafar completamente a voz.

— Pare de agir como bebê, Kit Kat. Mais alguns favores e estará livre.

Não pude ouvir a resposta de Heather em meio aos gritos que vieram da arquibancada. Comecei a seguir em sua direção, mas hesitei. Ela já havia desprezado minha ajuda uma vez.

— E não se esqueça do que a colocou nessa situação. Posso fazer disso seu pior pesadelo ou... — Lexy estalou os dedos sobre o ombro direito — fazer tudo desaparecer. — Elas passaram por Heather, esbarrando em seu braço e derrubando o refrigerante em seu Keds. — Não nos procure, Jovial. Nós procuramos você.

Heather ficou lá, tremendo, pálida e assustada. O refrigerante laranja ensopou os tênis sujos, deixando a lona marrom e imunda. Ela limpou uma lágrima de repente, com uma ferocidade que eu não a imaginava capaz de sentir, e se abaixou para pegar o que tinha sobrado do copo amassado.

Corri, culpando-me por ter ficado só assistindo. Desde quando eu hesitava em fazer o que era certo? Eu tinha deixado Lexy vencer. De novo.

— Ei — falei baixinho, tentando não assustá-la. — Você está bem?

Ela atirou o copo em uma lixeira próxima, sem me olhar nos olhos. O corpo estava tão tenso que pensei que podia quebrar.

Tentei de novo:

— Se houver alguma coisa que eu possa fazer...

— Você *não pode* — disse ela, chorando, a tensão se transformando em mágoa. — Ninguém pode.

Abri a boca para dizer que eu podia, se ela deixasse, mas Heather já estava dando a volta em disparada no prédio, na direção oposta à que Lexy e as comparsas tinham tomado.

Lexy fizera seu trabalho. Heather parecia tão fragilizada quanto qualquer alvo que eu já tinha visto.

— O que houve?

A voz de SJ me fez pular. Havia quanto tempo estava ali?

— Lexy e sua gangue — falei, optando por ser breve. — Intimidando Heather Clark.

— Alguma ideia do motivo?

— Ela não me diria nada.

SJ mordeu o lábio inferior e observou a poça de borbulhas laranja afundar na grama.

— Elas nunca dizem.

— Por que Lexy a chamou de Jovial?

Lexy era conhecida por apelidar os outros. Kit Kat, eu pesquei, por causa do nome do meio de Heather. Ladrazinha — como ela costumava me chamar —, eu entendia também. Mas eu tinha achado que Jovial era um termo das Cindy.

Por um segundo, os olhos de SJ focaram em mim; mas vários outros se passaram antes que o cérebro dela me acompanhasse. Ela olhou em volta para ver se não havia ninguém e se inclinou em minha direção.

— Jovial era, originalmente, uma palavra criada por elas, um nome depreciativo para pessoas comuns que podiam ser manipuladas porque as Malvadas consideravam-nas fracas. Adotamos o mesmo nome com um sentido positivo. O comum pode ser fora do comum, com a motivação certa.

Isso parecia uma tarefa difícil.

— Os mansos herdarão a Terra?

— Eles não são mansos, mas é isto. Há muito mais Joviais do que jamais existirão Cindys e Malvadas. O poder verdadeiro está nas mãos deles, mas eles têm de perceber isso para que possa lhes trazer algo bom.

— Por que não deixar todas as Joviais se tornarem Cindys? — Se toda Jovial tivesse acesso ao nosso treinamento e apoio, as Malvadas não teriam quem governar. *Bye, bye, Lexy.*

— Não haveria como treinarmos todas elas — disse SJ. — Além disso, você não *precisa* ser uma Cindy para ter poder. É isso que Gaby estava tentando explicar. Ser uma Cindy não faz de você alguém superior.

— Mas lhe dá ferramentas para combatê-las, certo? E um sistema de apoio integrado?

Sarah Jane parecia desconfortável agora, então sabiamente calei a boca. Eu era a novata ali, não a chefe de Sarah Jane. Apenas perguntei:

— Joviais são todo mundo? Quero dizer, todos que não são uma Cindy ou uma Malvada?

— Quando se trata de garotas, sim. A maioria dos rapazes é Jovial também, a não ser aqueles que estão envolvidos com as Malvadas e seus joguinhos mentais. Esses são os Vilões.

— E os garotos bons?

— Como Ryan? — provocou SJ. — Esses são os Encantados.

Corei, apesar de saber que Sarah Jane nunca iria fazer fofoca com meus sentimentos. Ryan *realmente* fazia justiça ao nome.

Sarah Jane se virou para sair, me entregando minha raspadinha de uva. Peguei, sem jeito ao perceber quão sortuda eu era de saber que as Cindys me defenderiam. Parecia impossível que eu tivesse passado de uma total solitária a uma Irmã com plenos direitos em questão de dias. Queria que Heather pudesse passar pelo mesmo que eu. Ou pelo menos que eu pudesse oferecer proteção real contra o que quer que Lexy estivesse fazendo com ela.

Seguimos para nos espremer perto de Kyra e Mel e ver o jogo de beisebol de perto. Tentei não babar olhando o incrível físico de Ryan enquanto os professores garantiam a vitória com um *home run* do Sr. Darden, o técnico de futebol americano. A multidão começou a dispersar, com provocações bem-humoradas — ou pelo menos a maioria delas era assim —, e Kyra e Mel se despediram enquanto iam em direção a Ben.

A Loura Falsa tinha se emplastrado ao lado de Ryan, então me virei para procurar Heather nas arquibancadas. Não era de surpreender que ela não estivesse em lugar algum. Eu também teria caído fora.

Encontramos Mark na multidão e seguimos todos até o estacionamento principal. Eu me sentia como parte genuína do grupo, ao lado de Sarah Jane e Mark, enquanto as pessoas paravam para falar sobre a corrida de obstáculos de verão do dia seguinte. Podia ser apenas uma agregada, mas pelo menos *estava* ali com eles. Já era alguma coisa.

Quando todo mundo tinha se dispersado e Mark nos havia acompanhado até o conversível, Sarah Jane se virou para mim e disse as palavras que eu estava louca para ouvir:

— Está pronta para brincar de Cinderela?

Capítulo 6

SEGURAMENTE ENTRINCHEIRADA DE VOLTA ao Clube quase vazio — a maioria das outras provavelmente estava fora discutindo planos de transformação no shopping —, peguei meu MTC e comecei a ler. Se eu precisava experimentar algumas ideias de estilo próprio antes que pudéssemos cuidar da minha transformação, ia me empenhar seriamente naquela tarefa. Tinha prometido à minha mãe que estaria em casa para o jantar e para ajudá-la com o quarto dos bebês, então não tinha a noite toda.

Eu me acomodei perto de Kat e reli a seção sobre aparência. A apresentação era como uma bíblia de estilo, sustentada por artigos escritos por todo tipo de pessoas, de grandes designers a maquiadores. Não demorei muito para devorar dicas incríveis sobre maquiagem de Bobbi e conselhos sobre como melhorar a aparência de Stacy. Mas a melhor parte de todas? Alguns dos nomes mais importantes tinham se reunido e criado um quiz de estilo MTC só para Cindys.

Mas eu tinha de cuidar do meu primeiro projeto antes de poder usar o computador e visitar Quiz City.

Bati à porta do escritório de Gaby, e ela ergueu o nariz de um fichário que competia com o de SJ.

— De volta à linha de frente? — perguntou ela.

— Cheguei aqui há meia hora. Você estava no celular, então não quis perturbar.

— Me desculpe. — Gaby esfregou os olhos. — Estou tentando terminar meu projeto final Beta. Também estou concorrendo à premiação máxima das Bandeirantes, então preciso fazer mais malabarismo do que estou acostumada.

— Você faz parte da SC e das Bandeirantes? — Por falar em poder feminino...

Gaby assentiu.

— Normalmente consigo conciliar bem, só que aconteceram várias coisas ao mesmo tempo. Mas vou conseguir fazer tudo. De algum jeito.

Multitarefas, seu nome é Gaby.

— Ouvi dizer que você está tentando ser a Gama mais jovem da história da SC — falei, sem me importar em esconder minha admiração.

— Essa é a meta. Algumas garotas conseguiram no verão entre o segundo e o terceiro ano, mas eu pulei a segunda série, então sou um ano mais nova.

Caramba. Brilhante mesmo depois de ter pulado uma série? Gabrielle Winston não perdia em nada para Einstein.

— Seus pais devem estar muito orgulhosos porque você será em breve a Gama mais nova da história.

Oh. Só que provavelmente eles não sabiam.

Gaby riu da cara que fiz.

— É, gostaria de poder contar a eles. Fico meio ofuscada pela minha irmã, Angie. Ela nasceu 11 minutos antes de mim e sempre se destaca mais, desde então. Está para entrar na Juilliard como bailarina. — Ela rolou o lápis entre os dedos. — Um pequeno conselho? Não trate irmãos como duas metades de uma pessoa. Cada gêmeo é uma pessoa completa sozinho, mesmo quando os pais se esquecem disso.

Eu me senti mal por deixar que o ressentimento que tinha com relação à minha mãe e ao meu pai tivesse atingido os bebês. Não era culpa dos gêmeos que eles teriam coisas que nunca tive — pais que estariam presentes de verdade quando precisassem, um lugar para realmente chamar de lar. Além disso, ainda nem tinham nascido, então eu estava sendo muito mesquinha. Pelo menos, nunca tinha tido de disputar com ninguém a atenção dos meus pais. Isso quando eles *estavam* prestando atenção, é claro.

Eu disse a Gaby que ia procurar me lembrar do conselho dela, então voltei a me concentrar no MTC.

— O fichário diz que eu preciso pegar materiais para meu Portfólio de Estilo Próprio com você?

Gaby pegou um envelope grande e volumoso e me entregou.

— Vai encontrar aí dentro instruções para o Portfólio de Estilo Próprio, e as revistas estão no armário do depósito no *lounge*. Mas tenho três palavras para você: *Zen é tudo*. Se um estilo lhe causar uma pontada, por menor que seja, de preocupação, não é o certo para você. Faça do Zen seu mantra e se sairá bem.

— O que for preciso, capitã — falei. Meu mantra podia ser até *Lexy é tudo* se isso significasse chegar mais rápido à minha transformação.

As borboletas se agitaram só de pensar nisso.

Está bem, talvez não isso. Mas eu faria qualquer outra coisa para arrasar nesse projeto. Meu status social dependia disso.

* * *

O Portfólio de Estilo Próprio estava dividido em seções: Estilos que Admiro, Estilos que me Deixam Nervosa e Estilos para a Verdadeira Eu. Para cada um, você tinha de encontrar exemplos em revistas que preenchiam essa especificação. Então você os recortava e criava uma colagem, junto com palavras para representar cada seção, como *descontraído* para coisas que eu admirava ou *terrível* para coisas (e pessoas) que me deixavam nervosa.

Meu jeito camaleônico de ser estava tendo um chilique.

Em vez de sair colando tudo e escrevendo palavras e slogans com caligrafia desenhada, praticamente só espalhei minhas figuras pelos três cartazes. Quando finalmente achei que tinha entendido a diferença entre os estilos que eu admirava e os estilos que eram a verdadeira eu, o mantra de Gaby surgiu em minha mente: *Zen é tudo*.

E percebi que a página da "verdadeira eu" era na verdade a "verdadeiramente *o que eu acho* que devia ser eu". O que, de forma alguma, é a mesma coisa.

Que bom que eu não estava colando, mudando de ideia e descolando as figuras o tempo todo. Meus cartazes teriam ficado iguais aos de uma criança de 3 anos que estivesse aprendendo a usar cola em bastão. Em vez disso, minha leal cola em bastão estava ao meu lado, ainda com a tampa, esperando que me decidisse.

A cadeira de Kat fez barulho quando ela se recostou, movimentando os ombros lentamente em círculos para relaxar o pescoço. Sem nem mesmo pensar, comecei a fazer o mesmo para aliviar a tensão. Ficar curvada por muito tempo não deixava os músculos felizes.

— Isso tudo é impressionante, não é? — perguntou ela.

— Mais do que impressionante, até — falei, deixando de fora a parte *e também incrivelmente difícil de fazer*. — Não sei como ficarei quando terminar, mas mal posso esperar para ver a nova eu.

— Você acha que elas podem me fazer parecer a Halle Berry? — brincou Kat. — Só mais baixa, mais pesada e sem as sensacionais maçãs do rosto?

— Se puderem, talvez eu consiga me transformar na Leighton Meester. — Olhei para ela. — Já fez alguma transformação completa antes?

— Não. Meu pai não acredita nessas coisas. Diz que todo mundo devia ser feliz com o que Deus lhe deu.

Fácil para ele dizer. O pai de Kat, Roscoe Walker, tinha sido dublê em Hollywood. Era a cara de Dwayne Johnson (também conhecido como The Rock), então o que Deus tinha lhe dado já era excelente. Ainda que Kat ficasse sem graça cada vez que alguém dizia que o pai dela era um gato.

— Ele é meu *pai* — gemera ela quando alguém havia brincado sobre isso no Pernoite. — Isso é... nojento, sabe?

Kat fechou o *MTC* e se levantou para sair.

— Mas imagino que Deus queira que façamos o melhor com o que Ele nos deu, não é mesmo? Posso ser melhor por dentro *e* por fora. Não há nada de errado em receber um pouco de ajuda dos nossos amigos — acrescentou ela, piscando o olho.

Principalmente quando esses "amigos" eram pessoas como Bobbi e Stacy.

Olhei para o relógio quando ela saiu e fiquei espantada quando percebi que já tinham se passado mais de duas horas. Eu nunca chegaria em casa a tempo para o jantar. Uma rápida ligação de negociação para minha mãe, incluindo a promessa de horas extras pintando o quarto dos bebês e mais um temido passeio até a Babies "R" Us como suborno, e escapei.

Procurei o dinheiro que tinha no armário e decidi comprar um panini de queijo e presunto. Coloquei a cabeça para dentro do escritório de Gaby para ver se ela queria alguma coisa. Seus olhos turvos precisavam de um descanso, então pedi para nós duas.

Estava quase decidida a cortar a foto inteira de Reese Witherspoon para montar a página do estilo que eu "admiro" quando Audrey chegou toda animada e com uma comida apetitosa. Gaby saiu do escritório, o nariz guiando-a em direção às nossas iguarias, e Audrey perguntou se nos importávamos que ela usasse o intervalo para jantar com a gente.

Fala. SÉRIO.

Em que universo alternativo eu tinha ido parar, em que uma ex-supermodelo se enturma com duas garotas de 16 anos enquanto saboreia um panini e uma salada Cobb? Olhei para baixo para ver se minhas roupas tinham se transformado numa produção superfashion. Infelizmente, não. Aparentemente, esta dimensão também tinha liquidações na Target.

Acabamos falando de momentos embaraçosos por algum motivo — ou Audrey e Gaby, pelo menos — e fiquei lá sentada, surpresa com o que estavam despejando como se não se preocupassem com nada. Audrey contou que confundiu um novo designer de moda gato com o rapaz do cafezinho na Fashion Week e foi repreendida aos berros pela prima-dona da *Style Network*. Gaby desfilou por todo o refeitório com o papel do absorvente grudado na perna da calça. Eu teria enfiado minha cabeça num buraco para não ter de contar detalhes desse tipo para alguém.

O que devia ter ficado muito claro em meu rosto, porque Audrey soltou uma risada explosiva.

— Vamos lá, Jess. Hora da confissão.

Balancei a cabeça e dei uma supermordida no panini para ganhar tempo.

Ela me estendeu outro guardanapo.

— O constrangimento faz parte do ser humano. Ninguém é tão perfeito quanto se pensa que é.

— Não posso — falei, ainda com a boca cheia.

Mastiguei com calma, as bochechas inflando como as de um esquilo. Engoli o pedaço aos poucos e até gastei tempo limpando a mostarda da boca. Mas a tática de enrolação tinha me livrado daquela enrascada? A resposta é não.

— Sério, meninas, não posso. Ainda sofro pelas coisas estúpidas que fiz no primeiro ano. Se vier tudo à tona, posso implodir.

Audrey tomou um pouco do seu *smoothie* de chá verde através de um canudinho dobrável.

— Isso é muito tempo para ficar guardando constrangimentos. Não é possível que tudo tenha passado pela Regra dos Cinco.

Troquei um olhar confuso com Gaby.

— A Regra dos Cinco — disse Audrey. — Toda vez que alguma coisa embaraçosa, horrível ou estressante acontece, pare e respire fundo cinco vezes lentamente. Então faça a si mesma estas cinco perguntas: Isso terá importância dentro de cinco horas? Isso terá importância dentro de cinco semanas? Isso terá importância dentro de cinco anos? Você ficará surpresa como eventos que parecem terríveis na hora não passam pelo teste nem das cinco semanas. Isso coloca as coisas em perspectiva.

Deixar de passar metade da vida perdendo tempo com meu interminável fluxo de gafes? Até que era uma ideia interessante.

— Mas ela só é boa se você usá-la. Escolha um momento constrangedor e faça o teste.

Momento constrangedor? Minha nossa, talvez cumprimentar alegremente o cara de que gosto e *que não estava falando comigo*?

Está bem, respirar fundo. Um... dois... três... quatro... cinco.

Cheguei rapidamente como me sentia. Ainda me sentia mal com relação a isso, mas não como se fosse vomitar, o que já era um avanço. Se isso teve importância dentro de cinco horas? Hum, *sim*. Uma vez que consegui dar de cara com ele (literalmente!) duas vezes nas tais cinco horas.

Respirar fundo.

Teria importância em cinco semanas? Bebi minha água e pensei a respeito. Essa era mais difícil. Ele poderia se lembrar de mim como a *groupie* do corredor. Mas como ele me viu com SJ e as outras Cindys depois disso, talvez pudesse me associar a elas. O prazo de cinco semanas estava me deixando imersa em dúvidas.

Teria importância em cinco anos? Isso quase me fez rir. De forma alguma ele ainda se lembraria daquilo cinco anos depois. Estaria longe fazendo alguma coisa incrível, formando-se na faculdade. Não se lembraria de mim mesmo.

Está certo, não era uma linha feliz de pensamento.

— Então qual é o veredito? — perguntou Audrey, colocando a tampa na tigela vazia de salada. — Pode falar?

— O limite são incertas cinco semanas.

— Excelente.

— Mas só aconteceu sexta agora, então ainda não passou tempo bastante.

Gaby riu.

— Vou cobrar mais tarde, então.

Essa história de perspectiva podia vir muito a calhar. Tinha o pressentimento de que ainda veria muitos momentos embaraçosos provocados pelas mãos de Lexy. Eu podia também preparar uma estratégia defensiva.

Passamos de volta pela Sala de Estudos, e Audrey deu uma olhada no meu projeto. Havia recortes espalhados por todo lado, como se um furacão tivesse passado por ali.

— Como está indo o Portfólio de Estilo Próprio? — perguntou ela.

Quando fiquei espantada por ela saber o nome da minha tarefa do *MTC*, Audrey riu.

— Entro e saio daqui há muitos anos, Jess. Vi mais coisas do que você pode imaginar. Não se preocupe, o que acontece no Clube fica no Clube. É meio como Las Vegas, nesse sentido. — Ela fez um gesto com a cabeça em direção às pilhas de revista. — Quer saber um segredo com relação a isso?

Até Gaby parou para prestar atenção. Quem não iria querer saber o segredo de uma supermodelo?

— Ninguém é tão refinado quanto você pensa que é — disse ela. — A Audrey que você vê numa capa ou num outdoor? É minha versão retocada e meticulosamente estilizada. Geralmente cuidada por uma equipe inteira de profissionais bem-pagos e extremamente talentosos. Nada tem a ver com a Audrey acordando e se olhando no espelho todos os dias. Fotos profissionais criam uma imagem que passa uma mensagem visual específica: *Estamos vivendo o melhor momento de nossas vidas* ou *Você não gostaria de fazer parte do nosso grupo?* ou qualquer que seja a ideia que queiram passar.

As imagens espalhadas em meu portfólio pareciam dizer: *Você não gostaria de se decidir? Porque certamente gostaríamos que você se decidisse.*

Audrey apertou meu ombro.

— Mantenha-se fiel à verdadeira Jess, e você se sairá bem.

Grande conselho. Se eu soubesse como a verdadeira Jess era.

Levei um tempo enorme para terminar minhas colagens. Entreguei meu Portfólio de Estilo Próprio para Gaby avaliar e fui buscar um suco na cozinha. Eu me sentei a uma das mesas no *lounge* e fiquei olhando ansiosamente através da sala para os laptops com o quiz sobre estilo, desejando receber a senha que finalmente marcaria o início da transformação.

Como se em resposta às minhas orações, Gaby entrou na cozinha segurando um pequeno cartão e meu portfólio.

— Elegante, refinado e inesquecível?

Eu me encolhi de vergonha ao ouvir algumas das palavras que havia listado na parte Estilos que Admiro. Definitivamente havia uma diferença entre admirar e ser.

— Havia mais palavras além dessas — me defendi.

— Não é uma crítica. Acho que você conseguiu reunir ótimas imagens e palavras para começar a trabalhar. Estou orgulhosa. — Ela deu um passo à frente para colocar um cartão e meus cartazes de estilo na mesa. — As instruções de *log in* estão no cartão. Deve levar apenas uns vinte minutos.

Bingo.

Apenas alguma digitação, e então estaria a caminho do paraíso do estilo.

PERGUNTA nº 1: *É uma manhã preguiçosa de sábado, e você vai ficar em casa o dia todo. Você:*

A) *Fica de pijama até seus pais a forçarem a trocar de roupa. Ah, por favor, é sábado!*

B) Arruma-se toda, incluindo produção de cabelo e maquiagem. Nunca se sabe quem pode aparecer para uma visita.

C) Lava o rosto, coloca uma faixa no cabelo e veste sua roupa confortável preferida. Conforto é o mais importante.

D) Pula da cama, toma banho e veste o que estiver à mão. Quem tem tempo para um sábado de preguiça?

A *B* definitivamente estava fora. Alguém aparecer para me visitar não era exatamente uma preocupação. A me parecia uma opção preguiçosa demais e *D*, muito tensa. Cliquei na *C* e dei *Enter*.

Não podia evitar o sorriso estampado em meu rosto. Eu estava uma pergunta mais perto do meu sonho da transformação. O dia seguinte ia demorar a chegar.

Jess Parker estava a ponto de fazer a Cinderela brilhaaaaar.

Capítulo 7

DE VÁRIAS MANEIRAS, BRINCAR de Cinderela é como observar um acidente de trem em câmera lenta. Você fica morrendo de medo do que pode ver quando tudo acontecer, mas *não consegue* deixar de olhar.

Principalmente quando se suspeita de que talvez *você* seja o trem.

Um dia que pensei que seria cheio de mimos mágicos e fantasias de sapatinho de cristal começou bem cedo com um salão elegante, uma moeda dourada e um cabeleireiro esnobe chamado Leopold.

Chegamos ao Salão e Spa Avalon com tempo de sobra para meu horário de 9h30, mas ouvimos da magérrima amazona posando de recepcionista que não poderíamos de forma alguma ter agendado um horário com tão pouca antecedência. Fica tudo "simplesmente lotado com meses de antecedência". Eu tinha acabado de calçar meus sapatinhos de cristal, e parecia que teríamos de dar o fora dali. O que estava OK para mim, na verdade, porque só de olhar para as bancadas de granito e clientes siliconadas percebi que não teria como minha mesada bancar algo assim sem precisar recorrer a uma liquidação para a parte "guarda-roupa" da nossa aventura.

No melhor estilo Sarah Jane, entretanto, ela lançou um sorriso paciente para a garota de vinte e poucos anos e a puxou para o lado, onde conversaram em tom abafado, a recepcionista balançando continuamente a cabeça. Só quando SJ entregou a ela algo que parecia uma moeda dourada de cinco centímetros foi que a garota de repente passou de "Nã-ão" para "Como quiser, senhorita Peterson". A amazona correu para a parte de trás do salão enquanto SJ veio se sentar ao meu lado, parecendo satisfeita consigo mesma.

Fingi estar envolvida com a última edição da *Celebrity Hair* e lancei um falso sorriso alegre em sua direção.

— Tem certeza de que está tudo bem? — *Por favor, diga que não.*

— Está tudo certo.

Pousei o novo corte de cabelo de Jessica Biel virado para cima em meu colo.

— Não quero bancar a pobretona, mas quanto isso vai custar? — sussurrei, lançando olhares furtivos para a clientela de alto nível. — Imaginei que fôssemos a um salão normal para um rápido corte de cabelo e algumas luzes. Não tenho dinheiro para uma extravagância dessas.

SJ sorriu serenamente, do jeito Sarah Jane.

— Não se preocupe, J. Essa parte é por conta da casa. É uma de nossas tradições.

Dito isso, um homem alto vestido dos pés à cabeça com uma harmoniosa roupa preta apareceu, batendo as mãos de alegria.

— Seja bem-vinda, Sarah Jane.

Ele e SJ trocaram beijos no ar, e ele a segurou com o braço estendido para observá-la melhor em toda a sua glória Tommy Girl.

— É sempre magnífico vê-la, querida. A hidratação de malagueta-amarela foi genial. Você está radiante!

SJ recebeu os cumprimentos graciosamente e pegou a mão dele, virando-o para mim.

— Leopold, esta é minha grande amiga Jessica. Estamos aqui para que você faça sua mágica.

Leopold franziu os lábios e me avaliou em 2 ou 3 segundos.

— Sem graça e nada marcante. Você a trouxe bem a tempo.

— Não se preocupe, Jess. Leopold é o que há de melhor.

Que bom, porque ele já estava me levando em direção às cortinas vermelho-sangue na parte de trás do salão, dizendo:

— Muito trabalho pela frente. Não temos tempo a perder.

— Olhe, Leo — falei, começando a entrar em pânico. Eu não queria uma transformação drástica, apenas me ajeitar um pouco! — Só estou aqui para...

— Leo*pold*.

Droga de nervos!

— Leopold, claro. Sinto muito. — *Nota para mim mesma: Nunca insultar a pessoa que tem seu futuro folicular nas mãos!* — Não queria aparecer aqui assim de repente. Se não for uma boa hora, posso marcar um horário sem problemas. — Ou dizer que vou e não marcar.

— Ti, ti, ti — repreendeu ele, me guiando firmemente pelo braço. — Não marco horários como um cabeleireiro comum. Sou o dono do Avalon. Só estou disponível para emergências de celebridades.

— Mas não sou uma celebridade.

Ele parou um pouco antes das cortinas e me avaliou de novo com o olhar.

— Você é emergência o bastante para compensar.

* * *

Um corte de cabelo normalmente é apenas um corte de cabelo. Mas uma orientação capilar de Leopold é como uma experiência religiosa para *groupies* da revista *Glamour*. Depois de me bombardear com perguntas por dez minutos — descrever meu ritual matinal, qual é meu estilo próprio (ele definitivamente conhece o jargão Cindy, embora eu ainda não pudesse responder a essa pergunta direito) —, ele e Sarah Jane discutiram meus melhores traços, minha coloração, alta manutenção versus baixa manutenção e outros princípios básicos, como se eu não fosse nada mais que um chimpanzé numa cadeira.

Por duas horas, me serviram mais água com gás do que eu podia consumir (com minha bexiga doendo como prova), sofri mais insultos velados nas mãos de um *hair stylist* sádico do que Lexy era capaz de proferir em uma semana e tive cada centímetro do meu cabelo puxado, torcido, cortado, coberto, melecado e até arrancado.

Resumindo, nunca estive mais feliz em minha vida.

Dizer que Leopold é um gênio incrível é o mesmo que dizer que Ryan Steele confere uma boa reputação aos jeans 505. Ou seja, é dizer muito pouco. Meu cabelo foi magicamente transformado de marrom cor de cocô de rato para uma mistura cintilante de chocolate, cobre e dourado que parecia quase iridescente sob a luz. Os fios longos e sem graça foram modelados, bagunçados, cortados e presos até ficarem cheios e livres e parecerem saídos de um anúncio de escola de *hair styling*. Maravilhosamente glamouroso.

Imagine... eu, glamourosa. Contive o riso.

Com o cabelo deslumbrante, eu estava pronta para o segundo round: maquiagem.

Uma cosmetóloga chamada Chiniqua assumiu e refez minha maquiagem para que eu pudesse ver o resultado que ela buscava. O rosto de um bebê, se me permite dizer. Leve e suave com um toque de brilho para combinar com o cabelo.

Arrasou, Chiniqua.

Então Chiniqua fez algo ainda melhor. Lavou meu rosto e *me* pediu para refazer toda a maquiagem, me ensinando passo a passo. Não ficou tão bom quanto a versão dela — nem de longe —, mas minha confiança chegou ao céu quando percebi que poderia fazer uma reprodução decente daquele look.

Leopold se aproximou para avaliar o resultado final e agitou tanto as mãos que achei que ele desmaiaria de exaustão. Ou levantaria voo. No fim, fui considerada elegante o bastante para estar na companhia de sua adorada Sarah Jane.

Leopold me encheu de cremes e produtos para modelar o cabelo enquanto Chiniqua me deu uma bolsa preta brilhante com cosméticos e produtos para o cuidado da pele. Novo visual, produtos novos, uma nova eu... Tirei a sorte grande. Acertei na loteria da transformação em *grande* estilo.

Com uma despedida animada (e muitos elogios a ele mesmo, percebi), Leopold nos deu tchau, e Sarah Jane me levou ao Moinho para comemorar. E para me exibir para Audrey, é claro.

— Jess! Você está maravilhosa!

OK, uma supermodelo deu um gritinho e me disse que eu estava linda. Eu podia oficialmente morrer feliz.

Audrey pediu a um dos jovens que cuidavam do balcão para tomar conta das coisas enquanto me levava até seu escritório. Ela me obrigou a contar tudo, do momento em que chegamos até a hora em que saímos pela porta. Eu estava me sentindo tão leve e contente que até contei sobre o comentário da "emergência". O que não a surpreendeu em nada, uma vez que conhecia bem Leopold.

— Por que, Jess Parker, você acabou de compartilhar aqui um momento constrangedor?

Ri e entortei um chapéu imaginário.

— Esse não passou nem do teste das cinco horas. Principalmente porque ele estava certo.

Audrey me abraçou com força (nunca pense que as supermodelos são fracotas; aquela mulher dá um abraço de urso), depois deu um passo atrás para me olhar de novo. Balançou a cabeça, sorrindo de orelha a orelha com brincos de platina.

— Com o novo guarda-roupa, você ficará estonteante. Ryan Steele que se cuide.

OK, será que *todos* no universo sabiam que eu estava apaixonada?

Saindo do escritório de Audrey, dobramos uma esquina e eu consegui desviar bem a tempo de evitar dar de cara com o próprio Ryan pela terceira vez em uma semana. Uma em três não era tão ruim, certo? Talvez o cabelo novo estivesse me dando sorte.

Só que eu tropecei na perna de uma cadeira (empurrem-nas de volta para seus lugares, pessoas!) e acabei sendo jogada direto em cima de Ryan. Ele me pegou e me levantou, me segurando por um segundo a mais do que era tecnicamente necessário. Ou assim fantasiei.

— Você está bem? — perguntou ele, a voz me atingindo como uma onda quente.

— Estou. Pelo menos não foi uma batida em cheio desta vez.

Ele me olhou por um segundo, um sorriso ofuscante iluminando seu rosto. Então seus olhos se arregalaram e ele olhou mais de perto.

— Jess?
— Sim?
— Uau. — Ele abaixou as mãos. Fiquei tão triste...
— Uau...? — incentivei.

Ele me encarou por mais alguns segundos, depois colocou as mãos nos bolsos.

— Só uau. Você está demais.

Não podia evitar. Meus joelhos viraram mingau, e sorri como uma pateta.

— Obrigada.

Transformação: fase um? Sucesso! Finalmente estava à altura de chamar a atenção de Ryan.

— Demais mesmo — disse ele. — Então... a gente se vê depois.
Ou talvez ainda não tivesse chegado lá.

— É — comecei, mas ele já estava se virando para ir embora. Meus ombros desmoronaram com a derrota. *Que ótimo*. Meu lado da conversa consistia em pérolas como *Uau? Obrigada. É*. Uma pitada de charme? Não, obrigada. Tenho o suficiente.

Sarah Jane estava, disfarçadamente, levantando o polegar para mim em sinal de positivo. Comecei a corrigir a direção de seu dedo quando Ryan voltou.

— Você vai à festa de Kyra na sexta? — perguntou.

Vi SJ em minha visão periférica, me dando dicas visuais sutis que pareciam gritar: *Diga a ele que sim!*

— Acho que sim.

— Legal. Vejo você lá. — Ele deu um puxãozinho de leve na minha cabeleira recém-cortada.

— Vê se não vai ficar mais bonita antes de me ver de novo.

Consegui esperar que ele saísse pela porta e chegasse ao pátio antes de puxar SJ para o banheiro feminino para um momento totalmente mulherzinha dando gritinhos de alegria.

— Não é possível, não é possível, não é possível... — Comecei a hiperventilar.

— Sabe o que isso significa, J?

Que Ryan se lembrou do meu nome? Que ele me achou linda? Que ele achou que seria legal me ver na festa???

A voltagem do meu sorriso poderia iluminar Mt. Sterling por um mês.

— O jogo começou, baby.

Capítulo 8

DEPOIS DE UM LONGO dia de trabalho na loja — durante o qual cinco clientes diferentes elogiaram meu novo visual! —, achei que cairia exausta na cama. Mas quem consegue dormir na véspera de um dia de compras incríveis com as Irmãs Fabulosas?

Ou *Irmã* Fabulosa. Acabou que Kyra e Mel iriam se encontrar com a gente mais tarde, porque Sarah Jane tinha mais do que uma simples excursão ao shopping na agenda.

A Sra. Peterson nos deixou na beirada da calçada em Buckhead, na parte elegante de Atlanta, e combinou de nos pegar ao meio-dia. Simples assim, e estávamos por nossa conta. Em Atlanta. Na calçada em frente à famosa Fashion Academy of the South.

E iríamos *entrar*.

Meu primeiro compromisso era com uma instrutora de modelos chamada Lorraine. O objetivo dela era me ajudar a "me conduzir" melhor. O que basicamente significava andar.

— Preciso de treino para andar? — sussurrei para SJ enquanto Lorraine ligava os refletores sobre a passarela.

Felizmente, ela não respondeu. Eu provavelmente não queria saber a resposta.

— A primeira coisa que toda modelo precisa aprender — disse Lorraine depois de me levar até a passarela — é se conduzir com graça e confiança. Ela deve usar as roupas, não deixar que as roupas a usem.

Ela me virou para o lado para que eu pudesse ver meu perfil.

— Vê como seus ombros estão curvados para a frente? Isso atrai seu olhar para o chão e cria um espaço na área do seu colo.

Me desculpe, que área do colo seria essa?

Ela puxou meus ombros para trás, ergueu levemente meu queixo e curvou meus quadris para a frente, fazendo minha barriga encolher. Tudo isso me fez sentir como se fosse cair para trás.

— Barriguinha, barriguinha, barriguinha — disse ela. — Se você se lembrar de encolher a barriga, todo o restante se encaixa naturalmente. — Então ela se afastou para me deixar ter uma visão mais clara do meu novo e desastroso perfil.

Minha postura estava perfeita como a de uma modelo. Então andar ereta era isso?

Depois, passamos para a parte de andar realmente.

— Você caminha naturalmente a passos largos — disse Lorraine, observando-me criticamente, mas sem ser rude. — Um andar de atleta. Estou certa?

— Sim, senhora.

— Me chame de Lorraine, querida. Esse tipo de caminhada é própria para o campo, mas não para o dia a dia.

Lorraine me mostrou como ajustar minha caminhada a algo parecido com deslizar, andando em uma linha única sem deslocar os quadris. Dei várias voltas na passarela daquele jeito antes que ela me deixasse voltar a andar normalmente. Como mágica, meu novo caminhar era um pouco mais curto e mais estreito e parecia muito mais feminino, sem ser afetado. *Trés* descolado.

Trabalhei minhas viradas, tentando focar algum ponto na parede para manter minha cabeça erguida e meus ombros para trás.

— Nunca tinha percebido que olhava tanto para baixo — falei, em meio ao giro com olhar fixo num ponto. — Me sinto a própria Gisele Bündchen.

Aos poucos relaxei em minha nova postura, percebendo que não era tão diferente da minha postura na quadra. Só nunca havia percebido que olhar para cima em direção às arquibancadas enquanto estou animando a torcida era a única coisa que mantinha meu queixo erguido. Fora do campo? Era uma inveterada observadora do chão.

— Muitas garotas olham para o chão quando andam, principalmente quando viram. A não ser que esteja descendo uma escada com a qual não está habituada, um simples olhar para baixo, mantendo a cabeça elevada, é claro, vai ser suficiente. — Ela se dirigiu a uma mesa perto da parede. — Você calça 35, Jessica?

— Sim, senhora. Lorraine. — Senti o perigo iminente assim que ela pegou a caixa. — Preciso mesmo disso?

Lorraine pegou um par de sapatos de salto agulha.

— Usar salto muda o centro de gravidade. Se quiser parecer confiante com qualquer roupa, precisa aprender a andar tão graciosamente com sapatos de salto quanto com suas sandálias ou tênis.

SJ guardou minhas sandálias sob o assento perto da passarela. Sentei para calçar os sapatos e, de forma desajeitada, consegui me colocar de pé. Eu me sentia como um bebê girafa com pernas novas. Pouquíssimas vezes havia usado saltos tão altos antes — embora tivesse de admitir que fizessem minhas panturrilhas parecerem incríveis —, então era "a" atrapalhada. Levei sete voltas para conseguir andar por toda a passarela sem tropeçar. *Sete*. Ainda achei que me saí muito bem por não ter caído de cara no chão, mas não estava exatamente deixando todo mundo empolgado com meu talento para caminhar.

Lorraine me ensinou a centralizar os quadris e mudar o andar para acomodar a altura do sapato. No fim, meus pés doíam e meu tornozelo direito pulsava onde o havia torcido, mas parecia uma modelo pronta para o primeiro trabalho. Pelo menos, em termos de postura.

Ainda assim, sempre que começava a analisar minhas inadequações em vez de aproveitar o momento (sempre uma batalha), me sentia uma grande fraude. Até Lorraine podia perceber quando esses pensamentos me invadiam, porque meus ombros começavam a se curvar para a frente e minha postura desmoronava. Como se meu corpo estivesse mandando sinais de que *eu não sou tudo isso*.

— Não fique sem graça, Jessica. Você é uma garota inteligente e bonita, que merece ser notada. Ande como se soubesse disso.

Cheguei a comentar que o hábito de ficar sem graça é difícil de largar?

Mas com mais alfinetadas de Lorraine, vaias de Sarah Jane para aliviar o astral e uma música de fundo com uma ótima batida, comecei a sentir o poder de ser notada. Aquilo tomou conta de mim, e, antes que percebesse, eu dominava a passarela. Pertencia àquele lugar. *Essa deve ser a sensação de ser Sarah Jane*, pensei. *O que a Loura Falsa deve sentir perto de Ryan quando sabe que todos os olhares estão nela.*

Era uma mistura inebriante, poderosa e assustadora.

Lorraine me deu os sapatos de presente (adoro aquela mulher!) e nos deixou partir para nosso próximo compromisso.

Apesar das dificuldades do início, eu tinha passado no meu primeiro teste. Tragam o número dois!

* * *

Stephan, o designer, tinha um estúdio arejado no andar de cima da academia. Janelas amplas se abriam para a cidade e inundavam o espaço com luz natural. As roupas e tecidos estavam guardados atrás de anteparos para protegê-los dos danos do sol, explicou ele — e manequins se estendiam ao longo de outra parede. Stephan nos cumprimentou como se fôssemos amigos que não se viam havia muito tempo e imediatamente me colocou à vontade.

— O segredo para a moda é confiança e individualidade — disse ele, ajudando-me a subir na plataforma redonda em frente a um espelho alto de três partes. As tendências não têm valor se as roupas não valorizarem *sua* imagem. Se você não se sentir confiante e linda nelas, não gaste seu dinheiro.

Stephan fez uma rápida avaliação de cor, chegando à conclusão de que eu ficava melhor com cores claras e vivas com nuances quentes.

— Não cores fortes — esclareceu ele —, mas também não sutis ou apagadas. Você precisa de tons claros e luminosos para salientar o calor dos olhos e dos cabelos.

Ele me cobriu com diferentes tecidos para mostrar como eles me realçavam ou me apagavam, e então me ajudou a combinar cores para criar uma paleta que não entrasse em conflito. Stephan jurou que não era necessário anotar nada, mas eu não era ótima aluna por confiar na minha memória. Sarah Jane arrumou um caderno e uma caneta, e anotei todas as recomendações.

— Nunca vou conseguir fazer tudo isso direito — gemi, escrevendo como uma louca quando Stephan desapareceu atrás de uma cortina que dividia a sala. Revistas de moda são incríveis, mas você teria de ler o equivalente a dez anos de publicações para conseguir esse tipo de informação detalhada. Mesmo assim, não seria nada personalizado.

— Uma vez que descobrir o que funciona com você, fazer compras é moleza — disse Sarah Jane. — Vai saber de imediato que estilos novos vão funcionar e quais serão um desastre da moda prestes a acontecer. Como eu sei que não posso usar nada com alça fina única, porque meus ombros são muito largos, isso me poupa muito tempo na hora de peneirar os cabides.

Olhei para a blusa dela com o conjunto de três alças finas abrindo-se em leque no alto dos ombros. Nunca tinha notado esse detalhe antes, mas acho que a ideia era essa mesmo.

— Excelente exemplo, Sarah Jane — disse Stephan enquanto trazia uma arara com rodinhas cheia de roupas. — Blusas de alcinha estão na moda este ano, então você encontrou algumas que ficaram bem em você em vez de usar algo que a desfavorecesse. — Ele bateu afetuosamente no nariz dela como uma querida pupila de moda.

Depois desviou a atenção para mim.

— Hora de vestir a princesa. Diga-me seu estilo próprio, Jess.

Obedientemente, entreguei minha descrição de estilo do quiz que fizera:

Esportivo e clássico são palavras que devem orientar suas escolhas. Seja um corte atlético ou peças simples com linhas discretas, você sempre ficará melhor com modas consagradas. Busque roupas que valorizem sua figura, mas que deixem o bastante para a imaginação, e tecidos com fluidez para lhe dar a liberdade de ser você mesma. Conforto e confiança são as palavras-chave.

Stephan me olhou por sobre o papel, e sorri pacientemente, esperando que ele batesse em meu nariz para mostrar que eu ganhara pontos extras por estar preparada.

— Isso é bom — disse Stephan, levantando os olhos da folha. — Mas é só o que um computador diz sobre seu estilo. O que *você* tem a dizer sobre ele?

Caramba.

Pensei em meu Portfólio de Estilo Próprio, as palavras e imagens com que eu tinha lidado por tantas horas. Sim para feminino e esportivo; não para dramático e forte. Definitivamente não para algo que realçasse as formas (eu me sentia mal só de pensar na produção "sou gostosa" de Lexy). Um estilo bem-alinhado, um pouco sedutor, sem ser muito mulherzinha. E eu gostava da parte dos "tecidos com fluidez" da minha descrição de estilo.

Então isso me deixava com...

— Descontraído, feminino e esportivo?

Stephan deu uma risada.

— Está pedindo minha permissão ou está indecisa?

— Descontraído, feminino e esportivo — repeti com convicção. Isso era o mais perto que consegui chegar de me sentir zen ao pensar em meu novo visual. Tinha de ser um ponto de partida.

Stephan pegou roupas dos cabides, e eu as experimentei atrás da cortina.

— Uau — disse SJ baixinho quando saí com a primeira roupa. — Essa blusa justa fica maravilhosa em você!

— E a barra da saia logo acima dos joelhos faz suas pernas parecerem mais longas e esguias. É a combinação perfeita para sua figura. Você saiu com a cabeça erguida, é uma indicação clara de que encontrou a roupa certa. — Stephan puxou a gola um pouquinho. — A confiança é atraente, Jess. Isso pode não importar agora, mas algum dia fará toda a diferença do mundo.

Experimentei o restante das roupas que Stephan tinha reunido, adorando como caíam em mim. Deleitando-me com a alegria de como faziam eu me sentir. Não tinha certeza quanto à parte "atraente", mas definitivamente faziam com que me sentisse mais forte e pronta para enfrentar o mundo. Nunca subestime o poder da blusa certa e de algumas pregas.

Nenhum presentinho dessa vez — que pena —, mas Stephan me deu um CD com fotos digitais de mim vestindo as diversas roupas.

— Lembre-se de como você se sentiu com elas quando for às compras, e não ceda à tentação só porque alguma coisa está "na moda". Só está na moda para você se for adequado ao seu estilo próprio.

— Algum último conselho do rei fashion? — perguntei, enquanto ajudávamos Stephan a guardar as roupas.

— Encontre o que funciona em você e trabalhe bem isso para tudo que valha a pena. Confiança gera confiança.

* * *

Nós encontramos Kyra e Mel para um almoço tardio na casa de Kyra e discutimos a estratégia de compras.

— Só preciso de algumas poucas coisas — disse Kyra enquanto checava duas vezes sua lista. — Uma roupa nova para minha festa, uma blusa verde-azulada para usar com minha saia sarongue tropical e sandálias novas em tom marrom-claro.

Mel também precisava de algumas peças, e Sarah Jane só queria uma tornozeleira prateada para usar no lago com os chinelos metálicos.

— E você, J? — perguntou Sarah Jane, afundando os chips de tortilla na salsa mexicana.

Olhei para a lista que tinha feito no caminho de volta.

— Queria algumas roupas como aquelas que Stephan tinha no estúdio. — Sarah Jane fizera o download das minhas fotos para seu celular para que pudéssemos levá-las quando fôssemos às compras. — E alguns acessórios para acompanhar as roupas que já tenho.

— Você com certeza deveria usar uma das roupas novas na minha festa — disse Kyra. — Pode lançar a nova Jess Parker lá. Principalmente porque *alguém vai estar te olhando...* — acrescentou ela cantarolando.

Senti uma onda de calor me atingindo, minhas bochechas formigando enquanto eu ficava vermelha.

— As notícias correm rápido.

— Ryan é um gato. Se ele fez questão de saber se você iria ao meu aniversário, com certeza está a fim de você.

Minhas borboletas logo ficaram ligadas na conversa. Eu as distraí com um gole de água.

— Kee está certa — disse SJ. — Você deveria revelar Jess 2.0 na festa. Será uma espécie de estreia.

Festas, lançamentos e Ryan... Ah, meu Deus.

Com as estratégias de compra definidas, chegamos ao shopping como Cindys com uma missão. Não só todas estavam preparadas com as listas, como Mel tinha ido armada com retalhos de tecido. O circuito dos desfiles havia lhe ensinado bem.

Em menos de uma hora, tinham conseguido riscar quase tudo em suas listas. Achei alguns acessórios, mas na maior parte do tempo fiquei olhando admirada a habilidade delas com as compras.

Quando todas tinham resolvido seus problemas, voltaram sua atenção para me ajudar a encontrar algo para usar na festa.

Não esperava por isso.

SJ nos levou para a maior loja de departamentos do shopping e me fez descrever meu estilo descontraído-feminino-esportivo. Mesmo algumas horas depois, eu ainda estranhava um pouco quão natural aquele estilo parecia para mim.

— Quem está a fim de uma pequena competição? — perguntou Sarah Jane, enquanto nos dirigíamos para a seção jovem.

— Conheço esse olhar — disse Kyra, sorrindo. — Você quer um DC. — Ela se virou para Mel e para mim. — Um Desafio de Compras. É ótimo para manter os conhecimentos de moda afiados. Cada uma de nós tem de escolher três combinações de roupas dentro de um certo valor em vinte minutos.

Mel parecia animada, mas de forma alguma eu poderia dar conta disso sozinha contra esse grupo.

— Vou ficar fora dessa e observar as profissionais em ação.

Sarah Jane enlaçou o braço no meu.

— Isso vai ser ótimo, porque você é nossa modelo. Você nos diz que tipo de roupas está procurando, o tamanho e as cores que quer, e nós fazemos o resto. Pense em nós como suas *personal shoppers*.

A única condição é que eu tinha de experimentar tudo — mesmo se ficasse horrível com a roupa —, para que elas pudessem aprovar ou reprovar. O que, é claro, fez SJ lembrar a todas, em sua voz mais séria de "não provoque a Irmã Mais Velha", que minha decisão era a única que importava.

Como se eu fosse mesmo confiar mais no meu julgamento do que no delas.

Disse a elas meus tamanhos, o que estava procurando (duas roupas casuais e uma elegante), a orientação de Stephan sobre as cores e um orçamento bastante limitado para impedir meu cartão de débito de ter um colapso. Sarah Jane deu sua opinião sobre o que tinha ficado bom em mim naquela manhã, sincronizamos nossos relógios (você pode achar que estou brincando, mas não), e elas saíram para seções diferentes.

Encontrei-as na cabine de provas vinte minutos depois. Faltando apenas alguns segundos para acabar o tempo, as rainhas das compras me entregaram as roupas que tinham escolhido e montaram guarda do lado de fora da porta. Nove combinações de roupas de cortes e cores variados foram colocadas em volta da cabine. A maioria delas teria deixado Stephan orgulhoso, mas algumas eram chamativas o bastante para fazer as palmas das minhas mãos suarem. E isso dentro de uma cabine de provas fechada.

Fiel à minha palavra, vesti cada uma e fui até o espelho no final das cabines, me preparando para os comentários. Mas em vez de simples reações de "sim" e "não", recebi minha segunda aula exemplar de moda daquele dia.

Sarah Jane me mostrou como alguns tecidos caíam melhor em mim, Mel explicou como pequenos ajustes na costura podiam deixar as roupas perfeitas para meu corpo e Kyra me deu um curso rápido sobre como combinar estampas sem parecer um palhaço. Estudamos a combinação das cores com minhas novas luzes e paleta de maquiagem, percebendo que Stephan estava certíssimo com sua análise das "cores claras e vivas".

Elas esticaram amassados, me fizeram virar para um lado e para o outro. Eu me sentia como uma princesa com uma equipe inteira de fadas estilistas a meu inteiro dispor.

A última roupa era um vestido não-tão-mulherzinha-mas-ainda-assim-sedutor que eu nunca, em um bilhão de anos, teria selecionado, mas que fez com que eu me sentisse incrivelmente linda. Eu o vesti, dei uma voltinha na cabine para ver o tecido girar e sabia que era aquele. Kyra era a rainha da compra de vestidos.

Andei pelo corredor das cabines e ouvi um assertivo "Pare!" de Sarah Jane quando me aproximei do espelho.

— Como você se sente com esse vestido?

— Maravilhosa — admiti, insegura quanto ao motivo de aquilo justificar interromper o que fazíamos.

— Olhe-se de perfil.

Eu me virei de lado e vi que parecia confiante e poderosa como tinha estado durante minha caminhada da fama no estúdio de Lorraine. E não tinha nem pensado em postura ou como andar ou nada disso. Apenas deixara as boas vibrações do vestido tirarem o melhor de mim.

Acabei escolhendo quatro combinações de roupa, porque as Cindys tinham sido ótimas compradoras em termos de preço também: o vestido coral arrasador (Kyra), um look fofo com short para andar por aí (SJ), uma calça capri bordada e um conjunto de blusa transparente com camiseta de alcinha (SJ de novo), e uma combinação explosiva de minissaia e blusa (Mel). A parte mais engraçada é que, mesmo parecendo alguém à altura da Mt. Sterling, nada do que comprei era de marca famosa. Nem mesmo uma peça. Prova de que era possível, definitivamente, arrasar com pouco dinheiro, tendo uma pequena ajuda das Cindys.

Levamos os quatro figurinos para o departamento de acessórios e experimentamos diferentes combinações que se ajustavam ao estilo descontraído-feminino-esportivo. Nunca tinha sido uma grande fã de colares, mas a pequena corrente prateada com uma borboleta esmaltada implorou para eu levá-la para casa. Combine isso com um par de pequenas argolas prateadas (eu nunca tinha sido o tipo de garota que usa brincos pendurados) e um relógio perolado fino (para minha obsessão em acompanhar as horas), e eu era uma compradora feliz.

Uma passada na seção de lingerie para um sutiã de costas nuas e calcinhas que não marcam, e estávamos de saída. Mesmo com os extras, ainda restaram alguns dólares para gastar em meu cartão de débito até o próximo pagamento. Suficiente para comemorar com um sundae triplo e quatro colheres, uma forma simbólica de agradecer a ajuda de minhas habilidosas Irmãs.

Sentamos a uma mesa com um grande guarda-sol no pátio do lado de fora da praça de alimentação, cercadas por uma dúzia de sacolas com as roupas adoradas, e rapidamente comemos o sorvete antes que derretesse com o calor. De modo geral, uma clara marca na coluna da vitória em meu progresso com o *MTC*. Nada poderia ter arruinado meu dia àquela altura, nem mesmo Gaby com todos os seus projetos.

Nada, quero dizer, exceto ver minha arqui-inimiga me observando do estacionamento.

Lexy estava parada do lado de fora do reluzente Lexus preto, os óculos de sol ultracaros refletindo o sol da tarde.

Algumas garotas da escola estavam bloqueando a visão de parte da nossa mesa quando Lexy veio em minha direção. Ela já estava quase na calçada que cerca o pátio quando as garotas em frente a nós saíram e toda a mesa ficou visível.

Ela parou na hora.

Era a primeira vez que eu a via desde minha aventura com Leopold, e pude notar sua mente trabalhando. Eu, com o novo corte de cabelo e bolsas de compras aos meus pés, me divertindo com minhas amigas superpopulares. Tinha passado de inimiga pública número um para pesadelo vivo. O alvo favorito dela estava agora cercado por pessoas tão fortes quanto ela.

A vida é difícil quando seus alvos estão protegidos, não é mesmo, Lexy?

Ela me observou por mais alguns segundos, então desviou a atenção quando duas garotas recém-formadas pararam para cumprimentá-la por ter sido coroada Miss Teen Blue Ridge.

Por falta de opção, quis gritar.

Lexy seguiu para o estacionamento, mas não antes de me lançar um olhar por cima do ombro. Apesar dos óculos escuros, a mensagem chegou a mim alta e clara. Eu podia ter construído uma rede de segurança, mas ela ainda não havia acabado comigo. E, dado seu sucesso com o vídeo de Alyssa, intimidando Heather e me derramando café no Moinho, não duvidava de que ainda pudesse me derrubar.

Capítulo 9

A ÁREA DE LAZER no andar de baixo da casa dos Gonzalez (será que eu era a única pessoa que não tinha uma?) havia sido transformada em um paraíso tropical. A mãe de Kyra acenou para mim de seu posto de produção de piñas coladas sem álcool no bar, e olhei em volta procurando algum lugar para colocar meu presente.

Kyra veio correndo, com Mel e Kat logo atrás.

— Você chegou! — gritou ela, me abraçando com força e sussurrando em meu ouvido. — Você está *linda*. Ryan está lá atrás jogando bola.

Achei que devia ir devagar e esperar até todos entrarem para não parecer obcecada por ele. Fomos até Gwen e Sarah Jane no sofá. Todas fizeram "oooh" e "aaah" diante do meu novo visual e deram o cobiçado estalar de dedo duplo em aprovação à minha produção com calça capri — que Sarah Jane tinha escolhido. Com a pulseira de berloques no pulso para dar boa sorte, eu estava oficialmente lançando Jess versão 2.0.

A Jess Parker desajeitada fora posta de lado para sempre.

Pelo que SJ tinha me contado, as festas de aniversário de Kyra eram grandes acontecimentos. A mãe é irlandesa, e o pai, cubano, então ela tivera uma grande festa em seus *Quinces* (de debutante, aos quinze anos) e outra de *Sweet Sixteen*, quando fez dezesseis no ano seguinte. Agora estava fazendo dezessete, mas as comemorações ainda pareciam bem mais elaboradas do que qualquer uma a que eu estava acostumada. Principalmente minhas festinhas simples com alguns vizinhos amigos e meus pais.

Dale entrou, levemente suado, e se curvou para abraçar Gwen. Em pouco tempo, os outros rapazes também entraram. Alguns deles se jogaram no sofá com a gente, e isso nem me intimidou. Dessa vez, me sentia aceita. Até Cherie descer a escada, e Kat e Mel se levantarem para saber como tinha sido seu teste.

Olhei em volta para nosso grupinho, Gwen e Dale, Sarah Jane e Mark, Kyra e Ben. E eu.

Parecia um exercício: Encontre o elemento que não pertence ao conjunto.

Captei o aceno de Cherie pelo canto do olho e me virei para acenar de volta, levantando-me para escapar do *point* dos casais. O que não vi foi um certo alguém vindo de trás, que levou uma cotovelada no braço em razão do meu aceno. Um braço que carregava uma grande piña colada sem álcool.

Uma geleca branca e espumosa, cheirando fortemente a coco, pingava de sua blusa até o piso enquanto ele abraçava o copo em questão para protegê-lo de outro ataque.

Um segundo se passou. Ryan olhou para o copo e estendeu a mão.

— Você parecia estar com sede.

Peguei o copo quase vazio, percebendo de repente que minhas costas estavam muito geladas.

— Pelo menos minha blusa não está mais com sede — falei, incapaz de pensar em algo menos bobo para disfarçar a vergonha.

— Belo trabalho, Parker! — cacarejou uma voz familiar. O que Lexy estava fazendo ali? O mal estava por toda parte?

A Sra. Gonzalez chegou ali num segundo.

— Não se preocupe, querida — disse ela. — É por isso que colocamos ladrilho aqui embaixo.

Eu me abaixei para ajudá-la a limpar a mais recente bagunça da minha vida, mas ela me afastou com um sorriso.

— Há toalhas no banheiro, virando ali na frente. Por que não vão se limpar?

Eu agradeci novamente, me desculpando feito louca e me sentindo uma idiota grau 10. Segui para o banheiro, tentando não olhar para os curiosos. Também não olhei para Ryan, mas pude ouvir o guinchar de seus Nikes atrás de mim. Perfeito. Agora tinha de encará-lo sozinha no banheiro enquanto tentávamos nos livrar das fantasias de Boneco de Nevecolada.

Uma gafe enorme, e eu só estava lá havia vinte minutos. Esse devia ser um novo recorde, até mesmo para mim. A Jess Parker pateta não se deixaria vencer assim tão fácil.

— Não faça nada que nós não faríamos! — gritou Lexy.

Meus olhos lançaram dardos de ódio em sua direção.

Sozinha com Ryan no banheiro que parecia um SPA, entreguei a ele uma toalha branca macia e peguei outra para mim. O tempo todo evitando contato visual. Normalmente eu não era uma pessoa desajeitada. Não era! Então por que ficava assim sempre que Ryan chegava perto de mim?

Molhei um paninho com água quente e limpei o que sobrara da espuma no meu braço e na panturrilha. Eu me voltei para o espelho e vi Ryan olhando para mim, então rapidamente virei de volta para a pia, ainda me limpando com o paninho.

— Desculpe por estragar sua camisa — murmurei.

— Ah, essa coisa velha — disse ele, com uma voz de menina que me fez rir apesar do nervosismo. Ou talvez por causa dele. — Foi a primeira que encontrei.

Meu rosto ficou vermelho quando me lembrei de quantas roupas eu havia experimentado naquela cabine procurando pela combinação perfeita para impressioná-lo. Para depois acabar melecando tudo com geleca de coco.

Tentei limpar as costas algumas vezes antes que uma mão quente segurasse meu pulso.

— Deixe que eu cuido disso.

Ele pegou o paninho da minha mão e suavemente limpou a parte de trás da minha blusa, esfregando longa e lentamente, tirando a mistura gelada a cada passada e jogando-a na lixeira. A sensação da respiração quente em minha nuca, a umidade fria da camisa e da blusa de alcinha e a injúria ardente da última humilhação pública faziam uma poderosa combinação. Total sobrecarga dos sentidos.

— Tudo certo — disse ele baixinho, me entregando o paninho sobre meu ombro.

Tentei parecer calma e serena, mas toda a confiança da Jess versão 2.0 tinha ido parar no Taiti no minuto em que derrubei a bebida dele. Então arrumei a bagunça que tínhamos feito na pia super-rápido e me virei para sair. Mas Ryan estava bem ali.

Bem *ali*, como se nunca tivesse se mexido. O que quer dizer que estava a uns 20 centímetros de mim.

Levantei o rosto para olhar para ele e vi o reflexo de um pedaço de gelo em um dos cachos do seu cabelo. Antes mesmo de me dar conta do movimento, estendi a mão para limpá-lo. Estava tocando Ryan Steele. E ele não se afastou.

Olhou de relance para meus lábios.

— Você está demais mesmo, Jess.

Eu mal conseguia respirar.

— Aposto que diz isso para todas as garotas de camiseta molhada. — Estava tentando fazer uma piada, mas acabou saindo sussurrante e meio Marilyn Monroe.

Tentei de novo.

— Desculpe por ser tão desastrada. Vou sair do seu caminho para deixá-lo terminar de se limpar.

Ia escapar, mas ele me deteve.

— Espere.

Ele se inclinou para a frente, e eu sabia — *sabia* — que minha vida nunca mais seria a mesma depois disso. Estava prestes a ser beijada pelo único garoto com quem eu já tinha sonhado de verdade, e nada poderia, em toda a minha vida, superar este momento.

Ryan hesitou a poucos centímetros dos meus lábios, e então eu senti... um beijo incrivelmente suave.

Na bochecha.

— Humm... — disse ele, lambendo os lábios. — Coco.

Meu estado de sonho se desintegrou em um segundo. Meu primeiro beijo digno de fantasia foi um leve roçar de lábios na bochecha em busca de uma gota da bagunça que eu consegui fazer com meu estilo esportivo e nerd.

E a parte mais triste? Ainda assim, foi o máximo para mim.

No fim, fiz o que qualquer adolescente que se preza faria ao ser obrigada a encarar a própria imbecilidade. Fugi, como a covarde que era.

Não podia ir embora da festa de Kyra antes da hora do bolo e dos presentes, então tentei simplesmente me misturar à paisagem. Também tive uma conversa particular de encorajamento com Sarah Jane sobre a importância de manter a aparência de calma mesmo quando se está morrendo por dentro. O que era fácil falar, ao que parecia, quando se estava próximo à perfeição, como no caso dela.

Então fiz a segunda melhor coisa que eu podia fazer, pois não dava para ir embora: passei a operar a estação de iPod.

Colocar as músicas para tocar no iPod não é tão bobo quanto possa soar. Porque quase todo mundo na festa, em um momento ou em outro, aparece para pedir alguma coisa. E, de repente, eu era a Garota Por Dentro de Tudo. As únicas pessoas que não apareceram foram Lexy e Morgan (o que por mim estava ótimo) e Ryan (e também estava ótimo, *obviamente*). Minha blusa estava secando e nem mais tão gelada, o calor da minha vergonha havia aquecido o tecido havia muito tempo.

SJ me convidou para ficar depois da festa com as outras Irmãs para uma tradição de aniversário da Irmandade, e alegremente agradeci. Controlar o iPod para me manter discreta, fazer a coisa de aniversário da Irmandade para Kyra, e então eu finalmente daria o fora dali. *Posso fazer isso.*

É claro que esse também foi o momento em que minha sorte fez uma pausa para ir ao banheiro. Estava acabando de tocar Avril Lavigne, quando ouvi uma voz tentadora atrás de mim.

— Tem John Mayer aí?

Mantive a cabeça fria, sem querer fazer qualquer trocadilho.

— As músicas clássicas ou o álbum novo?

— As clássicas. Qual é seu álbum preferido de Mayer? — perguntou ele, agachando-se no chão ao meu lado.

— *Any Given Thursday*. Adoro ouvi-lo tocar ao vivo.

Ryan assentiu, o cacho que eu havia tocado chamando minha atenção. Fechei os dedos contra as palmas das mãos para conter outros impulsos inapropriados.

— Gosto mais das versões acústicas — disse ele. — Sempre chegam à alma da música.

Acabamos falando tanto sobre música que perdi a noção do tempo. As pessoas ainda apareciam para pedir músicas, e todos paramos para cantar parabéns para Kyra (com muita risada com a serenata de Ben de "Parabéns a você"). Mas, fora isso e uma saída rápida para pegar mais bebidas, Ryan ficou perto do iPod durante o restante da festa, até Mark aparecer para perguntar se ele precisava de uma carona para casa.

Levantei os olhos e percebi que a área de lazer tinha esvaziado, a não ser pelo grupo de Irmãs limpando o bar. Além de Lexy, que batia o pé impacientemente perto da escada enquanto Ryan conversava com Mark. Ela me lançou um olhar penetrante e, depois de confirmar que a Sra. Gonzalez não estava por perto, fez um L com os dedos na testa.

Lesada.

Olhei para Ryan, depois de volta para ela, e percebi que a grande insatisfação era ver o irmão mais velho que idolatrava dando atenção à sua inimiga declarada. Aquilo me fez sorrir. Discretamente levantei o indicador e o dedo médio abertos, fazendo um gesto em resposta.

Vitória.

Ryan se virou de volta para mim, as chaves penduradas no polegar.

— Preciso levar minha irmã para casa. Vejo você por aí?

— Provavelmente.

— Continue arrasando com John Mayer.

Sorri para esconder a decepção, inspirada pela lição de moral-encorajamento de Sarah Jane.

— Sempre.

Ele assentiu e se virou para sair, mas só deu alguns passos antes de virar de volta.

— Jess?

— Sim — falei um pouco rápido demais e para lá de ansiosa.

— Meu pai vai viajar este final de semana, e vamos dar uma festa na piscina no domingo. Você vai?

Isso era um convite?

— Humm, não sei.

Não estava brincando com ele. Realmente não sabia se estava tudo bem eu ir, pois tinha quase certeza de que Lexy estaria lá. Mas se Ryan queria que eu fosse...

Ryan deu de ombros, o que foi um balde de água fria em meu entusiasmo.

— Está bem — disse ele.

Ele seguiu na direção de Lexy antes que eu pudesse explicar a situação. Lexy me deu um sorrisinho falso, depois estampou no rosto uma risada atrevida para o irmão mais velho. Ele a deixou subir a escada na frente e, enquanto eu observava, senti o coração contraído por causa da minha estúpida falta de reação. Por que pessoas como Kyra e Sarah Jane podiam simplesmente dizer "Sim, estarei lá!" sempre que alguém dava uma festa, mas eu tinha de me preocupar se iriam me pôr para fora?

Ryan começou a subir a escada depois de Lexy, mas, no último segundo, esticou a cabeça de volta e piscou. Para mim. E, com um sorriso, desapareceu seguindo aquela sua detestável irmã.

Uma roupa de banho nova estava definitivamente na minha lista de futuras aquisições.

* * *

Trabalhar na loja de Nan era meio como ser apresentador de circo. Não que os clientes fossem um bando de esquisitões de um espetáculo de segunda categoria. A maioria da clientela da Presentes Celestiais era totalmente normal. Até aqueles que davam um novo significado a "peculiar e excêntrico" eram bem legais. Mas quando se aproximavam eventos como o solstício de verão, as pessoas tendiam a exagerar um pouco nos preparativos.

A manhã tinha começado bem até um dos clientes costumeiros de Nan derrubar uma pirâmide de pedras que eu havia arrumado meticulosamente, só porque a de que ele *precisava* para seu talismã estava bem no meio. Eu estava tentando arrumar as ametistas espalhadas para que ninguém as pisasse quando uma mulher com um amuleto enorme em uma longa corrente se enroscou no display de pêndulos. Então, no exato momento em que Mary Alice Higgenbotham se lançou numa canção alta e forte em frente aos incensários, o telefone de dragão tocou. Essa foi a deixa que Nan esperava para correr e fechar a porta do escritório para atendê-lo em particular.

Se Mary Alice não faz Nan piscar o olho, não quero saber que tipo de cliente a faz querer escondê-lo do mundo.

Dizer que Nan se entregara ao New Age seria dizer pouco. A única coisa que a impedia de ter uma vida completamente boêmia era sua misteriosa atração por professores de ciências e uma filha tensa — no caso, minha mãe — que ficava horrorizada com mulheres de saias longas rodadas e blusas sem sutiã. Mamãe claramente leva jeito para profissões em que se precisa ser séria e minuciosa. Ou levava. Como aquelas duas podiam ser mãe e filha, eu não fazia ideia.

O bom de dias assim era que geralmente eu ficava tão ocupada tentando atender aos zilhões de pedidos ("Onde você achou um pilar jade num tom tão brilhante de azul?" "Posso encomendar um com nove lados?") que nem tinha tempo para pensar. Hoje definitivamente não era um dia para ficar pensando muito. Não quando se estava travando uma batalha contra o nervosismo por causa da festa na piscina dos Steele.

— Jessica, você pode encher as fontes enquanto embalo o gnomo de jardim da Sra. Bertrice? — perguntou Nan, de volta do escritório, para me ajudar com a última das pedras.

— Claro. — Peguei o jarro de água nos fundos da loja e comecei a rotina diária de encher as fontes. A água sempre evaporava, então tínhamos de tornar a enchê-las todos os dias ou secariam e os motores queimariam.

Mas não me incomodava. Adoro fontes. Talvez porque sou de peixes, ou talvez seja porque os lugares em que mais gostei de morar foram Seattle e Cleveland (ambos no litoral), mas água se movendo suavemente sempre foi algo tranquilizador para mim.

No momento, tranquilizador era bom, porque em apenas 26 horas e 17 minutos, eu veria Ryan novamente. Na festa na piscina dele. Em minha roupa de banho nova.

Inspira. Expira.

Um cara te ver quase sem roupa é um grande passo. Sarah Jane queria que eu comprasse um biquíni superfofo, mas quase dei um ataque quando o experimentei, então definitivamente aquele não era uma opção. Melhor arriscar menos com um tanquíni turquesa que deixa um pouco para a imaginação. Meu guia de estilo ficaria orgulhoso.

Acabei de encher a última das fontes, esfregando o ombro porque parecia que o nervo tinha sido repuxado quando me estiquei para alcançar a prateleira de cima. Nan e eu trocamos de lugar quando ela foi pesar o pacote no fundo da loja. O sino da porta tocou com a entrada de outro cliente. Ela chegou, me viu atrás do balcão e se virou para sair rapidamente.

— Oi, Heather!

Regra n°37 do Manual da Garota Nova: se você acenar para alguém e chamá-la pelo nome, somente uma pessoa muito má irá ignorá-la por completo.

Fato. A maioria das pessoas pelo menos resmunga um cumprimento em resposta. Nan diz que usar o nome de alguém mobiliza as pessoas. Queria saber mais sobre a provocação de Lexy e fiquei feliz ao usar um dos meus truques de novata para conseguir.

Heather, sendo a pessoa legal que é, congelou ao ouvir seu nome.

Peguei você.

Ela parou por um segundo, então se virou e entrou com um sorriso discreto no rosto.

— Oi, Jess.

— Posso ajudá-la?

— Ah, queria um monte de coisinhas. Estou só fazendo um estoque, sabe como é.

— É melhor ter sempre bons produtos à mão. — Lancei-lhe meu melhor sorriso do tipo *você pode confiar em mim*. — Quer uma cestinha?

Heather pegou a pequena cesta da minha mão e iniciou as compras. Como ela era arisca, não abusei da sorte. Melhor dar um pouco de espaço e ver se ela se soltava um pouco. Nunca a tinha visto ser distante — pelo menos não comigo —, então a história com Lexy devia mesmo tê-la abalado. Ou ela estava chateada comigo por causa do último dia de aula, embora tivesse definitivamente me dado o troco na frente de Lexy. Intencionalmente ou não.

Limpei o balcão espelhado e esperei pacientemente Heather encher a cesta de produtos. Ela ficava olhando furtivamente para os fundos da loja, e percebi que estava esperando Nan voltar para pagar as compras. Por sorte, Nan estava carregando uma caixa de remessa e a bolsa quando voltou para a frente.

— Vou levar isso no correio e buscar algo para comer. Você quer sopa e salada ou um sanduíche?

— Salada, sem sopa. Obrigada, Nan. — Não havia sentido em comer nada pesado que se transformaria em chumbo na minha barriga por causa do estresse. Eu iria usar um tanquíni na frente de Ryan. E de Lexy.

Socorro.

Nan apertou Heather de leve no ombro ao passar, parando um segundo para dizer oi. Nan é assim... Faz todos os clientes habituais sentirem como se a loja fosse um segundo lar. Os ombros de Heather caíram quando Nan saiu fechando a porta, e eu sabia que aquela era a hora. Não que eu tivesse deixado transparecer. Peguei uma pequena caixa de anéis e escolhi sem pressa quartzos rosa, turmalinas e citrinos para preencher os espaços vazios no display de joias.

Heather parecia hesitar entre pagar ou deixar a cesta ali e voltar depois, então decidi por ela.

— Tudo certo para fechar?

Heather relutantemente colocou a cesta no balcão, e eu puxei papo falando sobre o anel âmbar que eu realmente queria e a nova estátua de salgueiro na qual eu estava de olho. Isso pareceu deixar Heather à vontade, e ela falou sobre o pingente de anjo que tinha visto e adorado assim que entrou.

Dei uma olhada com atenção em tudo o que ela escolhera: incenso de patchuli, sálvia para defumar. Pequenas garrafas de óleos essenciais de gerânio, baunilha e cravo, e uma garrafa maior de óleo de farelo de arroz. Levantei os olhos para ela e a vi corar. Nós duas sabíamos que havia um poção do amor nos planos — acrescentar uma ou duas gotas a um banho relaxante era sempre uma ótima ideia quando se estava pensando em romance —, mas abri um sorriso descontraído para mostrar que não iria interrogá-la a respeito.

Mesmo com meu sorriso clássico da Presentes Celestiais, ao estilo *seus segredos são meus segredos*, vi Heather ficar tensa quando estendi a mão novamente para a cesta. Olhando para baixo, vi por quê. Olíbano, bagas de junípero, erva-doce seca e óleo de alecrim.

Todos os ingredientes para um incenso de proteção.

Encarei-a de novo, mas dessa vez ela não retribuiu o olhar. Terminei de checar as compras e coloquei tudo numa sacola enquanto Heather revirava a bolsa de forma trêmula. Ela me entregou o dinheiro e me demorei a guardá-lo enquanto acenava para outra cliente que saía da loja.

Quando éramos as únicas perto da caixa registradora, resolvi agir.

— Ela também me provoca, você sabe.

Disse isso baixinho, de forma não crítica, mas minha mensagem era clara. *Você não precisa passar por isso sozinha.*

— Sei — disse ela, desviando o olhar. — Recolhi seus papéis.

— Sinto muito sobre aquele dia. Nada saiu do jeito como eu planejava. — Entreguei-lhe a sacola. — Já ofereci antes, mas, falando sério, se houver qualquer coisa que eu possa fazer...

— Só iria piorar as coisas. Se fizer o que querem, vão me deixar em paz.

Isso não parecia com a Lexy que eu conhecia.

— Acha mesmo?

Ela assentiu de maneira otimista, ainda sem me olhar nos olhos, então diminuiu o movimento e balançou a cabeça.

— Na verdade, não.

— Você pode escapar disso. Eu a ajudarei.

Ela não respondeu, e eu quase podia ouvir os gritos por socorro em sua cabeça. Eu conhecia bem aquela sensação de estar presa em uma armadilha. Só era preciso uma pessoa disposta a ajudar. Mas você precisava se abrir e deixar que ela fizesse isso.

— Você não pode — disse ela por fim. Quando levantou os olhos, vi lágrimas brilhando. — Não é como o que acontece com você, Jess. É mais... — Ela procurou pela palavra — complicado. Lexy não está só me provocando. Ela precisa de mim.

A maneira como disse isso me fez querer sacudi-la.

— Lexy não precisa de ninguém, Heather. Ela só usa as pessoas.
— Desde que...
— Que...?
— Desde que cumpra sua parte do acordo, ela pode me usar.
Meus olhos se arregalaram de surpresa.
— Ninguém merece ser usado, Heather. Não é assim que o mundo funciona. Você precisa de alguém para...
— Não preciso de ninguém para fazer nada a não ser cuidar da própria vida.

Era a coisa mais dura que tinha ouvido Heather dizer. Não saiu de forma rude, só... decidida. E fez meu coração doer, porque eu havia passado por isso. Mas essa batalha não era minha, e não podia me meter onde ela não queria.

— Obrigada pelas coisas, Jess. E por se preocupar — acrescentou ela delicadamente. Saiu da loja, e não havia nada que eu pudesse fazer para impedi-la. Ou para ajudá-la.

Capítulo 10

— REPITA COMIGO: NÃO vou me rebaixar ao nível dela.

— Não vou, Sarah Jane. Confie em mim. — Sarah Jane vinha me acalmando durante o caminho para a festa na piscina, mas agora que estávamos na última curva antes da casa dos Steele, eu começava a ter um mau pressentimento. O dia estava bonito e ensolarado, mas uma nuvem de perdição podia estar esperando logo além do horizonte.

SJ estacionou atrás de uma longa fila de carros.

— Não pode deixá-la perceber que atingiu você. Ela pode sentir o medo como um puma.

— Que reconfortante, obrigada. — Abri a porta, ajeitei a saia transpassada sobre o tanquíni e peguei minha bolsa de praia. — Vou ignorá-la e ficar com as pessoas em quem posso confiar. E ser eu mesma.

SJ me encontrou na extensão de grama verde exuberante, ficando entre mim e meu futuro.

— Falou como uma verdadeira Cindy — disse, radiante.

Passamos pelo gramado, alcançando Gwen e Dale no meio do caminho até a grade de ferro trabalhado. Mark tinha ido à festa de oitenta anos da avó, então eu tinha Sarah Jane só para mim o dia todo. Tendo em vista o evento iminente no território de Lexy — com Lexy lá, desta vez —, eu estava feliz pelo apoio em tempo integral.

— Está bacana, Jess. Tentando impressionar alguém que a gente conhece? — provocou Dale.

Gwen socou-lhe o musculoso ombro de atleta.

— Ei! Só estou dizendo que alguém poderia ficar impressionado, só isso. — Ele se virou para mim. — Lembre-me de nunca mais namorar alguém mais forte do que eu.

Eu nunca tinha passado muito tempo junto de casais antes — alô-ou? Não é nada legal —, mas era bem divertido sair com as Cindys e seus namorados. Eles não exageravam nas demonstrações públicas de afeto, todos faziam brincadeiras como os velhos amigos que eram e provocavam uns aos outros de uma maneira engraçada, mas tranquila. E o melhor de tudo, os rapazes tratavam as garotas como iguais em vez de agirem como idiotas possessivos. Não era de estranhar que as Cindys os chamavam de Encantados.

Rapidamente descobri, entretanto, que esse tipo de diversão alegre e saudável não se estendia a todos os rapazes da MSH. Os Vilões não eram de forma alguma tão estáveis e tinham uma tendência a resmungar e entrar em discussões por nada. Ou por tudo. Eles viviam do mesmo tipo de drama que as Malvadas. Estremeci ao pensar que tipo de filhos nasceria se um casal desses procriasse.

Um filhote de Satã me veio à cabeça.

Dale pegou cadeiras para nós no canto perto da cozinha externa, onde Ben estava bebendo Coca-Cola e Kyra tomava uma raspadinha de pêssego.

Ben e Kyra arrumaram as cadeiras para que todos tivéssemos um lugar ao sol, e Dale ajudou Gwen a colocar a toalha sobre a espreguiçadeira. Nós nos acomodamos e ficamos assistindo ao desenrolar dos acontecimentos no meio do deque da piscina, onde, naturalmente, as Malvadas e os Vilões tinham se posicionado. O lugar perfeito para conseguir atenção.

Eu havia começado a perceber uma coisa sobre os populares. Cindys/Encantados e Malvadas/Vilões tinham de coexistir na trama social do ensino médio. Um exemplo disso: Lexy e algumas outras poucas Malvadas terem sido convidadas para a festa de Kyra. Excluir todas elas poderia tornar as coisas bastante desagradáveis. Mas convidando algumas é possível manter tudo bem. Com certeza era horrível, mas eu tinha de admitir que era uma política inteligente.

Os grupos não se enturmavam de forma alguma, mas eram civilizados. Até mesmo amigáveis, ao menos aparentemente. Algumas poucas pessoas, como Ryan, pareciam igualmente à vontade em ambos os grupos. A maioria, porém, ficava entre aqueles com quem se identificava. Fiquei feliz por estar solidamente do lado das Cindys, porque os Joviais não tinham o benefício de uma trégua implícita. Joviais eram alvos legítimos, como Heather e eu bem sabíamos.

Ben e Dale se levantaram para pegar bebidas para nós. Uma raspadinha de pêssego para Gwen, outra para SJ e...

— Acho que seria mais seguro começar com uma Coca — disse Ryan, esgueirando-se por trás de mim. Ele me estendeu um copo azul e alto, ainda espumando. — Estou feliz que tenha vindo.

— Eu também.

Ficamos daquele jeito, sorrindo um para o outro por mais tempo do que deveríamos, até que Ryan desviou o olhar.

— O vôlei de piscina começa em 15 minutos. Times mistos. Dale e eu somos capitães.

— É uma tradição de verão — explicou SJ. — Ryan e Dale jogam um contra o outro desde o verão antes do sexto ano. É a única ocasião em que ficam em lados opostos.

Gwen tirou a roupa em tempo recorde, exibindo o maiô esportivo Speedo, e se aconchegou a Dale, discutindo estratégias aos sussurros. Estratégia para vôlei de piscina? Eles estavam falando sério?

As partidas estavam empatadas em três a três, então este era um ano decisivo. Mal podia esperar para assistir. Ver Ryan mergulhar e golpear a bola, músculos ondulando? Eu devia ter trazido pipoca.

As regras diziam que eles deviam revezar as escolhas de meninas e meninos. Antes de Ryan pular na piscina para se juntar a Dale, fiz ele prometer que não me escolheria. Ryan ganhou no cara ou coroa, lançou um sorriso maldoso para o amigo e escolheu a campeã Gwen como vingança por Dale ter vencido o desafio do ano anterior. Dale deu uma olhada nele, avaliando-o, e fez sua primeira escolha.

— Fico com Jess!

Congelei. Eu não *era* uma jogadora de vôlei. Dale devolveu um sorriso maldoso a Ryan, e vi que o sorriso de Ryan tinha desaparecido. Mas eu não ia mesmo me meter no meio da rixa e fazer papel de boba, então resisti à pressão de cerca de trinta pares de olhos.

— Sinto muito — disse, me desculpando. — Machuquei o ombro no trabalho ontem... — Um leve exagero, mas um preço pequeno a pagar pela minha autoestima.

Dale estreitou os olhos com desconfiança e olhou para Ryan, que tinha um brilho triunfante nos olhos. Dale assentiu olhando para ele, então continuou a selecionar a equipe. Com todas as atenções em Dale, Ryan me lançou aquele sorriso arrasador de novo. Piscando o olho, como se fôssemos cúmplices de uma brincadeira. Meu coração quase parou de bater.

Eles terminaram de escolher os jogadores, e a partida começou. Minha recusa em participar tinha dado a Sarah Jane uma desculpa, mantendo os times equilibrados. Ela desabou ao meu lado após uma rápida conversa com Dale e Ryan.

— Obrigada — disse ela. — Sou sempre a pior jogadora do time.

Alguns minutos depois, entendi por quê. Aquele não era um jogo de vôlei de piscina comum. Aqueles caras eram profissionais.

Eles sacavam, armavam e cortavam, mergulhando uns sobre os outros, pedindo a bola. Eu teria sido um completo estorvo para a equipe de Dale. Ou para a de Ryan. O que me fazia lembrar...

— Por que Dale...?

— Exatamente pelo que você imagina. — Ela se virou para mim, os olhos brilhando com um ar travesso. — Ryan com certeza está de olho em você.

Não pude evitar. Entrei em pânico.

— Mas ele é demais para mim. O que poderia ver em mim a não ser um novo desafio?

— Nada de conversa Malvada. Você devia saber exatamente o que ele vê. Você é inteligente, engraçada e muito bonita. E tem um bom coração. Encantados sempre ficam com as garotas de bom coração.

Pensei na Loura Falsa.

— Sempre?

— Bem, na maioria das vezes — corrigiu ela. — Às vezes peitos grandes se sobrepõem ao bom-senso.

Tomei um gole da bebida que o alvo da minha afeição tinha me servido. Eu não era grande coisa nesse quesito — eu e meus peitos pequenos —, mas me daria bem se ele estivesse em busca de uma "boa moça". Não achava que a Loura Falsa se encaixasse nesse perfil.

Bebi outro gole, me perguntando quanto da opinião de Sarah Jane era baseada na realidade, quando a bola bateu com toda a força na minha espreguiçadeira, derramando Coca na parte da frente do meu tanquíni novo.

— Opa! — disse a voz sarcástica. — Foi mal.

Olhei tranquilamente para Lexy, e ela me lançou seu melhor sorriso de Bruxa Malvada do Oeste até Ryan se virar e gritar com ela. Lexy olhou para ele com raiva e voltou para sua posição na fileira de trás. Ela ergueu o dedo médio para mim, depois continuou a me ignorar.

Fui até a banheira de água quente e joguei água em meu tanquíni. SJ limpou minha cadeira e foi se juntar a mim.

— Qual é o meu problema com bebidas derramadas? — reclamei. — Pareço um ímã humano para manchas. — Com uma mira daquelas, Lexy deveria estar jogando no time de vôlei da escola em vez de ser líder de torcida. Mas eu nunca a mandaria para o território de Gwen.

— As Malvadas adoram brigas públicas. Você lidou com isso perfeitamente.

— As Malvadas adoram qualquer coisa pública — me queixei.

— Elas precisam de atenção como as outras pessoas precisam de ar. É como medem o poder. Ignorá-las é tirar seu poder. — Ela se abaixou para pegar bolhas de água do jato de hidromassagem com a mão em concha. — Elas não reagem bem a isso.

— Elas reagem bem a alguma coisa?

— Não que eu tenha visto. É por isso que os Joviais têm tanto medo delas. — Ela deixou a água correr por entre os dedos. — Nunca sabem o que fará as Malvadas explodir.

Balançamos nossos pés no jato de água enquanto assistíamos ao jogo. Eu nunca tinha visto aquele tipo de garra fora de uma quadra de verdade. Ainda que Gwen fosse uma grande campeã, eu estava chocada em ver quantos dos outros aguentavam firme suas poderosas cortadas.

O jogo prosseguia, e a disputa estava acirrada, com o time de Dale no saque. O *rally* durou uma eternidade, com uma brilhante defesa de Dale, que achei que cairia fora. Kyra armou a jogada, aproveitando a surpreendente defesa, e Dale cortou para a vitória.

Qualquer um pensaria estar nas Olimpíadas. A equipe de Dale irrompeu em gritos de vitória e cantou diversas vezes "We Are The Champions" enquanto a de Ryan fingia ter ataques do coração e ia até os adversários para cumprimentá-los. Ryan e Dale tentaram afundar um ao outro nos minutos seguintes, mas nenhum dos dois mostrou sinais de superioridade ou de tristeza.

A vida sem dramas era uma alegria.

— Que pena Parker ter fugido com a desculpa falsa do machucado — disse Lexy em voz alta de seu local privilegiado no meio da piscina. — Teríamos acabado com eles, com certeza.

Morgan e Tina riram alto. Não que me importasse. Na verdade, era difícil ficar chateada com alguma coisa. Estávamos nos divertindo, Ryan podia mesmo estar a fim de mim, e aquele era um perfeito dia de sol entre os populares.

Ryan saiu da piscina.

— Os perdedores merecem um abraço? — perguntou ele, pingando pelo concreto.

Sempre.

— Claro — respondi, me forçando a não encarar enquanto a água escorria de peitorais dignos de um anúncio da Calvin Klein.

— Vá se secar — provoquei —, e verei se consigo achar uma garota para acalmar seu ego.

— O quê? — Ele fingiu outro ataque do coração. — Você negaria um último desejo a um moribundo? Depois de ter sido humilhado no campo de batalha...?

— Piscina.

— Na piscina. Acho que terei de fazer o papel do conquistador então — disse ele, erguendo as sobrancelhas para mim.

Dei um grito quando ele tentou me agarrar — totalmente mulherzinha, eu sei — e me perseguiu em volta da piscina. Desviei das pessoas, rindo como uma boba, e até coloquei Dale no caminho dele quando cheguei à ponta, mas Ryan ainda assim ganhou de mim. Quase saí correndo, mas Lexy me deu uma grande trombada com o ombro. Eu estava indo tão rápido que a mudança de direção me arremessou para dentro da piscina, e derrubei a rede de vôlei, que se enroscou em mim enquanto afundava, prendendo meus pés.

Tentei me endireitar, mas não conseguia me soltar nem ficar de pé. Tateei o chão da piscina, tentando me desprender com as mãos, mas meu medo me deixou desorientada. As hastes da rede estavam boiando na superfície acima de mim ou flutuando abaixo?

Bolhas de água começaram a sair da minha boca quando entrei em pânico. Tentei soltar meus pés, mas não conseguia segurar firme o náilon. Eu me debatia, tentando desprender as mãos e os pés do emaranhado...

E então Ryan apareceu, me puxando e me deixando em segurança. Subimos à superfície e respirei fundo em busca de ar fresco. Ele me soltou da rede e me segurou enquanto minha respiração voltava ao normal. Afastou o cabelo da minha testa e colocou as mãos em volta do meu rosto.

— Você está bem?

Coloquei minha mão trêmula na dele e assenti, um bolo se formara na minha garganta, com gosto de adrenalina e medo.

Ele colocou minha mão na lateral da piscina para me dar apoio, mesmo estando raso o suficiente para ficar de pé, e se içou para fora em um movimento fluido. Encaminhou-se direto até Lexy e foi duro com ela:

— O que você estava pensando? Ela podia ter se machucado.

Os olhos de Lexy aparentavam o dobro do tamanho normal. Encheram-se de lágrimas antes que sua defesa usual — puro ódio — viesse à tona para disfarçá-las.

— Por que você se importa com essa idiota? — disparou. — Por que a convidou quando sabe o que ela fez comigo?

Me desculpe? O que eu fiz para *ela*?

— A festa acabou! — disse ela de repente. — Precisamos desinfetar a piscina. DSTs — acrescentou ela com um olhar penetrante em minha direção.

Outro boato tinha sido lançado.

— Cale a boca, Lexy — disse Ryan, irritado. — Vá fazer algo útil e tire a rede da piscina. — Ele se virou para mim e se abaixou para me tirar de lá. — Deixei-me ajudá-la.

Naquele momento, as lágrimas de Lexy rolavam descontroladamente, e ela fez uma saída dramática subindo a escada para o deque. Quando Ryan me entregou uma toalha e começou a me ajudar a me secar, Lexy parou de repente.

— Pelo amor de Deus, Ryan, não deixe que ela infecte você. Use luvas!

— Como você saberia de uma doença, a menos que tivesse passado para ela? — perguntou Dale em voz alta.

Lexy saiu dali furiosa enquanto várias pessoas abafavam o riso. Ryan lançou a Dale um olhar de *cuidado com o que fala*, mas não disse nada. Ao que tudo indicava, não havia nada de mais em irmãos brigarem, mas os instintos protetores de Ryan não permitiriam que pessoas de fora ofendessem sua irmãzinha. Mesmo que ela fosse a rainha das ofensas.

SJ me entregou minha bolsa de praia e minha toalha, e percebi que a festa realmente estava chegando ao fim. Nada como um pequeno drama ao estilo das Malvadas para arruinar uma ótima tarde.

As pessoas já estavam saindo pelo portão, acenando para Ryan em agradecimento e cochichando sobre mim, Ryan e Lexy e, provavelmente, a possibilidade de eu realmente ter herpes ou algo ainda pior.

Apesar das tentativas de Lexy de me constranger, experimentei um breve momento de superioridade. Para alguém que sempre conseguia atingir o ponto mais sensível em sua psique, aquele era um boato bastante genérico. Principalmente para se usar contra alguém que não tinha fama de galinha (a não ser que ela tivesse me arrumado uma e eu ainda não soubesse). Lexy devia estar extremamente irritada por Ryan ter escolhido ficar ao meu lado para se desconcentrar tanto de seu jogo.

Aquela ideia me deixou infinitamente feliz.

Ego e emoção eram os pontos fracos de Lexy. Sarah Jane estava certa sobre a necessidade que ela tinha de atenção, e ser ignorada pelo irmão que adorava falou mais alto do que tudo. Guardei essa informação.

— Deixe-me levá-la até lá na frente — disse Ryan, tirando a bolsa de praia do meu ombro machucado. A oferta me deixou ainda mais feliz. Talvez aquilo não tivesse sido um desastre tão grande, afinal de contas.

As pessoas continuavam a agradecer a Ryan pela festa e a cumprimentar Dale pela vitória. Alguns até pararam para ver se eu estava bem, embora eu suspeitasse que parte daquela atenção fosse para conseguir mais informações para a fofoca do que por preocupação pelo meu bem-estar. Mas pelo menos eles sabiam meu nome.

SJ e eu nos despedimos de Kyra e Gwen com abraços e seguimos para o conversível. Como é uma Irmã Mais Velha superlegal, Sarah Jane foi buscar o carro e se ocupou mexendo no porta-malas para deixar Ryan e eu a sós por algum tempo.

Ryan se inclinou em direção à porta do carona.

— Sinto muito pela minha irmã. Ela não é tão ruim quanto parece. — Quando não encontrei seus olhos, ele retirou o que disse. — OK, talvez seja. Minha mãe morreu há dois anos. Ela passou por momentos difíceis.

— Eu sei. Sinto muito. — Pelo que Nan havia me contado, a morte da Sra. Steele em um acidente de carro tinha sido um golpe forte para toda a comunidade. — Mas não tem sido difícil para todos vocês?

Então foi a vez de Ryan não encontrar meu olhar.

— Tem sido mais difícil para ela.

Eu me lembrava dessa parte também. *Porque ela estava no carro.*

— Deixe-me compensá-la pelo que houve — disse Ryan, mostrando entusiasmo. — O filme novo de Adam Sandler estreou no último final de semana. Por que a gente não sai para jantar e depois vai ao cinema? Que tal amanhã?

— Não posso.

— Ah. — Ele se endireitou e colocou minha bolsa de praia no banco traseiro, parecendo decepcionado, mas indiferente. — Sem problema.

O quê? *Ah.*

— Não! — *Não, não, não, não, NÃO!!!* — Não, quero dizer... Não é isso... — Parei e tentei de novo: — Tenho de trabalhar amanhã, é só isso.

— Então na terça?

Consegui finalmente respirar direito.

— Terça está ótimo.

— Maravilha. — Ele abriu a porta para mim como um cavalheiro, e estendi a toalha para não estragar os assentos de couro de SJ. — Pego você às seis?

Fiz que sim, e ele me derrubou com outra piscadela Só Para Jess. Temia que fosse ficar viciada nelas em breve.

— Vejo você depois então, linda.

Ele deu um tapinha no carro e se despediu balançando dois dedos em direção à estrada antes de voltar pelo gramado. Fiquei vendo Ryan ir embora, mas um movimento numa janela do andar de cima chamou minha atenção. Lexy estava lá, em pé, e sua cabeça parecia que iria explodir de tanta raiva.

Mantive firme minha posição e a encarei de volta. Ela me olhou nos olhos e apontou para mim, depois para o chão. Eu podia estar protegida com SJ ao meu lado, mas Lexy não tinha qualquer intenção de desistir tão cedo.

A mais malvada das Malvadas estava tramando para me derrubar.

* * *

Nossa última aula Alfa incluiu uma recapitulação do trabalho sobre aparência que tínhamos feito até então e uma reunião sobre como cada uma de nós prosseguiria, com Gaby e nossa irmã mais velha designada. Eu vinha mantendo minhas tarefas em dia e tinha recebido uma aprovação entusiástica por criar um estilo próprio que era genuíno e me fazia sentir confiante. Definitivamente, aquele era um dia de vitória.

E o melhor de tudo, finalmente tinha encontrado minha zona de conforto no mundo da integração. Só isso já valia o preço da admissão. Apesar do final abrupto da festa na piscina e da ameaça não tão velada de Lexy, as coisas tinham ido surpreendentemente bem em todas as frentes.

Começamos a tirar nossas coisas da Sala de Estudos quando Sarah Jane e as outras Gamas saíram do escritório Gama. Paige liderava o grupo.

— Esperem — disse Paige. — Precisamos pôr em prática uma de nossas tradições antes de vocês saírem.

Mais Cindys saíram do *lounge* e se aglomeraram na Sala de Estudos, até ficarmos apertadas em volta da enorme mesa. Gaby fez todas darem um passo para trás e apertou um botão perto da porta do seu escritório. Ouvimos, então, um zumbido, e as pernas da mesa se dobraram, e a coisa toda se abaixou até o tampo da mesa ficar plano com o restante do chão. Muito James Bond.

Kyra e Gwen desenrolaram um lindo tapete com padrões geométricos sobre o topo da mesa agora embutido no chão, e garotas levaram cadeiras para o *lounge* para nos dar mais espaço. Nós nos espalhamos em um grande círculo. Era a primeira vez que todas as Cindys estavam juntas em um lugar ao mesmo tempo. O poder feminino pulsava através das paredes.

Paige entrou no círculo.

— Gostaria de dar as boas-vindas oficialmente às nossas novas Alfas e dar as boas-vindas mais uma vez a todas as nossas Irmãs que estão de volta. Queria me desculpar pela minha ausência desde a iniciação. Acabei de me formar — um coro de estalar de dedos se fez ouvir pela sala — e estou trabalhando em Worthington Estates neste verão.

Mais estalos se seguiram. Parte da coisa do segredo, imaginei. Se quase 30 garotas começassem a gritar e comemorar, não haveria como continuarmos em segredo no Moinho.

— Como parte da nossa tradição, elegemos uma nova líder a cada dois anos. A nova líder geralmente é escolhida durante o primeiro ano e é treinada para sua nova posição durante o segundo. Ela assume oficialmente quando começa o terceiro ano na escola.

Olhei em volta para nossa turma Alfa, todas logo seriam do segundo ano, menos eu, a única do terceiro. Kat era uma pessoa extremamente dinâmica. Mel era doce e atenciosa, o tipo de pessoa em quem se pode confiar. Chandi era nossa voz da razão. Não que as outras Alfas não fossem incríveis, mas eu apostava em uma dessas três.

— A Sociedade Cinderela é profundamente enraizada em tradições — dizia Paige. — Mas às vezes fazer o que é melhor para a Irmandade significa dar um passo arrojado em uma nova direção. Temos novos desafios a encarar e mais batalhas para lutar do que jamais tivemos em nossa história. Acredito que vocês irão se juntar a mim em dar as boas-vindas e apoiar nossa nova líder enquanto testemunhamos um acontecimento histórico na Irmandade.

Paige assentiu para Gaby, que apagou as luzes, mas não deixei de notar o esboço de um sorriso que Paige dividiu com Sarah Jane na fração de segundo antes de a sala ficar escura.

As Malvadas ampliando suas fileiras. Um sorriso secreto entre Paige e minha Irmã Mais Velha. Um acontecimento histórico... Isso queria dizer que não seria uma Alfa a selecionada?

Sarah Jane vai ser nossa nova líder.

Paige acendeu uma vela, iluminando seu rosto. Senti uma pontada de orgulho por ter Sarah Jane ao meu lado. Ela chegava a superar tudo o que uma Irmã Mais Velha devia ser. Era reconfortante saber que as outras Cindys também reconheciam como ela era incrível. Com Lexy firmemente ao lado das Malvadas, era um enorme alívio saber que teríamos Sarah Jane na liderança.

Paige deu um passo atrás para se integrar ao círculo. A vela começou a circular, passando de Irmã para Irmã, enquanto as Cindys cantavam baixinho:

Oh, querida Irmã, nós nos unimos a ti
Para celebrar essa grande ocasião.
Quando a hora chegar, e as batalhas vencermos,
Iremos nos reunir em comemoração.

A vela deu a volta no círculo. Passou por Kat, passou por Mel...

Oh, querida Irmã, nós nos unimos a ti
Para celebrar essa grande ocasião.

E veio em nossa direção. O orgulho tomou conta de mim, sabendo que seria eu quem lhe entregaria a vela. Faltavam duas, faltava uma...

Quando a hora chegar, e as batalhas vencermos,

Finalmente, a vela estava na minha mão. Virei-me em direção a Sarah Jane, meu rosto iluminado de felicidade enquanto estendia a mão para lhe entregar a vela.

Iremos nos reunir em comemoração.

SJ sorriu alegremente para mim, seu olhar de orgulho um reflexo do meu ao se inclinar para a frente e assoprar a vela.
Enquanto ela ainda estava entre meus dedos.

Capítulo 11

— COMO É POSSÍVEL eu ser a nova líder?

Eu andava de um lado para o outro no escritório de Paige. *Nosso* escritório. Ou pelo menos iríamos compartilhar até Paige me passar as rédeas definitivamente.

— Achei que estivessem falando de Sarah Jane.

Sarah Jane parecia confusa.

— Por que você iria... Ah, você viu aquilo? Não, a nova líder nunca sabe até a vela ser apagada. Geralmente isso é feito por sua Irmã Mais Velha, mas não sempre.

Desabei na cadeira em frente a Sarah Jane.

— Isso não pode estar certo.

Assim que Sarah Jane apagou a vela e as luzes se acenderam, fui cercada. Algumas garotas correram para me abraçar, outras estalavam os dedos como loucas. Durante todo o tempo, minha mente só ruminava as seguintes palavras:

— Por que eu?

Paige se inclinou na cadeira.

— Por que não você?

Não que eu fosse um desperdício completo. Já tinha liderado vários projetos voluntários antes. Mas aquilo era completamente diferente. Se elas iam quebrar a tradição e dar à nova líder apenas alguns meses para se preparar — em vez de um ano todo como era o normal —, deviam escolher alguém que já fosse uma Cindy importante. Alguém como *Sarah Jane*, claro.

— Olhe, Jess, sei que a pegamos desprevenida. Isso também nos deixou um pouco desorientadas. — Paige levantou uma das mãos para esclarecer minha óbvia pergunta. — Não porque não achamos que você será ótima, mas porque nunca estivemos nessa situação antes. A mãe da garota que seria nossa nova líder foi escolhida para se tornar embaixadora na Europa, então ela teve de se mudar no meio do ano. O Alto Escalão nos disse para não nomearmos outra líder até as novas Alfas serem selecionadas. E então você entrou em cena, tivemos esse aumento repentino no recrutamento das Malvadas... e tudo meio que aconteceu de uma vez só.

Perguntas rodopiavam em minha mente. O que uma líder fazia? Quanto tempo eu tinha até assumir oficialmente? Meus sentidos entraram em alerta, e eu sabia que tinha de fazer a pergunta que eu mais temia.

— Quem é a líder das Malvadas?

Sarah Jane se mexeu no assento. Olhou para Paige. Paige olhou para mim. Elas confirmaram minhas suspeitas antes que os lábios de Paige se movessem.

— Achamos que Lexy será a nova.

Sarah Jane começou a falar antes que eu pudesse contestar:

— Não se preocupe com Lexy. Concentre-se no *seu* trabalho, não no dela. — Apertou minha mão. Como se aquilo ajudasse... — Você é uma líder nata. Não teria sido escolhida se não fosse a pessoa certa para o cargo.

— Não há como eu ser a pessoa certa. Ninguém aqui me conhece ainda. Para começar, estou um ano atrasada em meu treinamento...

— Porque você não entrou até alguns meses atrás — explicou SJ. — Trouxemos você assim que pudemos.

— Que diferença faz? Ainda estou um ano atrasada em relação ao ponto em que uma líder deveria estar. — Mas aquilo não era o pior. — Como posso liderar as Cindys quando não consigo nem mesmo me proteger contra Lexy? Você deve saber que também sou alvo dela.

— É o que a faz tão valiosa como líder — explicou Sarah Jane. — Não é apenas uma teoria. Sabe como é se sentir um alvo. Suspeitamos de que elas sabiam que estávamos de olho em você desde o minuto em que chegou aqui; é por isso que Lexy não perdeu tempo em atacá-la.

— Como vocês podiam saber que me queriam quando nem me conheciam?

Paige me lançou seu sorriso *Cindys sabem de tudo*.

— Tudo fará sentido no fim, Jess. Assim que você se adaptar, e sei que é muita coisa para se adaptar, entenderá por que precisa ser você. Eu a ajudarei tanto quanto puder. Vou trabalhar no acampamento este verão, mas estarei acessível por celular ou e-mail, se não estiver aqui, e vamos nos encontrar sempre que pudermos. Não vou deixar que você fique mal, OK? Prometo.

Paige me entregou uma pasta enquanto Sarah Jane saía. Ela abriu a porta adjacente para o escritório Gama e entrou, fechando a porta delicadamente.

Paige fez um gesto para a porta.

— Você tem sua própria entrada para o escritório Gama. Como líder, tem acesso completo a todas as partes do Clube. Não terá acesso a todos os sistemas Gama, mas poderá usar a maioria deles.

Ela abriu a pasta e pegou um gráfico mostrando todas as Cindys. Não só nossas Cindys, mas *as* Cindys. A coisa toda. Acima do nosso grupo estava o nome de Paige (com uma linha pontilhada até o meu como a nova líder), com Cassie acima de Paige como nosso contato regional. Não era de espantar que Cassie estivesse envolvida em tanta coisa.

Acima de Cassie havia um nível inteiro de outros grupos, como o Conselho Consultivo Financeiro (que eu presumi que fosse o responsável pelo "negócio lucrativo" de Audrey). Bem no alto do gráfico, havia um único campo: ÍSIS.

— O que é ÍSIS?

Paige sentou-se sobre os tornozelos.

— Você sabe que as Cindys vêm frequentando a Mt. Sterling há mais de cem anos.

Uma afirmação, não uma pergunta. Assenti, lembrando-me da seção de história do meu *MTC*.

— Bem, as Cindys existem há bem mais tempo que isso. A Sociedade Cinderela é o braço de recrutamento da ÍSIS, uma sociedade ainda mais secreta das mais poderosas mulheres do mundo. A ÍSIS foi fundada em Boston, em 1790, depois de as mulheres descobrirem que todo o trabalho duro que tinham feito durante a guerra para manterem seus lares, famílias e negócios estava sendo ignorado pela Constituição. Então decidiram cuidar de sua causa secretamente e criar a ÍSIS para pôr em prática o programa daqueles que não tinham voz.

— E o que significa ÍSIS?

— Não é um acrônimo. Ísis foi uma das mais poderosas deusas antigas, estimada por ser ultrafeminina e superforte.

Definitivamente uma Cindy.

— Diga o nome de qualquer mulher decidida e poderosa em que possa pensar: atletas, atrizes, senadoras, apresentadoras de *talk show*, professoras, doutoras, cientistas. Ela provavelmente é uma Cindy. Há centenas de milhares de Cindys causando impacto no mundo.

Pensei nas fotos emolduradas nas paredes da Sala de Estudos. Não eram apenas celebridades modelo; todas eram Cindys influentes. Minha cabeça já estava girando.

— Venha comigo — disse Paige, me levando para o escritório Gama pela entrada particular. — Bem-vinda à Central Gama. Mais conhecida como Centro de Comando.

Comparada às aprazíveis áreas da Sala de Estudos e do *lounge*, o Centro de Comando era *high-tech* e muito prático. Monitores e teclados ocupavam uma parede, com uma tela de plasma e monitor de vídeo em um canto. Sarah Jane estava sentada em frente a um dos teclados, digitando com fones no ouvido, e Gwen, reclinada em uma cadeira, lendo uma espécie de relatório cheio de gráficos.

Gwen levantou os olhos da leitura.

— Bem-vinda ao próximo nível, Jess. — Ela entregou a Paige o relatório. — O semanário acabou de chegar e indica outro aumento.

Paige balançou a cabeça, folheando as primeiras páginas enquanto falava.

— O semanário é o resumo da comunicação da ÍSIS que monitora o nível de atividade entre as Malvadas do ensino médio e sua organização-mãe, ATENA.

Atena.

— A deusa grega da guerra?

Legal.

— As Malvadas não são boas em sutileza.

— Mas elas não se chamam de Malvadas, não é? — perguntei.
— Este é só nosso apelido para elas?
— Certo. Dentro de suas fileiras, elas se chamam de *Delectae*. É a palavra em latim para As Escolhidas. — Paige entregou o relatório de volta para Gwen. — Temos acompanhado uma tendência que mostra um aumento nas comunicações entre as Malvadas e ATENA. Houve um crescimento no início da primavera, que acreditamos ter sido quando as Malvadas receberam instruções para aumentar o recrutamento, e de novo na semana anterior à iniciação. Se está aumentando outra vez, provavelmente há novidades a caminho.

Sarah Jane tirou um dos fones de ouvido.

— O upgrade do sistema foi atrasado em duas semanas. Vou atualizar o calendário principal. E parece que Albuquerque pode ter novidades nos códigos.

— Sarah Jane é nosso contato de inteligência — explicou Paige. — Ela acompanha a teleconferência bissemanal da ÍSIS e repassa qualquer informação de que possamos precisar. Estão fazendo upgrade dos nossos sistemas informatizados para nos dar acesso digital a todos os arquivos da ÍSIS, então SJ está cuidando de tudo que eles precisem de nossa parte. As Malvadas de Albuquerque têm usado algum tipo de código para se comunicar com os Joviais que estão atacando. Parece que as Cindys de lá estão conseguindo decifrá-lo.

Os olhos de Gwen se iluminaram.

— Isso seria o máximo, principalmente se elas puderem decifrar sem as Malvadas descobrirem. Quebrar a barreira do segredo é um passo enorme em direção à vitória contra as Malvadas.

De volta ao escritório da líder, Paige pegou um achocolatado para cada uma de nós em seu frigobar.

— Então isso é o básico — disse ela. — ÍSIS lidera nossos esforços e ATENA lidera as Malvadas. A meta de ATENA é dominar de toda forma possível. Isso significa se infiltrar em posições influentes do governo, da mídia, qualquer órgão que lhes dê poder sobre as outras pessoas para que possam levar a cabo seus planos.

Ela tirou a tampa do achocolatado, depois fez o mesmo com o meu quando não demonstrei o menor sinal de fazer isso eu mesma. Sentia meus membros pesados.

— Essa mesma luta é travada todos os dias no campo de batalha do ensino médio. Estamos trabalhando para estabelecer igualdade de condições para os Joviais, enquanto as Malvadas lutam para dominá-los. O que nossas Malvadas estão fazendo com nossos Joviais? Isso está acontecendo do Maine à Califórnia. De maneiras diferentes, mas sempre com o mesmo objetivo. Controlar por meio do medo e da manipulação. Por que você acha que as Malvadas ameaçam os Joviais?

Minha cabeça doía de pensar, e minha zona de conforto tinha sido enviada para algum lugar perto de Marte, mas tentei soar coerente:

— Para conseguir que façam seu trabalho sujo?

— De um modo geral, sim. Mas o objetivo principal é ensinar os Joviais a serem subservientes a pessoas mais fortes. Quanto mais impregnados com a ideia quando jovens, mais fácil será manipulá-los quando ficarem mais velhos.

— Então encontre-os jovens, treine-os cedo e tire vantagem deles quando forem mais velhos. — Era um plano doentio, mas eu podia ver a lógica por trás dele. Se você quisesse aumentar seu poder, precisava ficar alimentando o fluxo com pessoas que lhe permitiriam isso. — Mas como ATENA sabe que pessoas elas precisarão ter como alvo quando ficarem mais velhas?

— É isso. Elas não sabem. A meta das Malvadas é formar uma ampla rede e pegar a maior quantidade possível. Quanto mais, melhor.

Paige passou o dedo em volta do anel de condensação na mesa.

— A pior parte é que o sistema de informação delas segue os alvos além da escola. Você tem um Jovial que faz seu trabalho sujo no ensino médio e está indo para a faculdade? Ele não escapa simplesmente deixando a cidade. Toda informação passa pela ATENA. As Malvadas da faculdade estarão lá para cumprimentá-la no momento em que chegar, assumindo de onde as Malvadas do ensino médio pararam. Sem deixar uma chance de o Jovial construir um sistema de apoio que possa ajudá-lo.

Meu estômago se revirou. Como um Jovial podia ganhar? Uma vez que você se tornava alvo, era uma sentença para a vida inteira. Ninguém merecia uma vida como essa.

— As Malvadas estão em todos os lugares, e seu serviço de inteligência com relação aos Joviais ultrapassa de longe qualquer coisa que temos a cada passo do jogo. É por isso que nossa batalha é importante. — Paige fez uma careta ao ver o olhar de terror em meu rosto. — É terrível, eu sei. Mas você precisa entender o que está em jogo para fazer seu trabalho de maneira efetiva. Quanto mais Joviais ficarem de fora dessa teia agora, mais Joviais ficarão livres depois da graduação. Este é seu objetivo principal como líder.

Peguei minha garrafa para beber um gole, mas coloquei-a de volta. Não sabia se meu estômago estava preparado, mesmo para delícias de chocolate.

— O que mais importa para você como líder é o aqui e agora — disse Paige. — A prioridade é descobrir como nossas Cindys podem deter qualquer coisa que Lexy e as Malvadas tenham nas mangas. Conter as Malvadas já é bastante difícil, mas acrescente aí um aumento no recrutamento e temos um cenário totalmente novo. Seu primeiro trabalho é descobrir como pretende lidar com esse aumento.

— Você vai me ajudar com isso, certo? — Eu mal tinha me acostumado com a ideia de ser uma Alfa. Sem a ajuda de alguém experiente como Paige, as Cindys estariam condenadas desde o início.

— Vou tentar. Aqui vai o que sei até agora. A segunda vez em que as comunicações entre a ATENA e as Malvadas se intensificaram aconteceu um pouco antes de o aumento do recrutamento começar. Elas dobraram a turma de recrutamento, então acreditamos que seja parte de um aumento gradual. Se dobrarem a turma nova todo ano, em pouco tempo elas terão 56 Malvadas contra nossas 28 Cindys.

Ter 28 Malvadas atormentando os Joviais já era ruim o bastante. Mas 35 hoje... 42 daqui a um ano... 56 quando atingissem a capacidade total?

— Agora o que eu não sei. Primeiro, a comunicação está se intensificando de novo, mas não sabemos o que vai acontecer. Segundo, não sabemos por que estão aumentando, para começar. Por que agora? Como isso se encaixa no plano maior? Terceiro, sabemos que deve haver um uso específico para essas novas integrantes. Só não sabemos o quê. E quarto, e o mais importante, não sabemos como nos defender do dobro de Malvadas sem aumentar nossas próprias fileiras.

Não precisava ser um gênio da matemática para entender que havia muito mais coisas que *não* sabíamos do que aquelas que sabíamos.

— Se as coisas tivessem continuado nos trilhos, estaria tudo normal — disse ela —, você não teria problemas. Mas com o aumento no recrutamento...

— Meu trabalho ficou bem mais difícil.

— Infelizmente, sim. Elas terão a vantagem da quantidade. Seu plano tem de destruir completamente o que estão tramando, antes que consigam se estabelecer. — Ela me lançou um sorriso meio amargo. — Não a culpo se estiver se sentindo sobrecarregada. Eu teria surtado se tivesse prestado juramento, sem um ano de preparação, no momento em que as Malvadas estivessem começando a ampliar as fileiras.

Não eram exatamente palavras de conforto.

— Uma última coisa. — Paige me entregou uma caixa comprida e fina. — Isto é seu. Você vai receber o pingente de líder durante a cerimônia de apresentação.

Levantei a tampa e olhei. JESS PARKER, indelevelmente gravado em bronze. Uma pequena placa para colocar do lado de fora da porta quando eu assumisse o escritório da líder.

Aquilo não era um sonho. Para o bem ou para o mal, aquela era minha nova realidade. Esperava que a parte boa fosse aparecer logo.

Tampei a caixa novamente e me levantei para sair.

— Quando você vai estar de novo no escritório?

— Coloquei uma cópia da minha programação na sua pasta. Dê-se alguns dias para absorver tudo. Primeiro precisa se sentir à vontade antes de mergulhar e entender tudo isso como líder. Quando estiver pronta para conversar sobre o que fazer, fale comigo.

Assenti e me virei para sair, a cabeça latejando.

— Jess?

Olhei de novo para Paige.

— Ser nova é algo a seu favor. Você não se sente presa por ver certas coisas da forma como sempre foram. Muito do que acontecerá nos próximos dois anos será instintivo. Você sem dúvida alguma é forte para enfrentar as Malvadas e vencer. Tem só que confiar em si mesma.

Só podia rezar para ela estar certa.

* * *

Nosso segundo treino de animação de torcida não oficial de verão foi cansativo. Só eram 9 horas da manhã, e o calor da pista de asfalto estava escaldante. Finalmente me sentia como se estivesse perto de provar às minhas colegas que, de fato, merecia fazer parte da equipe e não era apenas um azarão que conseguiu entrar porque Lexy supostamente machucara o tornozelo no dia dos testes. Essa era a desculpa que ela dera a todos por ter sido derrotada, mesmo que estivesse claro como o dia para *mim* que a "lesão" era questionável, no mínimo.

Mas ela havia plantado a semente, e a dúvida tinha permanecido entre as minhas colegas de equipe. *Se Lexy estivesse em perfeitas condições, Jess teria conseguido a vaga?*, se perguntavam.

E eu adoraria gritar em resposta: *Sim! Porque ela não estava machucada de verdade!* O que não gritei, é claro, porque gritar raramente ajuda.

Sarah Jane e eu tínhamos falado sobre o boato de Lexy a caminho do nosso primeiro treinamento não oficial alguns dias antes e chegamos à conclusão de que o melhor modo de lidar com isso era encarar de frente. Como cocapitã, SJ tinha sido honesta com a equipe naquele primeiro treinamento sobre o fato de todos terem ouvido o boato, e que precisávamos resolver tudo abertamente para que aquilo não nos dividisse. E falei que não sabia nada sobre as líderes de torcida de Beaumont, que elas competiam em uma divisão diferente à da minha antiga equipe no campeonato nacional, e que, de qualquer forma, eu nunca tinha pensado que ninguém ali era uma diva. E eu tinha dito tudo isso sem jogar a culpa ao lugar a que pertencia. Os magros ombros de Lexy.

Não esperava convencer todo mundo com um discurso de dois minutos, não importava quão sincero fosse, então fiquei mais do que um pouco surpresa quando tudo correu às mil maravilhas depois disso. Elas tinham acreditado no pior muito rapidamente, e sem saber nada sobre mim. Mas só fora preciso uma pessoa em quem confiavam falar ao meu favor, e tudo estava resolvido.

Ridículo, mas vou aceitar.

Só para provar meu valor, tentei encaixar horários extras para praticar os passos que SJ e Kyra tinham me ensinado em nosso primeiro treinamento. Hoje era meu dia de brilhar. Para mostrar a elas que eu me empenhava pelo grupo e que tinha as habilidades que justificavam meu lugar na equipe. Nada mais de dividir os refletores com a Senhorita Insuportável na opinião das pessoas.

Só que a Senhorita Insuportável estava *lá*.

Sarah Jane tinha ficado tão surpresa quanto eu, porque nem ela nem Kyra tinham recebido e-mail algum da treinadora Trent antes dizendo que queria que Nichele e Lexy comparecessem. A treinadora tinha convidado as duas para ter certeza de que elas aprenderiam a apresentação caso precisássemos que substituíssem alguém mais tarde.

O que eu entendi. Sinceramente. O trabalho de líderes de torcida em competições pode ser bem extenuante para o corpo, e nunca se sabe quando alguma lesão pode deixá-la de fora. Eu tinha as marcas de batalha da patela deslocada como prova.

Mas, ainda assim, um pequeno aviso teria sido bom. Regra número 1 quando se está lidando com Lexy: *Esteja preparada*.

— OK, Lexy e Nichele estão aqui para aprender a apresentação, caso precisemos delas. Estamos felizes com a presença de vocês! — SJ podia fazer qualquer um se sentir querido. Mesmo quando não merecia.

— Ficamos felizes em ajudar — disse Lexy com uma voz irritantemente doce. Faremos tudo o que pudermos para ajudá-las a arrasarem este ano. Não é, Nichele?

Quando se tratava de substitutas, Nichele era muito melhor do que Lexy. Não só era superlegal, mas era uma excelente *flyer*. Pequena e sem medo algum. Eu não era imensa, mas porque era muito forte para minha altura, sempre ficava na base. *Flyers* sempre me impressionavam, principalmente quando eram tão boas quanto

Nichele. Mas ela não tinha um salto de mão para trás consistente, então fora relegada a segunda substituta.

Aparentemente eu era a única que enxergava o que havia por trás da atitude falsa de Lexy, porque todas as outras assentiam alegremente. Alegres demais para meu gosto. Mas como eu assumia que todas tinham amor à própria vida — assim como eu —, ser agradável provavelmente era a escolha mais sábia, no final das contas.

As regras da liga determinavam que as equipes não deviam praticar oficialmente até agosto, então a treinadora Trent não podia estar presente aos nossos treinos não oficiais de verão. SJ era a garota no comando, levando o trabalho a sério enquanto liderava nossos ensaios. Cassie tinha passado para nos dar uma palavra de incentivo em nosso primeiro treinamento e nos ensinar alguns exercícios de nível de faculdade que poderíamos usar no aquecimento. Sarah Jane comandou nossos exercícios dessa vez, seguidos de duas voltas na pista. Depois disso, treinamos sem parar até as 11 horas. Fizemos arremessos e saltos até meus quadríceps estarem queimando e meus tendões clamarem por um intervalo. Não que fosse admitir. Nem por todos os Oreos do mundo.

Paramos várias vezes para repassar as dificuldades da nova apresentação. Apesar de Lexy ser uma substituta, fiquei surpresa com a frequência com que minhas colegas de equipe acatavam sua opinião. Era quase assustador como as pessoas transferiam seu poder a ela, mesmo quando Lexy claramente não estava na posição de poder. Sarah Jane e Kyra não faziam isso, é claro, nem eu. Graças ao nosso sistema de apoio Cindy. Mas a maioria das nossas colegas fazia. O tempo todo agindo como se aquilo fosse perfeitamente natural.

Eu claramente tinha um grande desafio à frente se esperava vencê-la em apenas dois anos.

Tentei não pensar em meu papel de líder e me concentrei na tarefa que tinha em mãos. Às 11 horas, paramos de fazer várias acrobacias e focamos em aperfeiçoá-las. Lexy e Nichele ficaram de observadoras — o que ajudou muito, principalmente porque Lexy não observou *meu* grupo —, e finalmente demos o treino por encerrado depois de conseguirmos fazer o giro triplo com alongamento de perna. SJ adotou a mesma regra três-cinco que seguíamos na minha equipe de competição em Seattle: segure firme a perna três vezes seguidas por cinco segundos e pronto. Meu grupo de acrobacias só precisou de seis tentativas para conseguirmos um triplo.

Toma essa, Senhorita Insuportável.

* * *

Estávamos guardando nossos uniformes na bolsa e fazendo planos para o almoço quando os caminhões de construção chegaram. Jovens que vinham de outros campos esportivos e haviam se reunido em volta da entrada principal da escola tiveram de recuar quando os operários isolaram a área. As notícias chegaram da linha de frente: rompimento do encanamento central de água.

Por que essas coisas nunca acontecem na escola quando seriam úteis?

Um caminhão-plataforma com escavadeira se juntou aos caminhões da companhia de água. Parecia um trabalho enorme — e não muito interessante, a menos que você seja um fanático por caminhões de construção —, então seguimos para o carro de SJ. Estávamos na metade do estacionamento quando vários sedãs de vidro escuro chegaram. Uma mulher que parecia Jennifer Aniston daqui a 30 anos saiu de uma Mercedes com uma pasta branca na mão e seguiu direto para o responsável pela obra.

Depois de uma conversa exaltada, o cara jogou o capacete no chão e pegou o walkie-talkie no cinto. Enquanto o homem gritava nele, Vovó Aniston assentiu de leve para os outros carros na procissão, e imediatamente sete outras mulheres desceram dos veículos e foram diretamente para a escola. As únicas que reconheci foram a diretora Zimmer, a vice-diretora Starr e a treinadora Trent. Não que eu fosse parar para dizer *oi* ou coisa parecida.

Ficamos presas entre os caminhões e os sedãs. SJ e eu desistimos e fomos descansar um pouco nas arquibancadas, tomando água avidamente como se vivêssemos no Saara.

Meia garrafa depois, vimos Paige atravessando o campo. Acenamos, e ela se juntou a nós perto da cabine do locutor, que oferecia um pouquinho de sombra e a visão perfeita para ficar de olho no estacionamento.

— O que você sabe sobre Heather Clark? — perguntou Paige para mim depois de conversarmos sobre a Irmandade.

Por que a pergunta?

— Ela é legal.

— Descobriu por que Lexy a persegue?

— Como você...? — Olhei para SJ, lembrando-me de que ela também estivera no jogo. — Sarah Jane viu o mesmo que eu. É tudo que sei.

— Ela não vai à Presentes Celestiais? — perguntou SJ.

— Às vezes.

SJ olhou para Paige, e Paige respondeu com um gesto de *vá em frente*.

— Precisamos que faça uma pequena investigação — disse SJ. — Na surdina.

Aquilo provocou meu interesse.

— Que tipo de investigação?

— Precisamos descobrir o que está acontecendo entre Lexy e Heather.

— Por quê?

— Heather é uma das pessoas que identificamos como um alvo-chave das Malvadas — disse Paige. — Não conseguimos fazer as outras abrirem o bico, então precisamos que tente se aproximar de Heather.

Fazer as pessoas abrirem o bico? O que nós éramos, a Máfia?

— Vocês as colocam sob uma luz forte e forçam-nas a ficar com as pálpebras abertas?

Paige não parecia estar achando graça.

— Isso é sério, Jess. As Malvadas aumentando seu grupo *e* intensificando a pressão contra os Joviais? Alguma coisa está acontecendo, e precisamos saber o quê. *Você* precisa saber o quê, para pensar numa forma de detê-las.

Não gostei de aonde aquilo estava chegando.

— O que exatamente essa missão envolve?

— Não é impossível, se é o que você está pensando. Não vou me autodestruir em três segundos. — Isso era o máximo de piada que

Paige se permitiria. Os tempos eram sombrios. — Precisamos que alguém faça Heather se abrir. Descobrir do que se trata o ataque de Lexy. Qualquer coisa que nos dê informações para continuar.

Eu me contorci nas arquibancadas, e não só porque o suor em minhas pernas estava sendo sugado pelo metal superaquecido. Não me importava de me esforçar para ajudar Heather, mas me intrometer nos assuntos de Lexy para conseguir isso? Estavam achando que eu era *louca*?

— Vamos encarar os fatos aqui — falei com minha voz mais sensata. Eu contei tudo o que me desfavorecia em meus dedos. — Um, já tentei falar com Heather, e ela colaborou tanto quanto um peixinho mudo. Dois, se Lexy descobrir que estou tentando ajudar a Jovial que está ameaçando, vai acabar comigo antes mesmo que eu possa assumir o cargo de líder. — Eu não conseguia nem calcular quão mais baixo ela ainda poderia ir. Principalmente depois que descobrisse que eu seria a nova líder das Cindys. — Três, sou a novata aqui. Por que acham que posso ajudar Heather se vocês não conseguiram ajudar as outras? Vocês têm o tipo de poder e influência que deixariam a Madonna com inveja. Eu não sou ninguém.

— Nada de conversa Malvada.

Obrigada, Sarah Jane. Ajudou muito.

— Primeiro, Heather precisa de orientação, não de conversa — disse Paige. — Você precisa lhe mostrar que é alguém em quem ela pode confiar. Segundo, Lexy não vai *acabar* com você. Está sendo dramática. E as Cindys vão defendê-la se pisar no calo dela.

Pisar no calo dela? *Obrigada por tentar aliviar as coisas, Paige.*

— Terceiro, ser a novata é exatamente o que faz com que você tenha uma conexão com ela. Heather sempre foi cautelosa, mas se aproximou de você. Isso conta muito.

Pensei em Heather parando para me ajudar a recolher a bagunça que Lexy tinha feito a apenas algumas centenas de metros de onde estávamos. Algo que percebi que as Cindys deviam ter testemunhado também. Mas se Heather estava mesmo tentando se aproximar aquele dia, por que havia me afastado quando fui defendê-la de Lexy? Tinha lhe oferecido ajuda quando ninguém mais o fizera, mas ela havia preferido resolver sozinha.

— Prometa que vai pensar sobre isso, OK? — pediu SJ. — Sabemos que estamos pedindo muito com tudo pelo que passou desde que se mudou para cá. Mas você não precisa jogar nada na cara de Lexy. Seja esperta. Veja o que consegue descobrir.

Poção do amor, incenso de proteção, mais um favor para as Malvadas. As peças do quebra-cabeça começavam a se juntar, mas minha intuição ainda estava em alerta.

— Não prometo nada, mas vou pensar no assunto.

— Sabia que podíamos contar com você, J.

O problema é que eu não sabia se podia contar comigo mesma para não fraquejar.

— Isso faz parte do meu treinamento de líder?

— Oficialmente, não. Mas segue a mesma linha de tudo que terá de enfrentar no próximo outono, então pense nisso como uma chance de mostrar do que é capaz.

Que ótimo. A vela mal tinha esfriado, e elas já estavam pedindo para eu provar meu valor.

Vimos o cara responsável trocar mais palavras acaloradas com a Vovó Aniston antes de dizer o que, imaginamos, fossem umas poucas e boas e tirar a equipe dele da área. Os sedãs haviam se afastado para que as pessoas pudessem sair, e todos tinham praticamente debandado. Menos Lexy, que estava sob a cobertura da barraquinha de lanches nos arredores do complexo esportivo. Sozinha.

Um músculo perto do meu olho se contraiu.

Lexy Steele sempre estava rodeada por outras pessoas. *Sempre.* Sempre que ela andava por aí, as amigas estavam por perto para lhe dar apoio, atender a todos os seus caprichos e cuidar para que ela parecesse poderosa. O fato de estar sozinha era suspeito. O fato de parecer empolgada estando sozinha me deixava preocupada.

— Jess? Ainda está aí?

Acordei para a conversa.

— O quê?

— Vamos embora. Quer comer wraps no Moinho ou pizza no Cuomo's?

— Acho que vou ficar e treinar um pouco mais. — Que bom que eu não estava de pé, ou minhas pernas teriam desmontado em protesto. Mesmo sabendo que era uma mentira.

SJ olhou além de mim e viu o mesmo que eu.

— Nem pense em confrontá-la. Discrição, lembra?

— E eu pareço maluca? É claro que não vou confrontá-la. Só quero ver o que está acontecendo.

Paige não parecia animada.

— Procure se concentrar em Heather. Se Lexy souber que você está se aproximando, pode mudar de tática.

— Então vou cuidar para que ela não descubra. — Como elas não pareciam convencidas, tive de usar minhas armas mais poderosas: — Vocês me deram a missão. Agora confiem que eu vá cumpri-la direito.

A batidinha das unhas de Paige na arquibancada enviou pequenos ecos aos nossos pés.

— Parece que já se decidiu.

— Parece que sim.

* * *

Lexy ficou lá parada enquanto os sedãs saíam do estacionamento, depois fez uma ligação breve no celular que envolveu vários gestos animados. Ela o jogou de volta na bolsa, examinou rapidamente a área que os operários tinham começado a cavar e voltou para seu Lexus, no qual saiu para um destino desconhecido.

Avaliei as pistas e tinha de admitir que me intrigavam. Apesar da minha hesitação para bancar a detetive amadora naquela primeira noite no Moinho, eu adorava charadas. E se ajudar Heather significava ter de derrubar Lexy e as Malvadas, eu estava dentro. Contanto que fosse Lexy a ser derrubada, e não eu.

Mas antes que me envolvesse nesse mistério, tinha um tipo diferente de missão competindo pela minha atenção. Uma que precisaria de todos os meus esforços para ser posta em prática e obter sucesso com o mínimo de danos ao meu bem-estar.

Eu precisava me preparar para um encontro.

Capítulo 12

— O JAMBALAYA DE frango daqui é muito bom — Ryan me disse enquanto nos sentávamos para jantar. — Sempre peço isso quando a gente vem aqui.

— Hummm! — respondi, mesmo pensando que algo capaz de provocar uma combinação bombástica de azia e gases não era minha primeira opção para a refeição de um encontro. Peguei o menu.

— Adoro a salada Caesar de frango deles.

— É o que Lexy sempre pede — disse ele. Nossos olhos se encontraram por uma fração de segundo sobre os cardápios e então desviamos o olhar. Sair com o irmão de sua inimiga podia ser bem complicado.

Uma garçonete muito animada veio anotar nossos pedidos, agradando Ryan um pouco demais para meu gosto. Mexi lentamente minha pulseira de berloques em volta do pulso para me acalmar. Eu tinha quase enlouquecido tentando decidir o que vestir, mas uma ligadinha rápida para SJ tinha me colocado de volta nos eixos. Eu não era do calibre da Loura Falsa, mas meu look descontraído, feminino e esportivo tinha prendido a atenção de Ryan até agora. Eu ia conseguir.

A garçonete levou nossos menus, e o momento chegou. Sem opções de entrada para obstruir nossa visão, não havia nada que nos distraísse de olhar um para o outro. Ou de fazer mais do que jogar conversa fora. Tinha chegado a hora de agir como duas pessoas num encontro de verdade.

Por que não fazem cardápios de colorir para pessoas da nossa idade?

O silêncio se prolongou por horas — OK, na verdade, alguns segundos, mas que pareceram como três vidas inteiras —, até que Ryan quebrou o gelo.

— Desculpe pelo comentário sobre Lexy.

Não era minha primeira opção de assunto.

— É sua irmã — falei, dobrando o guardanapo impecavelmente sobre meu colo.

— É, mas ela tem sido dura com você.

Verdade, mas não ia deixá-la estragar meu encontro.

— Quais são seus planos para o verão?

— Eu trabalho no lava-rápido e no Tri-Eight. Então geralmente é isso, e malhar antes de começar a temporada de futebol americano.

— Você trabalha no cinema? Pode mesmo ver todos os filmes de graça?

— A maioria. — Ele pegou alguns pacotinhos de açúcar e começou a construir uma casinha com eles. — Não vi o filme de Sandler, porque sabia que a gente ia junto.

Não era fofo?

— Só vi um filme desde que nos mudamos para cá.

Ryan sorriu.

— Orlando Bloom.

Típico.

— Sabe, não é só porque a maioria das garotas morre de amores por ele que esse seja o filme que eu vi.

— Você foi com sua mãe e chegou depois que os trailers começaram. Estava usando uma blusa vermelha com a inscrição: COMA-DURMA-TORÇA.

Oh.

Não. É. *Possível.*

— Ela não gosta de assistir aos trailers. — Meu rosto estava queimando. — Não vi você nesse dia. Como você me viu?

— Sempre noto novas garotas atraentes. Mas voltando ao Orlando... O que você estava dizendo sobre o filme que viu? — Ele riu, vendo meu rosto ficar cada vez mais vermelho. — Está tudo bem. Desde que entenda que nem todos podemos ser Orlando Bloom.

Ele achou que eu tivesse ficado sem graça por ter sido flagrada como uma fã de carteirinha do Orlando. Eu não ligava a mínima para isso. Só estava tentando me recuperar depois da bomba que ele jogou. Ryan Steele tinha me notado havia muito tempo.

E ele se lembrava.

— Por que você não...? — Parei, constrangida por meu filtro cérebro-boca não estar funcionando. Eu queria mesmo fazer a pergunta que não saía da minha mente?

— Por que eu não o quê?

Dobrei meu guardanapo, deslizando meu dedo pela dobra para dar às minhas mãos nervosas o que fazer.

— Sei lá. Por que não falou comigo naquela época ou fez algo parecido?

Ryan pareceu surpreso.

— Eu fiz. Você levou uma trombada no corredor um dia, e tentei ajudá-la a pegar seus livros.

E por *levou uma trombada* ele quis dizer que a melhor amiga da irmã dele me fez tropeçar enquanto Lexy olhava e sorria.

Que adorável de sua parte se lembrar desse momento precioso.

— Tentei me apresentar — disse ele —, mas você parecia querer fugir de mim o quanto antes. Achei que tivesse estragado tudo de algum jeito.

Procurei me lembrar daquele dia que eu preferia ter apagado da memória. A lista da equipe de líderes de torcida tinha acabado de sair, e Lexy já havia reunido as amigas para a caça a Jess. Não conhecia bem Ryan na época — só estava na MSH havia algumas semanas —, então assumira que ele fazia parte da equipe de tortura, por ser irmão de Lexy e tudo o mais. Tinha me afastado dele o mais rápido que pude. Só mais tarde percebi que Lexy era a ovelha negra da família Steele, e que Ryan era um gatinho e gente boa.

O destino tem um *timing* bem irônico.

— Enfim — disse ele, me tirando daquela situação difícil. Como um Encantado. — Sou um verdadeiro cinéfilo. Sandler pode não ser Orlando Bloom, mas acho que o filme vai ser ótimo.

Embarquei na mudança de assunto, apesar da provocação sobre Orlando Bloom, e nossa conversa passou a fluir facilmente como quando havíamos falado sobre música na casa de Kyra. Ryan continuou a construir sua casinha de açúcar — um castelo, concluímos — e eu lhe passava os pacotinhos enquanto conversávamos. Brancos para o primeiro andar, cor-de-rosa para o segundo.

Quando nossa comida chegou, já havíamos falado sobre a obsessão das garotas por comédias românticas, a fascinação dos rapazes por filmes de ação e por que musicais eram tão populares. Não conseguíamos pensar em ninguém que pudesse começar a cantar de repente no meio do refeitório. Nem mesmo o grupo de teatro.

Ryan pegou um punhado de pacotes da mesa vazia perto da nossa quando ficamos sem nenhum. Nosso castelo agora era uma monstruosidade com uma torre de pacotinhos azuis, e eu estava preocupada de respirar por medo de que ele desabasse em nosso creme de espinafre e alcachofra. As mãos de Ryan eram surpreendentemente firmes. Nunca podia imaginar minhas mãos assim tão firmes, muito menos num primeiro encontro. O cara tinha mãos extremamente talentosas.

Não podia ficar pensando em como eram talentosas. Ou experientes.

Cortei minha salada com a faca, um pequeno truque que Nan me ensinara para evitar dar algum espetáculo. A salada de frango estava incrível, e Ryan falava maravilhas de seu jambalaya. Conseguimos conversar sobre galinha *versus* peru, se molho *ranch* especial era melhor do que *ranch* comum, e até mesmo se o creme de espinafre e alcachofra ficava melhor quente ou frio.

— É tão fácil conversar com você — disse Ryan enquanto empurrava seu prato. — Não me lembro de ter me divertido tanto conversando num encontro.

Eu não podia nem me lembrar de ter *tido* um encontro. Pelo menos não um de verdade, em público. Engoli outro pedaço de frango e alface.

— E como você geralmente se diverte nos encontros?

Não estava tentando ser recatada (se isso significa o que acho que significa). Era realmente uma pergunta inocente. Por nunca ter tido um encontro, não fazia ideia do que as pessoas geralmente faziam durante um jantar/encontro. A conversa costumava ser artificial? Será que as garotas falavam sobre pedicures ou fofocas ou outras coisas fúteis? Essas eram as perguntas na minha cabeça.

Mas aí era onde *minha* cabeça estava.

Ryan, tendo grande experiência em encontros como eu sabia que tinha, reclinou-se contra o assento de couro falso e me estudou. Ergueu as sobrancelhas um milímetro.

— Querendo saber os detalhes?

Todo o sangue se esvaiu do meu rosto, então voltou depressa com o calor de uma dúzia de jambalayas. *Conserte isso!*

— Eu não estava perguntando... Quero dizer, sei que você já...
— Baixei a cabeça. — Vamos voltar aos filmes?

Ryan riu e estendeu a mão, com cuidado para não derrubar o castelo, colocando-a sobre a minha.

— Estou brincando, Jess.

Sabia que estava, mas isso não tornava as coisas mais fáceis. Nem mesmo com a mão carinhosa dele cobrindo a minha, fria e úmida. Com um erro inocente, eu tinha conseguido estragar meu plano cuidadosamente planejado de convencer Ryan de que eu era uma garota completamente normal, do tipo que tira de letra encontros com caras gatos.

Ryan acabou de tomar o refrigerante e deu um tapinha na barriga.

— Você vai ter de me levar rolando daqui.

Ryan chamando atenção para a barriga de tanquinho não estava ajudando em nada. Eu estava muito fora da minha realidade. Quero dizer, o que geralmente *acontecia* nos encontros dele? Nós conversávamos como velhos amigos, então parecia que estava saindo com um colega. Um colega lindo, do tipo que faz a gente babar, com quem você preferiria ficar à conversar. Só que eu tinha a nítida impressão de que a parte de ficar, infelizmente, era uma fantasia unilateral.

Felizmente, tínhamos de pegar logo o carro se quiséssemos chegar a tempo para o filme, então Ryan pagou e escapei para o banheiro feminino para me recompor. Como imaginava, meu rosto ainda tinha uma fraca mancha reveladora conhecida como síndrome pós-blush. Pelo menos estávamos indo ver um filme de Adam Sandler. Algumas risadas seriam a coisa perfeita para aliviar a tensão e nos colocar de volta no modo *relax*.

Ryan pegou uma pipoca grande para dividirmos (como ele podia estar com fome de novo?), uma garrafa de água para mim e um refrigerante para ele, e conseguiu assentos no meio do cinema para nós. Os trailers já iam começar, então havia pouco tempo para papo. Isso era perfeito, uma vez que eu estava procurando acalmar meus nervos.

Mas, se você já viu um filme de Adam Sandler como *A herança de Mr. Deeds* ou *Como se fosse a primeira vez* ou qualquer outro, sabe que se trata de uma comédia para rapazes com uma pitada de romance e que Adam sempre fica com a garota. Eu não tinha pensado antes era no que acontecia *quando* Adam fica com a garota.

Eu sei. Sou meio lenta, não é? Eles *se beijam*.

Então estou eu ali, sentada ao lado de Ryan, sabendo que isso vai acontecer e sem saber como reagir. Fico sentada ali e assisto ao beijo na tela como se não fosse grande coisa (o que — alô-ou? — é *sim*. As cabeças deles têm dois andares de altura!) ou pego uma bebida para me distrair sem que pareça estar tentando *não* olhar? Como minha água tinha acabado, a opção número dois não ia rolar, e a número um não era nem mesmo uma possibilidade, uma vez que eu já estava sentindo minha pele ficar quente de vergonha. Ficaria surpresa se eu não disparasse os aspersores de emergência para incêndio. Então decidi pela melhor opção que estava ao meu alcance e peguei pipoca para me distrair.

Entrelaçando os meus dedos com os de Ryan durante o processo.

Bem quando Adam partiu para o beijo, Ryan me lançou um olhar indagador e apertou meus dedos. Isso era um código para *Quer ficar comigo?* ou *Boa tentativa, querida, mas não é esse tipo de encontro* ou *Legal seus dedos se juntarem aos meus; agora pode tirá-los daqui para eu poder comer?*

Por que sair com alguém era tão complicado?!

Por sorte, foi uma cena rápida de beijo, então escapei, mesmo tendo levado ainda uns dez minutos para meu coração voltar ao ritmo normal. Quando começaram a passar os créditos, Ryan nos conduziu para fora do cinema, e fui direto ao banheiro feminino de novo. Uma garrafa grande de água tinha o poder de fazer isso com uma menina, mas eu também precisava de uma oportunidade para me recuperar totalmente antes da última parte da minha aventura de encontro: a hora da despedida.

Eu não queria olhar no espelho dessa vez, sabendo muito bem que minhas manchas teriam dado origem a manchas novas, mas não pude resistir. Cobri o que pude com pó, passei mais gloss nos lábios e comi uma balinha de menta. Revirei a bolsa procurando minhas lâminas refrescantes bucais, mas não achei, então coloquei outra balinha de menta na boca. Pelo menos, eu não tinha comido o jambalaya.

Quando cheguei ao saguão, havia várias pessoas da escola em volta de Ryan. Alguns garotos, mas a maioria garotas. Incluindo a Loura Falsa.

— Senti sua falta, Ry — ronronou ela, esfregando o peito no braço dele na frente de todo mundo.

Autocontrole... já ouviu falar disso? Obviamente, a Loura Falsa não tinha.

Ryan parecia perfeitamente à vontade sendo o centro das atenções, mas seu olhar demonstrou alegria ao me ver, e ele acenou para mim. Algumas rápidas apresentações depois, incluindo Gennifer (com G, ela me explicou — sim, essa é a Loura Falsa), e ele estava me levando para fora pela mão em direção ao ar da noite.

— Obrigado por me salvar lá dentro.

— Você não parecia precisar ser salvo — resmunguei, me sentindo maliciosa e insegura. Mas, sério, como eu podia competir com a Loura Falsa e seu roçar de peito descarado em meu primeiro encontro? Havia um limite para o que uma garota podia aguentar por vez.

— Às vezes gosto de ficar sozinho. — Ryan apertou minha mão — E às vezes só quero ficar com você.

A minha malícia se desmanchou completamente.

O carro estava um pouco longe, e Ryan segurou minha mão durante todo o tempo em que cruzamos o estacionamento.

Algo digno de nota: Ryan tem mãos incríveis. Eu as havia admirado no restaurante, mas não era nada comparado a senti-las assim tão intimamente. São grandes e fortes, com lindos dedos (que não são pequenos e gordos) e unhas limpas. Segurar a mão dele era a coisa mais extraordinária, sólida e maravilhosa do mundo. Nossas mãos se encaixavam perfeitamente, o que era um sinal claro de que tinham sido feitas para ficarem unidas por toda a eternidade. Não se pode discutir com o destino das mãos.

Minha mão parecia pequena e delicada na dele, e quando ele entrelaçou nossos dedos, eu podia jurar que ouvi meu coração suspirar. Mesmo se eu tivesse tido uma vida inteira de outras experiências de segurar mãos para comparar, estava certa de que essa ainda teria superado todas.

Ryan abriu minha porta.

— Então, para onde vamos?

Eu ainda tinha uma hora até o toque de recolher (o toque de recolher era o último e menos bem recebido acréscimo ao livro de regras da família Parker), então fiz uma pequena dancinha mental para comemorar o fato de que ele queria ficar fora por mais algum tempo.

— Aonde você costuma ir? — *Não responda isso!* — Quero dizer, qual é seu lugar preferido... você sabe, para passear?

— Você fica uma gracinha quando está vermelha.

Fiz uma careta. *Gracinha*. Não linda ou sexy ou alguém com quem se fantasia, mas uma gracinha. Como uma irmã mais nova ou um bebê. Ou um cachorrinho.

Arf.

— Era para ser um elogio.

Olhei para minhas sandálias.

— Obrigada.

— Mas...?

— É só que, sabe... *gracinha*. Gracinha é a irmãzinha do seu melhor amigo. — Ou o *chihuahua*.

— E não a garota com quem estou passando ótimos momentos. A garota que não consigo parar de pensar em beijar.

— Hã, é.

— Então deixe-me reformular. — Ele ergueu meu queixo para me fazer olhar para cima, deslizando sua mão quente para envolvê-lo. — Você é incrível.

Pensamentos errantes atacaram de surpresa meu cérebro já perturbado. *Nosso primeiro beijo vai ser agora? Nosso primeiro beijo de verdade, quero dizer. Será que estou com mau hálito? E se eu...?*

Ah. Meu.

Deus.

O beijo foi tão suave e perfeito que achei que pudesse estar sonhando. Pequenos beijos, firmes e intensos, seguidos de beijos mais fortes que me deixaram vermelha e sem ar. Os lábios dele fizeram os meus relaxarem e se abrirem, e a ponta de sua língua roçou meu lábio inferior. Uma vez. Duas. Ele passou a outra mão pelos meus cabelos enquanto meus braços envolviam sua cintura, levando meu corpo para mais perto.

Deixei minha língua tocar suavemente a dele e senti quando ele inspirou. Ele inclinou minha cabeça e me beijou ainda mais ardentemente, meus dedos dos pés formigando pela magia de sentir sua boca na minha. Desejei que aquilo não acabasse nunca.

— Vão procurar um quarto!

Só que estávamos num estacionamento.

A magia se evaporou num instante. Ryan se afastou de mim enquanto o carro de adolescentes passava.

— Venha — disse ele, com voz rouca, colocando uma mecha desgarrada de cabelo para trás da minha orelha. — Vamos.

Meus lábios pareciam inchados e hesitei por tempo suficiente para transparecer minha incerteza. Ele colocou as duas mãos atrás das costas e fez um gesto com um ombro em direção à porta aberta.

— Não há pressão alguma, Jess. Nada precisa ser feito com pressa.

Deslizei para meu assento, e ele fechou a porta. Entrou no carro pelo lado do motorista, me lançou um olhar rápido que não pude decifrar e ligou o motor.

Levei muito tempo prendendo o cinto de segurança, de forma a manter as mãos ocupadas.

— Para onde? — perguntei, depois de recuperar a voz.

— Para algum lugar público, assim terei de manter as mãos longe de você. — Ele colocou o câmbio automático em *drive*. — Mesmo que essa seja a última coisa que passe pela minha cabeça.

* * *

Acabamos parando no Moinho. Audrey deu um sorriso de aprovação ao me ver com Ryan. Eu só desejava que meus lábios não estivessem tão inchados quanto eu pensava. Eu me sentia pega no flagra.

Ryan estava me levando em direção a uma mesa aconchegante no canto quando fomos interrompidos de novo.

— Steele! Como você está, cara?

Vi um lampejo de frustração atravessar seu rosto antes que se virasse e sorrisse para alguém atrás de nós.

— Oi, Nick — disse ele, largando minha mão. — Tudo bem?

Nick Case me olhou dos pés à cabeça, me avaliando com os olhos sedutores.

— Quem é o novo rostinho bonito?

— Jess Parker, esse é Nick Case, a resposta da Mt. Sterling a Hugh Hefner — disse Ryan. — Não se preocupe, irei protegê-la.

Gostei disso.

— Prazer em conhecê-lo, Nick.

— O prazer é todo meu — disse ele, levantando minha mão para um beijo chamativo antes de Ryan dar um tapinha nele. Nick riu. — Estamos naqueles lugares mais reservados perto das janelas. Venham sentar com a gente.

Ryan ficou tenso.

— Não vamos demorar.

— Outra razão para nos agraciarem com sua presença. — Nick olhou para mim. — Vamos sofrer de abstinência de herói agora que não recebemos nossa dose diária de Ryan na escola.

Podia jurar ter visto o maxilar de Ryan se contrair, mas o sorriso não vacilou.

— Por mim tudo bem — respondi, bem quando Ryan disse:

— Talvez outra hora.

Ah.

Olhamos um para o outro.

— É, quem sabe outra hora — falei, de forma evasiva.

Ryan olhou para a mesa — eu lamentava constatar — cheia de Malvadas, alguns Vilões e outros Joviais que eu não conhecia. Depois se virou para mim e então de volta para eles, antes de balançar a cabeça.

— Alguma outra hora.

Nick o estudou por um instante e deu de ombros.

— Provavelmente está certo. — Ele me lançou um sorriso arrasador que não teve nenhum impacto em mim.

— Prazer em conhecê-la, Jess. Me fale se quiser alguém para guiá-la em um tour exclusivo pela nossa linda cidade. Conheço todos os lugares interessantes.

Aposto que sim.

Nick saiu de forma descontraída como o jogador que era e, quando me virei para Ryan, ele já tinha seguido para o canto oposto. Sem segurar minha mão.

Depois de alguns dolorosos minutos de uma conversa artificial — Adam Sandler estava engraçado na cena do restaurante, o cinema sempre coloca muito sal na pipoca —, notei que estávamos sem guardanapos. Mencionei isso de forma casual, mas Ryan imediatamente correu para pegar alguns, mesmo que nenhum de nós dois estivesse precisando com urgência de qualquer suprimento de limpeza.

Observei-o no balcão enquanto me perguntava como nós tínhamos saído dos trilhos tão rapidamente. Ryan foi abordado por uma garota cujos peitos humilhariam a Laura Falsa, e sofri meu segundo ataque de insegurança da noite.

Para evitar minha realidade, me concentrei nas Malvadas e nos Vilões sendo cortejados por admiradores no canto oposto. Em contraste com a festa na piscina, as posições de poder no Moinho eram as duas áreas mais reservadas próximas à parede lateral. Com o assento em semicírculo, ninguém que estivesse ali se sentaria de costas para o público. Quero dizer, a ação. Todos tinham uma visão completa, o que significava que todos os lugares naquela área eram importantes.

Vi gente da escola entrar e sair, tentando fingir que Ryan ter me abandonado era apenas um circunstância com a qual tínhamos concordado. Até parece.

Era fácil saber quem eram os Joviais. Os olhos corriam imediatamente para as mesas do poder para checar quem estava lá. Mantinham distância dessas mesas e até mesmo fingiam ir ao banheiro para poderem se aproximar do balcão pelo lado oposto ao que as

Malvadas usavam para sair. Uma chegou a dar meia-volta e fugir no instante em que deu uma olhada para a área mais reservada.

Alguns pareciam bem, conversando com amigos, até notarem que uma das Malvadas os observava com interesse. O que levava a uma fuga imediata, geralmente pelas portas laterais perto dos banheiros. As Malvadas não tinham nem que assediá-los. A simples possibilidade de ser um alvo era suficiente para deixar a maioria dos Joviais tensa.

Como diabos ia lutar contra isso? O poder delas era implacável.

Voltei minha atenção novamente para Ryan e a Peituda, o que não me deixava mais feliz. Uma visitante inesperada, que voltava do banheiro feminino, também não ajudava.

— Bela camisa, Parker — debochou Tina. — Eu tinha uma igual antes de doá-la para o Exército da Salvação. Que bom que ela encontrou alguém que precisava dela. — Muito embora aquela camisa fosse uma aquisição novinha em folha. — Não é de espantar que Ryan a esteja escondendo num canto.

— Você também não está sentada num canto?

— Até parece. — Tina deu uma olhada na mesa deles, que ficava, como eu disse, *em um canto*. Ela me olhou com raiva. — Pelo menos estou sentada ali por escolha própria, não porque alguém está com vergonha de ser visto comigo. Divirta-se.

Ela jogou a cabeleira sedosa por cima do ombro, as mechas batendo em mim, e se reuniu aos Vilões e Malvadas.

Mantive uma expressão neutra no rosto enquanto observava Ryan sorrir e conversar com a Peituda, mas estava abalada. Assim como Lexy, Tina conseguira encontrar um ponto fraco em mim e cutucá-lo. Ryan finalmente olhou para mim, no que a Peituda o imitou (e, eu tenho certeza, empinou mais o peito por minha causa), e ele lhe lançou um último sorriso antes de voltar até onde eu estava com um sorriso claramente menos entusiástico.

— Problemas para achar um guardanapo? — brinquei, me arrastando na lama da autopiedade.

Ele colocou os guardanapos no suporte.

— Sinto muito. Acabei sendo parado no caminho.

— Isso acontece muito com você.

Ryan fez uma pausa.

— É. Acho que sim. — Ele olhou para o relógio, e entendi que havia chegado a hora de ir embora. O encontro com Jess Parker tinha chegado ao fim.

Joguei o restante de meu shake no lixo, balançando sutilmente a cabeça em resposta ao olhar indagador de Audrey, e acompanhei Ryan até o carro.

O trajeto acabou antes que um de nós conseguisse pensar em algo para preencher o vazio da conversa, e, em questão de segundos, estávamos em minha varanda. Eu poderia de bom grado ir sozinha até a porta para evitar a humilhação de ser facilmente desapontada.

— Desculpe pelo Moinho. — Ryan colocou as mãos nos bolsos. — Eu não queria mesmo me sentar com eles.

Porque estava com vergonha de mim.

— Sem problemas. — Vesti minha máscara de líder de torcida. — Obrigada pelo jantar e pelo filme. Foi divertido.

— Também gostei — disse Ryan. Como ele podia ser tão cara de pau de mentir assim? — Eu ligo para você?

Ele estava pedindo permissão ou decidindo se aquilo ia mesmo acontecer?

— Claro. Nos vemos por aí.

Ryan parecia que ia passar mal. Assentiu.

— É, por aí.

Ele olhou nos meus olhos — a primeira vez que fazíamos contato visual desde o Moinho —, depois para meus lábios. A promessa de outro beijo pairou no ar, e eu achei que talvez, apenas talvez, pudesse estar tudo bem. Então ele olhou para os sapatos, e o momento passou. Ele me deu um beijinho rápido na bochecha e recuou para me ver entrar em casa.

Acenei para ele de maneira descontraída e fechei a porta. Virei a fechadura, o clique enfático da tranca de segurança estilhaçando meu controle. As lágrimas rolaram e corri para cima, ignorando a voz de minha mãe que vinha da cozinha. Como eu gostava de sofrer, me escondi nas sombras do meu quarto escuro e olhei através da janela.

Ryan caminhou lentamente até o carro e entrou. Ligou o motor. Ele deu uma última olhada para minha porta da frente, balançou a cabeça e foi embora.

Peguei uma caixa de lenços de papel e me enterrei sob as cobertas enquanto uma torrente de lágrimas corria pelo meu rosto.

Era oficial. Eu era a garota de quem só se podia gostar às escondidas.

* * *

GarotaGlamour: como foi hoje à noite???
TorcidaPorComida: jantar, ótimo. filme, divertido. primeiro beijo, delícia.
GarotaGlamour: PRIMEIRO BEIJO?!?!?!!!
TorcidaPorComida: topei com as Malvadas no Moinho, desastre. sem beijo de boa-noite.

O que não era tecnicamente verdade, porque ele tinha beijado minha bochecha. Mas comparado ao beijo intenso e abrasador depois do filme, não estava nem no mesmo placar. Sarah Jane entenderia a diferença.

GarotaGlamour: {{{Jess}}}
TorcidaPorComida: você tem vergonha de ser vista comigo?
GarotaGlamour: tenho certeza de que...
GarotaGlamour: o quê? claro que não!!

Contei a SJ um resumo do que havia acontecido com Tina. Ela fez todos os sons reconfortantes corretos (emoticons, dá na mesma), mas isso não foi suficiente para que me sentisse melhor. Também não tinha melhorado em nada contar tudo para minha mãe comendo um pote de sorvete.

Mas pelo menos foi bem legal. Era a primeira vez em uma eternidade que minha mãe e eu realmente conversávamos. Isso me fez lembrar o quanto ela podia ser legal quando não estava obcecada pelos gêmeos.

Só que nossa conversa não tinha mudado o que eu pensava sobre Ryan. Não importava quantas pessoas me dissessem que não era por minha causa, eu sabia bem que era.

Parecia a história de Dan Carter acontecendo toda outra vez. Eu tinha me deixado levar pelo conto de fadas com ele também. Mas, em minha defesa, o que eu devia pensar depois de Dan ter passado o verão inteiro comigo, flertando e roubando beijos? Não havia qualquer mensagem do tipo: "Oh, e a propósito? Se você não puder sair com os Populares quando começarem as aulas, vou deixá-la de lado, como minhas velhas chuteiras de futebol."

Quero dizer, quando uma rejeição assim acontece uma vez, você pode atribuí-la ao fato de o cara ser um otário. O que eu fiz. Com um marcador permanente vermelho em cima da foto dele no livro do ano.

Mas ali estava eu — cidade nova, cara novo —, e era como se estivesse vivendo *Dan: Parte Dois*. O beijo enlouquecedor de Ryan no estacionamento destruído pela indiferença com que fui tratada quando cruzamos com aquelas pessoas terríveis. Quando iria aprender? Devia tatuar a palavra *ingênua* na minha testa.

Nada de conversa Malvada.

Eu me recompus, determinada a não me entregar à autopiedade que podia sentir surgindo. Já tinha vivido isso o bastante para saber que ninguém legal agia daquela maneira.

Encerrei a conversa com SJ, não querendo prolongar meu sofrimento, e estava para desligar quando outra tela de mensagem instantânea apareceu para mim.

TouchdownOuNada: jess?

Olhei para a tela. Tinha assistido a minha aula de segurança na internet como uma boa menina e sabia bem que não devia responder a uma MI desconhecida. Mas será que podia ser...?

TouchdownOuNada: é Ryan

Como ele ficou sabendo meu apelido? Melhor ainda, por que diabos estava querendo conversar comigo quase à meia-noite? Como se já não tivesse feito estragos o suficiente ao meu frágil ego. Ou seriam Lexy e Morgan se divertindo à minha custa?

TorcidaPorComida: o que você comeu hoje à noite?
TouchdownOuNada: creme de espinafre (quente É melhor), jambalaya de frango e muita pipoca

É. Com certeza era Ryan.

TouchdownOuNada: espero q não se importe de te mandar msg... cass me disse seu apelido... vc se importa?
TorcidaPorComida: isso depende. vc está escrevendo pra partir meu coração uma segunda vez?

Eu sei. Deletei isso antes de apertar *Enviar*. Como se eu fosse deixar transparecer que tinha sido boba demais para achar que aquilo tudo era real.

TorcidaPorComida: sem problema. o q há?
TouchdownOuNada: queria pedir desculpas
TorcidaPorComida: pelo q?
TouchdownOuNada: como as coisas terminaram
TouchdownOuNada: nick e eu... há muito atrito entre nós
TouchdownOuNada: não tem nada a ver com vc
TorcidaPorComida: tranks
TouchdownOuNada: posso recompensá-la?

Olhei de novo para a tela, com medo de me deixar levar. *Me faça de boba uma vez, e a culpa é minha. Me faça de boba duas vezes, e você estará em apuros.*

Ei. Isso nem parece com *minha* conversa Malvada. Talvez meu coração estivesse finalmente se rebelando contra a espécie masculina.

TorcidaPorComida: não precisa, mas obrigada. tenha uma boa noite!
TouchdownOuNada: ESPERE
TouchdownOuNada: OK, vc está chateada... não a culpo... agi como um idiota

TouchdownOuNada: me deixe mostrar q não sou um imbecil
TouchdownOuNada: pelo menos não o tempo todo
TorcidaPorComida: vc não é um imbecil, e não precisa provar nada. estou acostumada a não me encaixar
TouchdownOuNada: com quem vc não se encaixa?
TorcidaPorComida: todo mundo na mesa redonda? a maioria das pessoas na Mt. Sterling? sua irmã? pode escolher
TouchdownOuNada: vc se encaixa comigo

Isso me balançou.

TouchdownOuNada: jess?

Eu não podia ceder. As Cindys deixavam minha mente em modo de conto de fadas. Não podia permitir que isso se propagasse para minha vida real. Já tinha sido magoada o bastante para saber que não devia. Eu não era uma das poucas afortunadas destinadas a ter tudo.

TouchdownOuNada: preciso trabalhar cedo mas não quero q isso termine antes mesmo de começar
TouchdownOuNada: quero outra chance
TouchdownOuNada: vou pegar um turno duplo amanhã, mas q tal minigolfe e cachorros-quentes terríveis na quinta à noite? por volta das 7?
TouchdownOuNada: senti algo com vc, Jess
TouchdownOuNada: algo q queria sentir de novo

Será que eu era maluca de dar outra chance? De me abrir de novo, para acabar sendo destruída por uma franco-atiradora Malvada ou uma concorrentezinha barata pronta para se intrometer ao menor sinal de fraqueza?

TouchdownOuNada: vc vai me fazer implorar?
TorcidaPorComida: não

Não tinha planejado fazer isso. Nem mesmo tinha percebido até digitar a palavra. Mas lá no fundo eu sabia que não poderia viver com os "e se".

> TouchdownOuNada: não, vc não vai sair comigo? ou não, vc não vai me fazer implorar?
> TouchdownOuNada: pq posso implorar
> TouchdownOuNada: rastejar faz bem para a alma
> TorcidaPorComida: não, vc não precisa implorar. mas tb não precisa provar nada. qdo dá certo, dá certo. qdo não dá, não dá.
> TouchdownOuNada: certo... mas jess?
> TorcidaPorComida: oi?
> TouchdownOuNada: não consigo parar de pensar em vc... ou naquele beijo no estacionamento
> TouchdownOuNada: vejo vc na quinta, linda
> < TouchdownOuNada saiu da conversa>

Capítulo 13

PAIGE ESTAVA CONVERSANDO COM Sarah Jane sobre o upgrade do sistema quando entrei no Centro de Comando para nossa primeira reunião oficial de líder. Andava quebrando a cabeça sobre a questão do aumento repentino nas fileiras das Malvadas, mas até então não tinha conseguido pensar em nada. Não tinha ideia de qual era a razão do aumento; não tinha ideia de como detê-lo.

Se eu fosse uma jogadora de beisebol, estaria a um passo do *strike out*. Não era um começo promissor para uma líder.

Assim que terminou de ver com Sarah Jane o último relatório de inteligência da ÍSIS, Paige me levou até um quadro magnético branco que preenchia boa parte da parede.

— Nosso serviço de inteligência não está nem perto de perfeito, mas o que podemos confirmar é: há 14 alvos primários e uns 25 alvos secundários. — Ela apontou para um grupo de fotos reunidas no canto superior direito. Essas são os alvos primários: as preferidas das Malvadas por um ano ou mais. As demais são aquelas que identificamos nos últimos 12 meses.

As fotos dos alvos eram pequenas, cada uma anexada a um cartão que trazia o nome, ano na escola, endereço e outras observações que as Cindys achassem que podiam ser relevantes.

— É só isso? — Em uma escola com mais de mil e quinhentos alunos, cerca de quarenta alvos não parecia uma rede muito ampla. Embora eu tivesse certeza de que devia parecer bem ampla para aquelas quarenta garotas.

— Essas são só as duas fileiras principais. Joviais que conseguimos identificar sendo perseguidas regularmente. Isso é fazer alguém de alvo. As Malvadas ganham poder dominando pessoas que são fortes. Elas às vezes perseguem alguém fraco por pura diversão, mas é bem raro, porque isso não aumenta seu poder. Aos olhos delas, qualquer um pode perseguir uma pessoa fraca. Mas domine alguém forte, e o poder das Malvadas, além de seus egos, aumenta. E isso também faz com que a pessoa deixe de ser uma ameaça para seu império.

Ela nos chamou para sentar em cadeiras junto aos computadores na parede lateral.

— A parte difícil é que tem havido um aumento de novos alvos nos últimos meses. Ainda estamos tentando conhecer melhor o novo grupo. Pode haver dezenas a mais, até centenas. É como se as regras houvessem mudado da noite para o dia, e as Malvadas tivessem elevado o jogo a um nível totalmente novo. Não sabemos como têm conseguido fazer isso tão rapidamente. E agora temos o aumento das suas fileiras, além de tudo.

— Isso é para ser um incentivo?

Paige riu e relaxou um pouco.

— Me desculpe. É frustrante jogar isso tudo em cima de você. Sinto que deveria poder te dar mais. Em vez disso, estou te passando um monte de problemas e nenhuma solução.

Paige me mostrou como fazer *log in* no sistema de inteligência e conseguir informações sobre as Joviais. Parecia invasivo, como se eu estivesse espionando as garotas. Sim, as Malvadas tinham muito mais informações — e informações mais constrangedoras, com certeza —, mas não parecia certo ler sobre o pai de Heather, o bêbado da cidade. Ou que a mãe dela tinha morrido quando ela nasceu, deixando-a sem um referencial feminino e com um pai que mal podia cuidar de si mesmo, muito menos de uma filha. Pelo menos ela tivera os avós até os 10 anos. Desde então... não tinha tido muito suporte de qualquer tipo.

Paige pediu licença para ir cuidar de uma questão do sistema, e aproveitei o minuto para procurar minha mãe no banco de dados das Cindys. Dado que ela nunca havia mencionado qualquer palavra sobre o assunto desde que me unira à Irmandade, não era muito provável que fosse uma Cindy. Mas se pessoas como a mãe de Sarah Jane podiam ser Cindys vitalícias, fazendo de Sarah Jane um legado, parte de mim ainda tinha esperanças de que minha mãe também pudesse ser. Apenas para que tivéssemos algo em comum, algo que os bebês não pudessem tirar de nós.

O resultado da pesquisa foi um campo vazio. E me senti um pouco assim por dentro também.

Meu olhar recaiu sobre o quadro. Olhar para ele do outro lado da sala me deu outra perspectiva. De perto, eram pessoas que eu conhecia. Talvez não pessoalmente, mas tinha cruzado com algumas no corredor ou visto aqueles rostos no anuário. A distância, as fotos formavam um padrão. Grupos de retângulos espalhados pelo quadro de várias maneiras.

Minhas tendências matemáticas nerds ressurgiram da hibernação. O sucesso deixa seu rastro. Se as Malvadas tinham sido bem-sucedidas em aumentar as fileiras de alvos, não era por acidente. Não se todas as evidências de comunicação da ÍSIS fossem alguma indicação. Havia um padrão para o que estavam fazendo; estavam sistematicamente escolhendo como alvo pessoas que se encaixavam em seu plano maior.

Se pudéssemos encontrar o padrão, poderíamos descobrir o plano. Da mesma forma que as Cindys de Albuquerque estavam fazendo com o código.

Fui até o quadro e o estudei, procurando padrões. Paige tinha dito que eu podia trocar os alvos de lugar, contanto que todos ficassem lá, então os reorganizei de diferentes formas. Pela série, pelo sobrenome. Até peguei um mapa de Mt. Sterling e as agrupei de acordo com o endereço de cada uma.

Recuei de novo. Havia alguma coisa na forma como se agrupavam no mapa que chamou minha atenção, mas não conseguia identificar direito. O que o lugar teria a ver com isso?

Em menos de um minuto, imprimi uma lista completa das Malvadas, com endereço. Talvez essa fosse a ligação. Começar perto de casa e seguir a partir dali, para se ter fácil acesso? Usei pequenos ímãs vermelhos para marcar onde as Malvadas moravam comparadas às Joviais.

Havia alguns agrupamentos nas partes mais nobres da cidade, mas nada que parecesse organizado. No entanto, com a renda vinha o status, então talvez essa fosse a chave. As Malvadas ligavam muito para status, mesmo se isso significasse roubar o de alguém para lhes dar mais poder.

Organizá-las por status social era mais difícil, porque eu não conhecia as pessoas do jeito que as Cindys conheciam, então dei uma espiada em nosso escritório e pedi ajuda a Paige. Tirei os ímãs vermelhos — tchau, tchau, Malvadas —, e Paige me ajudou a dividir os alvos pela popularidade.

— Vimos isso também — explicou ela —, mas não havia nada óbvio que nos chamasse a atenção.

Havia três grupos: aquelas no topo da hierarquia social, as que ficavam na base e as do meio. Nada surpreendente.

Em vez de agrupá-las pelo lugar que pareciam ocupar na hierarquia social, começamos a examiná-las individualmente. O que as Malvadas tinham a ganhar com cada Jovial?

— Examinamos isso também — disse Paige. — Alguns casos são bem fáceis de descobrir. Como a presidente do conselho estudantil e a editora do jornal da escola. Elas ocupam posições de poder que as Malvadas gostariam de controlar. — Ela pegou essas duas, mais algumas outras Joviais em posições-chave, e as alinhou na margem esquerda do quadro. — Mas a estratégia se desintegra aí. Nem todos os alvos são pessoas que ocupam um lugar de poder na escola.

Talvez esse fosse o nosso problema. Estávamos procurando por uma explicação que justificasse todos os alvos.

— Se elas são alvo por algum motivo real, e não se trata apenas de provocação aleatória, deve haver uma razão para isso. Mas não precisa ser a mesma razão para todo mundo, certo? — perguntei. — O que cada uma delas tem que as Malvadas querem?

Paige e eu mudamos as coisas de lugar e procuramos montar mais grupos que parecessem lógicos, mas nada nos trouxe o momento "A-há!" que procurávamos.

O que transformava as garotas em alvos desejáveis se não fosse ocupar uma posição de poder?

— E quanto a ligações com pessoas do alto escalão que *não são* alvos? — Se não consegue atingir a pessoa que quer, procurar uma pessoa próxima seria o melhor a fazer, certo?

Paige puxou uma prancheta da parede que continha mais perfis detalhados de cada alvo. Virou algumas páginas, assentiu, virou mais algumas. Um sorriso lento se espalhou por seu rosto.

— Você pode ter conseguido alguma coisa.

— É? — Meu rosto se abriu em um sorriso. Não havia nada que um bom quebra-cabeça matemático não pudesse resolver.

Paige escreveu DETENTORES DE PODER acima da primeira coluna de pessoas que tinha alinhado à esquerda. Ao lado escreveu AMIGOS IMPORTANTES e moveu aproximadamente dez alvos para a nova coluna.

— Se você estiver certa, isso significa que elas definitivamente estão atrás de posições de poder. Ou tendo os próprios detentores de poder como alvo ou pessoas próximas a eles, como uma forma de atingi-los indiretamente. — Paige sorriu de alegria. — Primeiro dia no trabalho e já está começando a juntar as peças. Descubra também por que estão perseguindo Heather, e viraremos o jogo.

* * *

Quando a noite de quinta chegou, eu estava acabada. Havia experimentado meu novo look duas vezes — usando duas das melhores roupas que comprara no shopping — e não tinha sentido que era o suficiente para me destacar na vida de Ryan. Se essa era minha última chance de cruzar a barreira da aceitação, não desistiria sem lutar. Em vez de descontraído-feminino-esportivo, ia agitar um pouco as coisas e optar por descontraído-*sedutor*-esportivo. *Sedutor* era só o *feminino* um pouco mais caprichado.

A campainha tocou e ouvi meu pai atender, as vozes masculinas chegando ao andar de cima enquanto eu passava uma última camada de pó nas bochechas e beijava minha pulseira de berloques para dar sorte. Desci, e escapamos rapidamente quando vi minha mãe se arrastando como uma pata para nos interceptar. Depois do primeiro encontro nada fantástico e da minha tristeza comendo o pote de sorvete, minha mãe não estava exatamente animada com a ideia de um segundo round.

— Você está demais — disse Ryan, soltando minha mão para abrir a porta do carro. — Mas não planejei nada especial. Ainda está tudo bem se formos jogar minigolfe?

— Ah, essa roupa velha? — brinquei, tentando subir em seu Escape branco tão graciosamente quanto possível sem mostrar minha calcinha nova. Está certo, o vestido sedutor que Kyra escolheu e cinco centímetros de salto anabela podem ter sido um pouquinho demais para a ocasião. — Você não gosta?

— É incrível. — O sorriso de Ryan deixou bem claro quão incrível era. — Mas não precisa se arrumar toda por minha causa. Acho que você fica linda não importa o que vista.

Aquilo foi bonito, mas eu bem sabia a verdade. Ainda que ele mesmo não soubesse.

O parque Fun Zone Family Fun tem muitas opções de diversão, desde karts a gaiolas de rebatida para treinar beisebol, de jogos de fliperama a um percurso completo de minigolfe, com uma cascata de dois andares. Fica a alguns quilômetros de Mt. Sterling, então nunca tinha estado lá antes. A noite estava agradável, o que significava que cada pirralho na região tinha implorado para sair em busca de um momento de diversão. Não era exatamente romântico.

Acabei descobrindo que Ryan era tão competitivo quanto eu. Não de uma maneira ruim, mas de um jeito divertido e implicante. Lá pelo sexto buraco, a disputa estava acirrada, e eu exibia meu ar confiante.

— Se você bater para o lado esquerdo, a bola vai quicar no nariz do palhaço e passar pelo túnel no braço dele — dei a dica enquanto Ryan se preparava para bater como Tiger Woods.

— E arriscar que ela ricocheteie para fora da flor que espirra água em seus suspensórios? — Ele disse tudo isso sem tirar os olhos da bola. — Sem chance.

Ele bateu elegantemente na bola para o lado direito. Ela quicou na parede de trás e entrou de forma certeira no túnel. Nós nos inclinamos sobre a cama do palhaço e acompanhamos quando a bola saiu do túnel e seguiu direto para o buraco.

— De primeira! — gritou Ryan, erguendo o taco para o céu.

— Pura sorte.

Ryan deu uma risada.

— A sorte nos trouxe aqui esta noite, para que eu pudesse conseguir isso. — Ele me ajudou a alinhar minha pontaria, então recuou.

— Eu iria um pouco mais para a direita, se fosse minha vez. Você pode precisar se inclinar mais para conseguir ver acima do nariz do palhaço.

— Consigo ver bem. — Mas me curvei um pouco mais, porque ele estava meio certo. Os saltos eram uma clara desvantagem. — Melhor?

Ele fez uma pausa por tempo suficiente para que eu levantasse os olhos e o visse me dando uma boa conferida. Nariz do palhaço nada, ele estava olhando era o *meu bumbum*.

Sério. É o que ele estava olhando. (Meu bumbum, não o nariz do palhaço.) Descontraído-sedutor-esportivo? Ponto!

Optei por uma batida inclinada que quicou na perna do palhaço e saiu vacilante para o gramado abaixo. Acertei em duas tacadas.

— Treze a treze — falei, pegando minha bola do buraco. — Parece que está tudo igual entre nós.

Ryan beijou o alto da minha cabeça.

— Não seria diferente.

Eu estava alinhando minha pontaria no buraco do navio pirata quando ouvi alguém chamar o nome de Ryan. Suspirei e olhei para cima, me perguntando quem seria o inconveniente agora. Mas, dessa vez, Ryan parecia sinceramente feliz com a interrupção.

O garoto não podia ter mais do que 12 anos, mas já dava sinais de que seria um destruidor de corações. Covinhas adoráveis, um sorriso encantador e o tipo de andar largado de quem acabou de passar por um surto de crescimento.

Ele e Ryan fingiram lutar boxe, antes de Ryan bagunçar o cabelo do menino. O garoto olhava para mim e para Ryan.

— Desculpe. Não sabia que estava acompanhado.

— Matt Taylor, essa é Jess Parker.

Matt se aproximou e apertou minha mão, um aperto de mão firme e um bom contato visual que o ajudariam a se sair muito bem quando fosse conhecer o pai de uma garota um dia.

— Prazer em conhecê-la, Jess. Ele está tratando você bem? — perguntou, com um gesto em direção a Ryan. — Então esfregou as mãos. — Posso dar um jeito nele, se precisar.

— Poupe isso para alguém da sua idade, Romeu — debochou Ryan. E deu um soquinho de brincadeira no braço de Matt. — Essa já tem dono.

Vou desmaiar. Acho que vou desmaiar.

Matt fingiu se sentir insultado, depois riu como o garoto que era. Nossa, as meninas iam cair por ele em alguns anos. Embora se elas fossem loucas por garotos só metade do que eu tinha sido, então provavelmente já caíam.

Ryan e Matt trocaram mais algumas provocações de brincadeira enquanto as pessoas atrás de nós vinham esperar sua vez em nosso buraco. Chegamos para o lado para deixar que fossem na frente. Ryan e Matt inclinaram as cabeças junto uma da outra por um minuto, fizeram algum tipo de cumprimento de garotos, dando pequenos socos com as mãos, e Matt se despediu de maneira simpática.

Ryan e eu saímos da área de lançamento para dar mais espaço aos outros jogadores. Cheguei perto da orelha de Ryan, seu cheiro gostoso enchendo meus pulmões.

— Ele é um fofo. É seu vizinho?

Ryan manteve os olhos nos jogadores, tentando claramente conseguir dicas de como me derrotar naquele buraco. Eu não tinha nem certeza se havia me ouvido até ele se abaixar em direção à minha orelha.

— Sou mentor dele.

— Você é um mentor? — Ele podia ser mais parecido com um Príncipe Encantado? — Isso é incrível. Principalmente com a escola, o futebol americano e dois empregos.

Ryan deu de ombros, minimizando o elogio.

— Ele é um bom garoto... só tem uma vida dura em casa. É filho único, então sou mais como um irmão mais velho.

— Bem, acho isso muito legal. — Quantas vezes tinha desejado uma irmã mais velha para poder conversar? Essa era outra razão por eu estar feliz em ter Sarah Jane.

Ryan ainda não estava olhando para mim, então virei sua cabeça.

— Você é meu herói, Ryan Steele.

Grande erro. Estávamos sussurrando, então nossas cabeças estavam muito próximas. Agora nossos rostos se encontravam a centímetros de distância. Os lábios dele estavam tão perto que perdi o ar, esperei ele se inclinar. Mas ao olhar nos olhos dele, na dor que havia lá, soube que havia algo errado. Os olhos azuis dele penetraram os meus, e ele os fechou antes de me beijar na testa.

— Sua vez.

Foram necessários mais alguns buracos para que a tensão diminuísse. Eu nunca tinha ficado tão grata pela brincadeira fácil e a rivalidade descontraída. A última coisa que queria era acabar com a magia.

Acabamos empatados depois de 12 buracos — 25 a 25 —, o que parecia um final apropriado para o jogo. Ryan entregou nossos tacos e bolas para o funcionário do minigolfe, depois nos levou para tomar o maravilhoso Sundae dos Vencedores, uma montanha de sorvete grande o bastante para esconder crianças pequenas atrás dela. Só num encontro a gente pode comer a sobremesa antes do jantar e não sentir nem um pouquinho de culpa. Será que as mordomias não teriam fim?

Optamos por um sundae e duas colheres, e o levamos para o banco perto da pista de kart. A taça estava apoiada em meu colo, Ryan tinha passado o braço pelo meu ombro, e de vez em quando acabávamos batendo as colheres. Ele tinha de se inclinar em minha direção para não deixar pingar sorvete no meu vestido ou na calça dele. Sentia um choque por dentro quando ele fazia isso. Todas as vezes, como um relógio.

Tique, taque, *tzzz*. Tique, taque, *tzzz*.

Se eu fosse aquele tipo de garota (e por *aquele tipo de garota*, quero dizer a Loura Falsa), teria jogado fora o sundae e arrastado Ryan para as moitas perto do estacionamento. Mas, é claro, sou o extremo oposto daquele tipo de garota, então mantive a taça de sorvete sobre as minhas pernas e tentava controlar os arrepios cada vez que ele se inclinava.

Quando finalmente acabamos de comer todo o sundae da imensa taça, seguimos para o carro para chegarmos ao lago antes que o vendedor de cachorro-quente fechasse a barraca. Não que ainda estivesse com fome, mas um passeio noturno no lago com Ryan? Dentro.

Tínhamos estacionado perto da estrada, e parei bem colada a Ryan, com esperança de que ele me beijasse antes de me ajudar a entrar no carro. Infelizmente, Ryan conseguia se controlar melhor do que eu — ou não sentia os mesmos impulsos —, então sentei no carro me sentindo como se tivesse, de alguma forma, me dado mal num teste. Será que eu deveria ter feito o primeiro movimento? A nova Jess era o tipo de garota que tomava a iniciativa?

Ele recuou e fechou a porta enquanto um borrão escuro passava por nós, seguindo direto para a estrada principal. Achei que era um cachorro, mas antes mesmo que pudesse me dar conta de que era um garotinho, Ryan estava correndo em direção a ele.

Tudo ficou congelado por um segundo, depois pareceu seguir em câmera lenta. O garotinho correndo pelo gramado perto da estrada de cascalho, o caminhão acelerando pela montanha na outra extremidade do complexo, os gritos da mãe vindo do estacionamento. Ryan tentando cobrir a distância a tempo. Vi o desastre se desenrolar como num filme. O medo me paralisou, prendendo-me ao assento enquanto o caminhão se aproximava dos dois.

O garoto tropeçou quando chegou ao cascalho, movimento suficiente para chamar a atenção do motorista. Deu para ouvir a forte buzina, e os freios guincharam enquanto a parte de trás do caminhão estremecia com a mudança repentina de velocidade. Ryan pulou para passar os braços por baixo do menino, puxando-o para seu peito enquanto rolavam para cima da grama. O caminhão desviou, jogando cascalho em cima deles, e finalmente parou no acostamento mais adiante.

Ryan estava deitado de costas, o peito subindo e descendo em rápida sucessão. O garoto olhou para os olhos de Ryan, as bochechas tremendo, e imediatamente teve uma crise nervosa. Ryan abraçou-o enquanto ele recuperava o fôlego, então se levantou, apoiando-se em uma das mãos.

Com aquele simples movimento, tudo desabou.

O motorista desceu do caminhão e correu, dois pais apavorados chegaram ao gramado e uma dúzia de espectadores cercaram Ryan e o garoto. A mãe do garoto agarrou o filho querido, chorando tão alto quanto ele, enquanto o pai apertava a mão de Ryan com tanta força que achei que ela fosse sair. A mãe pegou o braço de Ryan e o puxou para um abraço esmagador, quase sufocando o filho ao fazer isso.

Seguiu-se o caos enquanto as pessoas confortavam os pais, repreendiam o motorista (que não tinha feito nada de errado) e atraíam ainda mais pessoas para a estrada. A cena reuniu uma multidão tão grande que eu já nem conseguia mais ver Ryan. Mais uma vez, ele estava cercado por uma massa de admiradores.

As lágrimas corriam pelas minhas bochechas enquanto eu pensava no que podia ter acontecido. O que teria acontecido se eu tivesse tomado a iniciativa. Tinha que agradecer a Deus pela minha insegurança. Tudo tem uma razão, mesmo que a gente não consiga ver na hora.

Eu tinha começado a pensar se deveria ir até lá ou esperar as coisas se acalmarem quando a porta do motorista se abriu. Ryan entrou no carro e fechou a porta calmamente, balançando a cabeça com firmeza quando abri minha boca para falar. Não que eu fosse conseguir dizer alguma coisa de qualquer jeito.

Ele deu a ré com cuidado e pegou a saída mais afastada. Não percebi bem o que havia acontecido até ver os pais emergirem da multidão, procurando por toda parte.

A vida era tão tênue, tão frágil. Quinze segundos podiam mudar uma vida para sempre. Ryan sabia disso melhor do que ninguém. As vidas daquelas três pessoas — uma mãe, um pai e um garotinho desconhecidos — estariam sempre em dívida com alguém. Um rapaz de 17 anos que tinha se esvanecido como sombra.

Ryan olhou para a frente e pegou a estrada para o lago, sem olhar para trás e sem dizer uma palavra.

Capítulo 14

DEPOIS DE ACHAR UM único carrinho de cachorro-quente ainda aberto e nos abastecer de ketchup e mostarda, andamos pelo calçadão que beirava o lago. O sol já estava baixo no horizonte quando nos sentamos sob uma árvore. Eu só mordiscava o lanche, não porque tivesse tomado sorvete demais — embora tivesse feito isso —, mas porque nenhum de nós tocou no assunto que pairava no ar.

Eu o vi devorar o segundo cachorro-quente. Salvar vidas deve deixar a pessoa com fome.

— Aquilo foi incrível — falei. E era dizer muito pouco.

Ryan olhou para o lago, parecendo estar a quilômetros de distância.

— Foi... eu não sei o quê.

Não conseguia imaginar como devia ser salvar a vida de outro ser humano. A descarga de adrenalina, o alívio. Os "e se" atormentavam minha mente. E se o garoto tivesse corrido perto de um carro vazio em vez do nosso? E se não o tivéssemos visto correndo? E se Ryan não tivesse chegado a tempo?

E se ele tivesse se inclinado para o beijo?

— Você salvou a vida dele, Ryan.

Ele ficou em silêncio, olhos grudados no lago.

— Você é um...

— Não — disse ele bruscamente. Olhou para mim e se acalmou, afastando o cabelo da minha testa de uma forma que era tão íntima, e tão doce. — Estava no lugar certo na hora certa. Eu tive sorte.

Toda vez que eu achava que o compreendia, ele me surpreendia.

— Por que você minimiza o que fez? Não dá para negar que foi um herói.

— Não estou negando nada. — Voltou novamente sua raiva para mim. — E não gosto de bancar o herói.

Pensei na agonia no rosto daqueles pais, na alegria de terem novamente o filho em segurança nos braços.

— Por que você não pode simplesmente admitir que fez uma coisa boa?

Ele me puxou para perto.

—Desculpe-me. É um assunto difícil, OK? Vamos dar uma volta.

Recolhi nosso lixo para jogar fora. Ryan pegou minha mão, entrelaçando nossos dedos da forma como eu tinha me acostumado tão rapidamente. Pensei se havia um equivalente da ÍSIS para os rapazes. Se existisse, seria um pecado se Ryan não estivesse destinado a fazer parte.

O calçadão se estendia por todo o caminho por trás do lago, menos pela área com areia de praia, que já tinha começado a esvaziar. Andávamos em sincronia, nossos pés se movendo sem pressa, no mesmo ritmo. Ryan deu um beijo no alto da minha cabeça, e eu o senti relaxar pela primeira vez desde que tínhamos deixado o Fun Zone.

Ryan apontou para onde ele e Dale costumavam pescar quando eram garotos. Onde tinham espiado Cassie dar seu primeiro beijo (e depois passaram uma semana chamando-a de Lábios de Ganso).

Paramos em uma parte mais afastada do calçadão e assistimos ao sol se pôr. Ryan se aconchegou por trás de mim e colocou os braços de cada lado para segurar a grade. O céu brilhava com tons de mel, rosa e vermelho, e eu me recostei no calor dele, sintonizando os sons da noite tranquila e a sólida sensação de estar ali com Ryan. Simplesmente estar com ele.

O sol sumiu de vista, e Ryan roçou minha têmpora com o queixo, uma penugem de barba arranhando minha pele.

— Acho que isso era mesmo para acontecer — sussurrou ele.

Um suspiro escapou de meus lábios quando me virou em sua direção. Os olhos eram profundos e intensos, e me perdi neles, no momento, em Ryan.

— Você me faz me sentir vivo, Jess. — Ele deslizou os dedos pelo meu pescoço e passou-os pelo meu cabelo. — Não me canso de você.

Os lábios dele tocaram os meus de forma suave, mas quando ele inclinou minha cabeça, os beijos ficaram mais fortes, trazendo à tona todo tipo de sensação. Nossas línguas se encontraram e se entrelaçaram numa dança lenta. Ele passou uma das mãos por trás de mim para proteger minhas costas onde eu me apoiava na grade. A outra mão acariciava meu pescoço, fazendo pequenos círculos com o polegar que incendiavam minha pele.

Já havia escurecido bem quando nossos beijos ficaram mais breves e suaves, e Ryan acabou me soltando. Suas pálpebras estavam pesadas, combinando com a afluência de emoções em meu peito, e senti que aquilo tinha sido difícil para ele. Perceber isso me fez sentir vulnerável e emocionada. E querida. Muito, muito querida.

Voltamos lentamente para o carro, minha cabeça apoiada no ombro dele e nossos dedos entrelaçados em perfeita harmonia.

O trajeto para casa foi de um silêncio cúmplice, minha mão sentindo falta do contato íntimo com a dele, mas minha mente aliviada por ele ser um motorista cuidadoso. O que me fez pensar na mãe dele.

— Sei que já disse, mas sinto muito pela sua mãe — falei na escuridão.

Os faróis que vinham em nossa direção projetavam em seu rosto uma sombra inconstante. Eu o vi engolir em seco. Ele pegou minha mão e beijou a palma delicadamente.

— Obrigado.

Quando chegamos a minha casa, a caminhada até a porta foi bem diferente daquela última vez. Em pé na varanda, banhado pela luz que meus pais tinham acendido, ele tocou a minha testa com a dele.

— Quando a gente se vê?

— Você vai estar na festa dos cartazes? — Eu vinha cruzando os dedos desde que Sarah Jane dissera que o time de futebol americano costuma aparecer na festa anual de preparação dos cartazes das líderes de torcida no domingo.

— Tenho de trabalhar o fim de semana todo. — Ele roçou o nariz na minha orelha. — Mas quero muito ver você de novo. Em particular.

— Eu trabalho na segunda e na terça. Terça à noite?

Ele resmungou e colocou minha mão em seu peito. Senti as batidas do seu coração, o ritmo acelerado quase se igualando ao meu.

— É muito tempo. Mas aceito o que puder ter. — Ele levantou minha mão até os lábios. — Não se esqueça de mim até lá, OK?

Sorri, com a nítida sensação de estar sendo levada por algo que se parecia muito com amor.

— Idem.

Ele sorriu e largou minha mão enquanto voltava pelo caminho, esperando que eu entrasse. Virei depois de entrar e joguei um beijo para ele antes de fechar a porta.

Minha mãe estava parada sob o arco que separava a cozinha do hall, uma xícara de chocolate quente aquecendo suas mãos. Ela me olhou e me lançou um rápido sorriso.

— É ele, O Cara?

— Espero que sim.

Ela assentiu e assoprou a xícara fumegante.

— Que Deus nos ajude.

* * *

Tomei o banho mais esplendoroso possível, desfrutando de duas pastilhas efervescentes de damasco e uma tampinha cheia de óleo de amêndoas. Apoiei a cabeça na banheira e relembrava cada minuto do nosso encontro (OK, relembrei várias vezes a parte do beijo) até a água ficar morna e minha mãe bater para perguntar se eu tinha virado uma ameixa seca.

Quando me sequei, estava completamente exausta, feliz e emocionalmente esgotada. Já seria terça-feira antes que eu conseguisse dormir, do jeito que eu estava. Liguei meu computador para ver se Sarah Jane tinha enviado a agenda para nossos próximos treinos. Sempre atenta a tudo, ela havia mandado. Só esperava que Lexy não fosse estar presente a todos.

Dei uma olhada nas mensagens inúteis que tinham escapado do meu anti-spam, deletando-as antes de fechar tudo. Estava com o cursor sobre o botão *Desligar* quando uma MI se abriu.

TouchdownOuNada: falta muito pra terça chegar... vou dar um jeito de aparecer no domingo

As borboletas do meu estômago voaram em aprovação. Definitivamente, ele era O Cara.

TorcidaPorComida: isso vai ser incrível ☺
TouchdownOuNada: acho que não vou conseguir dormir esta noite
TouchdownOuNada: vc vai ficar acordada por algum tempo ainda?

Minha mãe bateu na porta, e fechei meu laptop.

— Estamos indo dormir, querida. Fico feliz que tenha se divertido em seu encontro. — Ela se arrastou para perto de mim e afastou o cabelo da minha testa com seu jeito mãe, tão diferente de quando Ryan tinha feito isso. — Como você cresceu tão rápido?

Eu não cresci tão rápido. Você só não estava prestando atenção.

Dei uma colher de chá a ela, pensando na Sra. Steele.

— Vá dormir um pouco para descansar dos gêmeos.

A mão de minha mãe apoiava suas costas enquanto ela ia caminhando até a porta.

— Eu descansaria se eles parassem de jogar futebol com minha bexiga.

— Eca, mãe. *Too much information.*

— Vou tentar guardar a *informação* para mim mesma. Você pode me ajudar a escolher uma cadeira de balanço para o quarto dos gêmeos amanhã? Achei que gostaria de dar sua opinião, uma vez que vai ajudar a alimentá-los.

A coisa da alimentação era nova para mim, e percebi o ressentimento persistente fervendo em meu estômago. *Não sou uma empregada,* queria dizer.

— Já tenho outros planos. Você pode escolher a que quiser.

— Queria que você achasse confortável também. — Ela se apoiou no portal. — Você sai tanto ultimamente. Perece que nunca a vejo.

A não ser quando ela precisa que eu faça algo para os bebês.

— É porque finalmente tenho uma vida. — Acabou saindo com um pouco de sarcasmo, mesmo que eu tivesse tentado manter meu tom sob controle. — Estou feliz. Não pode só ficar feliz por mim também?

— Estou sempre feliz se você está feliz, Jess. Como pôde sequer pensar que eu não estaria? Sei que nós nem sempre...

A voz dela foi sumindo, interrompendo essa linha de questionamento, e suspirei aliviada. Não era hora para aquilo.

Minha mãe se virou e caminhou com seu andar gingado até a porta, parecendo triste.

— Não é tarde demais. — Ela me lembrou e fechou a porta.

Ouvi seus passos se afastando no corredor.

TorcidaPorComida: desculpe. meus pais estão indo pra cama.
TouchdownOuNada: posso te ligar?
TouchdownOuNada: quero ouvir sua voz
TorcidaPorComida: claro

Peguei meu celular e o coloquei no mudo bem antes de começar a vibrar. Entrei no meu closet e me sentei no chão, para não perturbar meus belos adormecidos pais.

— Alô.

— Oi, linda. — Pude perceber o sorriso na voz dele. — Sou louco por ligar?

Ligar a essa hora? Ligar tão cedo? Só por estar ligando? Por que os garotos são tão enigmáticos???

— Fico feliz que tenha ligado — respondi. — Eu me diverti muito hoje.

— Eu também. Nossos encontros são tão diferentes...

— Bem, é, a não ser que você sempre salve a vida das pessoas — falei sem pensar e dei um tapa na testa por ser tão idiota. — Desculpe-me. Sei que não quer falar sobre isso.

— Eu quero. — Ele parecia triste. — Só não consigo. Não agora.

— Sem problemas. — Mudei de assunto, e começamos a conversar sobre futebol americano, escola e empregos de verão.

— Por que trabalha tanto? — Acabei perguntando o que pensava. — Quero dizer, é ótimo, mas... você sabe...

— Sei o quê?

Como eu podia dizer isso sem soar esnobe?

— Bem, é, estive na sua casa. Imaginei que pessoas que viviam em casas como aquela, e cujos pais são cirurgiões-ortopedistas, não precisariam trabalhar em dois empregos.

Ryan ponderou sobre o assunto.

— Não preciso, eu acho. Mas quero. Por mim, quero dizer. Estou economizando para uma coisa.

— Um carro? — Agora eu conseguia entender.

— Mais ou menos.

— Eu também. Se bem que, na velocidade em que estou, já vou ter saído da faculdade quando conseguir juntar o suficiente para algo que não seja uma vergonha total. — Eu me encostei na parede, apoiando os pés nas caixas de sapatos que havia alinhado pelo chão. — Que tipo de carro você quer? O Escape não é seu?

— Os carros são meio comunitários na minha família, mas geralmente sou eu que fico com ele. Estou economizando para comprar um Mustang vintage. O preferido da minha mãe.

Eu não podia imaginar como seria perder minha mãe. Toda a atenção que ela estava dando à chegada dos gêmeos podia me irritar, mas não conseguia imaginar minha vida sem ela.

— Você sente muita falta dela?

— O tempo todo. — Eu o ouvi se mexer e imaginei que ele estava na cama. — Ela fez uma pintura pouco antes de morrer. Está no meu quarto, então é a última coisa que vejo toda noite.

— O dente-de-leão — falei, mais para mim do que para ele.

Longa pausa.

— Como você sabe?

Ah, droga! Quase dei outro tapa na testa, mas percebi um sorriso na voz dele.

— Você esteve no meu quarto, Jess? — provocou ele.

— Foi só uma espiadinha no dia da festa do pijama — expliquei, sentindo o rosto corar. — Não entrei nem nada, mas a porta estava aberta e...

— Está tudo bem — disse Ryan, rindo. — Na verdade, até que é legal. Agora posso me deitar aqui na cama e imaginar você na porta.

— Ouvi o colchão dele ranger e o imaginei esticado com os braços atrás da cabeça. — Isso. Acho que posso pensar em muitas coisas a partir dessa imagem.

Meu coração estava disparado.

— Como é seu quarto? — perguntou ele. — Quero pensar nele.

Eu me recostei na porta do closet e observei as paredes verde-maçã, o detestável edredom florido e a mobília antiga de vime branco. Nem *eu* queria pensar nele.

— É muito mulherzinha. — *E infantil.* — Nem combina mais comigo, mas ainda não consegui renová-lo. Com todas as mudanças, redecorar meu quarto nunca foi uma grande prioridade.

— Imagino. Minha mãe era ótima com decoração. Fazia dos nossos quartos um projeto, de tempos em tempos, para ter certeza de que refletiam nossa personalidade. Ela acreditava que "o lugar faz a pessoa", essas coisas.

Aposto que eu teria gostado dela.

— O que seu quarto diz sobre você?

Imaginei-o olhando em volta do quarto, examinando com um novo olhar, como eu tinha feito.

— É tranquilo. Assim como ela era. Posso ser meio intenso, então funciona. Eu desligo quando fico sobrecarregado.

— É difícil saber algo sobre você.

— É?

Assenti como se ele pudesse me ver.

— Sinto como se tivesse alguns vislumbres, mas a maioria do que consigo descobrir não passa de coisas superficiais.

— Talvez seja melhor assim.

— Mais seguro, talvez, mas não melhor. — *Não era?*

— Você realmente vai direto ao ponto, não?

Prendi o telefone com o ombro e tirei um fiapo do meu roupão rosa de chenile.

— Não sou muito boa com jogos, acho. Provavelmente é por isso que nunca namorei.

— Você nunca namorou?

Eu não podia acreditar que tinha dito *aquilo* em voz alta! O cansaço e a conversa fácil tinham me embalado, levando-me a uma falsa sensação de segurança, que estava causando danos ao meu cérebro.

— Bem, eu também me mudo muito, então é difícil conhecer pessoas. — Pode colar uma placa escrito LESADA no meu peito, obrigada.

— Uau. — Essa novidade claramente o deixou surpreso. Nada como dar uma dica para um possível namorado de que ninguém mais se interessa por você. Pelo menos não tinha mencionado o fato de que tinha pseudonamorado uma vez. Aquele desastre era a última coisa de que Ryan precisava saber.

— Uau — disse ele de novo. — Isso é...

Coisa de fracassado.

— Muito legal — concluiu ele. — Vamos viver isso juntos.

Em que universo?

— Você já teve um milhão de namoradas. E isso só desde que me mudei para cá.

— Isso foi duro. Não sou um cara galinha, Jess.

— Não quis dizer isso. Mas você tem muito mais experiência do que eu.

— Não quando há uma ligação como a que temos. É a primeira vez que isso acontece comigo. É como...

Lembrei aquela cena de *Sintonia de amor* que sempre fazia minha mãe chorar.

— Mágica.

— O quê?

Eu tinha dito isso alto também?!

— Hã? Nada. Só bocejei. — *Tenho de calar a boca!*

— Mágica — disse ele, jogando para ver se era isso. — É.

Minha pele formigou até os pés.

Ouvi Ryan bocejar, o que me fez bocejar de verdade dessa vez.

— Fiquei feliz de ainda tê-la encontrado acordada — disse ele. — Não me canso de conversar com você.

— Eu também. — Podia falar com Ryan por horas. — Fiquei feliz por você ter ligado.

— Também fiquei. Preciso acordar cedo para trabalhar, então é melhor eu ir — disse ele, relutando o suficiente para me fazer sorrir apesar do desapontamento. — Mas Jess?
— Oi?
— Espero que você sonhe com o lago.

Capítulo 15

APÓS UMA LONGA NOITE me odiando por ter admitido que era a Incrível Garota Que Nunca Namorou ao primeiro garoto que manifestou interesse por mim desde que Dan aparecera em nosso quintal para um jogo de *frisbee*, eu parecia uma zumbi quando entrei com minha mãe no Babies "R" Us, paraíso das mães yuppie. As coisas estavam indo muito bem até eu abrir a boca sobre a falta de experiência em namoros. Por que eu não podia manter a serenidade quando se tratava de garotos? Uma única vez?

Para piorar as coisas, agora estava na minha versão pessoal do Hades. A terra de bebês e grávidas com alterações de humor impossíveis de prever. Sim, tinha sido eu que havia sugerido o passeio como um agrado por não conseguir chegar em casa para o jantar nos primeiros dias do meu trabalho do *MTC*. Mas agora... Agora eu podia ver onde tinha errado. Achei que isso só iria acalmá-la. Mas ela encarou o convite como se eu estivesse demonstrando um vívido interesse na chegada dos bebês.

O erro fatal do meu plano tinha sido revelado.

Primeiro fomos ver as tão importantes cadeiras de balanço. Duas fileiras inteiras dispostas como uma linha de montagem para futuras mamães, o que fez a minha enlouquecer. Uma mulher que já fora famosa por suas decisões rápidas e brilhantes estava reduzida a uma pessoa confusa e titubeante.

— Gosto da azul e da bege — disse ela, passando a mão pela almofada de sarja. — Mas devíamos levar duas iguais ou uma de cada?

Essa é minha penitência.

— O que você quiser — respondi, forçando um sorriso. Coloquei meu pé para cima de um descanso e descobri que ele se movia da mesma forma que a cadeira de balanço. Legal! Não que eu tenha dito isso para minha mãe.

Ela andou até o meio do corredor na outra direção.

— Gosto do acabamento em madeira natural, mas não sei se é muito claro. Eles não fazem uma cadeira de balanço da mesma linha dos outros móveis que escolhi, então não sei se devo tentar fazer uma combinação ou levar algo que faça contraste.

— Eles são bebês, mãe. Você acha mesmo que vão se importar?

— É claro que não. Mas outras pessoas vão ver quando forem visitar os bebês.

— Como quem?

Assim que falei, me arrependi. Nan vinha tentando convencer minha mãe a se mudar de volta para Mt. Sterling havia anos, mas os dias de ensino médio de minha mãe eram algo que ela preferia esquecer. Seus amigos tinham sido crianças que, como ela, se rebelaram totalmente contra os pais hippies. Assim como minha mãe, se espalharam pelos quatro cantos depois da graduação. Mas ao contrário dela, não voltaram 20 anos depois para criar uma família na cidade natal quando — surpresa, surpresa! — se viram grávidos de gêmeos aos 39 anos.

Por falar em uma grande reviravolta na vida, minha mãe e Nan podiam nem sempre se dar bem, mas quando se está chegando perto dos 40 com dois bebês a caminho, acho que você precisa de toda ajuda que puder reunir.

Então ali estávamos nós, na casa em que minha mãe havia crescido, para que Nan pudesse morar em um lugar que necessitasse de menos manutenção. E ali estava minha mãe... grávida, sem trabalhar e tentando fixar raízes pela primeira vez em sua vida adulta. E estava batalhando tanto para fazer a casa parecer um lar (um verdadeiro lar, o que era novidade para nós, com nossa vida itinerante) que não tinha saído para conhecer as pessoas. Eu podia contar em uma das mãos o número de visitantes sem ser Nan que tínhamos tido desde que nos mudamos para cá.

— Quero dizer, quantas pessoas vão entrar no quarto dos bebês? — perguntei, tentando disfarçar. — Você não vai descer com os bebês para mostrar às pessoas?

— Não se eles estiverem dormindo.

— Se estiverem dormindo, as luzes estarão fraquinhas. Quem vai notar se as cadeiras de balanço combinam?

A lógica ainda era a melhor maneira de fazer minha mãe cair na real quando os hormônios falavam mais alto. Ela pensou sobre o assunto.

— Uma de cada na madeira mais escura?

— Parece ótimo. — E, mais do que tudo, parecia uma decisão que nos deixaria um passo mais perto de ir embora dali.

Fomos até as cômodas com trocador. Ela já havia escolhido uma, então isso nos poupou tempo. Mas agora estava pensando nas opções para cobrir o trocador. Tecido de malha ou atoalhado? Ou talvez um tecido de algodão xadrez amarelo bonitinho? Um xadrez e um com listras?

Tudo isso para algo que serviria para os bebês esfregarem seus bumbuns pelados.

Eu contava os minutos até que pudesse voltar ao Clube e pensar em como conseguiria derrotar Lexy e as Malvadas enquanto salvava Heather. Mas, é claro, vamos debater os prós e os contras da malha de algodão e poliéster e do algodão atoalhado.

Minha mãe pareceu perceber a sensível diminuição do meu entusiasmo e voltou a atenção para mim. Afastou o cabelo dos meus olhos.

— Gosto do seu cabelo solto, como tem usado — disse ela. — Essa iluminação realmente destaca as mechas. Em que cabeleireiro você disse que foi?

Em um lugar ao qual não se pode ir sem uma moeda de ouro, que você definitivamente não tem.

Sabia que não era culpa dela não ser uma Cindy. Mas não estava tudo bem. Perguntas inocentes às quais eu não podia responder sem mentir estavam fazendo de mim uma garota muito estressada. Eu tinha de descobrir quais Cindys não tinham mães Cindys e ver o que diziam aos pais. A mãe de Gaby não era uma Cindy — a irmã dela também não —, então começaria com ela. Detestava mentir para minha mãe, mas me sentia dividida entre a família e a Irmandade.

— É um lugar que Sarah Jane frequenta. Pegou tudo que queria? — Empurrei o carrinho de compras para o corredor principal, apressando as coisas. — Acho que a iluminação está me deixando com dor de cabeça.

Ela colocou a mão na minha testa.

— Você acha que vai ficar doente? Talvez não devesse ir trabalhar hoje.

— É só uma dor de cabeça. Luzes fluorescentes me causam isso às vezes.

Minha mãe voltou para as cadeiras de balanço e pegou as etiquetas das que queria. Usei a iluminação como desculpa para esperar do lado de fora, à luz do sol. Minha cabeça estava mesmo doendo, mas não por culpa das luzes artificiais.

Achei um banco de madeira no pátio e sentei, esperando. O banco provavelmente tinha sido colocado ali para os futuros papais, que tinham de escapar das esposas grávidas e enlouquecidas em função dos hormônios discutindo os méritos do Monstro da Fralda *versus* o Aniquilador da Fralda.

Dez longos minutos depois, o rapaz do estoque estava nos ajudando a colocar a carga da semana na minivan. Eu havia sobrevivido, e até consegui descolar um almoço no meu restaurante preferido do outro lado do estacionamento.

Andamos até lá, muito mais devagar do que o normal por causa das costas doloridas da minha mãe, e captei com o canto do olho um movimento atrás dos arbustos. Dei a volta para o outro lado de mamãe e vi Leah Michaels agachada atrás da fileira de cerca viva que demarcava a calçada do restaurante. Estava olhando para Corrine Duncan, uma das Joviais mais legais que eu conhecia, enquanto Corrine entrava no carro de alguém que definitivamente não era o namorado.

Disse à minha mãe que tinha acabado de ver uma amiga e me encontraria com ela no restaurante. Ela assentiu, ainda resmungando para si mesma sobre tornozelos inchados e estar andando o dia todo. Esperei até ela dar a volta na frente do prédio antes de escapar para o outro lado.

Vi o cara que estava com Corrine abrir a porta do carro para ajudá-la a entrar no Camaro. Depois ele caminhou até o lado do motorista e, enquanto saíam, vi Corrine apoiar a cabeça no ombro dele. Bem quando Leah pegou o celular e tirou uma foto.

Com o carro seguramente fora de vista, Leah saiu do esconderijo e digitou um número. Ela andava de um lado para o outro na calçada atrás do restaurante e falava baixinho no celular. Fez alguns gestos nervosos com as mãos, depois se acalmou um pouco enquanto ouvia quem quer que estivesse do outro lado. Visivelmente aliviada, disse mais algumas palavras e desligou.

Minha mente pôs-se a funcionar quando ela pegou o carro e saiu. Corrine parecia legal, mas não era uma pessoa poderosa, pelo menos não que eu soubesse. E Leah definitivamente não era uma Malvada. Era mais uma solitária, como Heather.

Se as Malvadas estivessem usando as Joviais para pegar pesado com outras Joviais, elas podiam expandir seu alcance exponencialmente. Não era de espantar que tenham conseguido levar o jogo a um nível mais alto tão rapidamente.

O dobro de Malvadas com uma rede inteira de espiãs à disposição? Podia ser apenas um palpite, mas algo me dizia que as coisas ficariam feias em pouco tempo.

* * *

— Pode tomar conta do balcão enquanto levo essas caixas lá para trás?

— Claro, Nan. — Coloquei o espanador no cesto embaixo da caixa registradora e me sentei no banco quando o sino acima da porta tocou.

Um senhor entrou, segurando um pequeno caderno preto de notas na mão.

— Rosemary está?

— Ela está no depósito. Quer que eu...?

— Aqui, Stan. — Nan colocou o braço para fora da porta e acenou para ele, as pulseiras finas de metal tinindo.

Com Nan nos fundos e nenhum sinal de Heather, minha mente vagou para o lugar de costume. *Bem-vinda à terra de Ryan.* Sabia que não devia alimentar muitas esperanças, mas queria que Ryan fosse à festa dos cartazes. Seria a primeira vez que estaríamos juntos com nossos amigos desde que tínhamos começado a sair. E agora eu podia dizer isso. Estava saindo com Ryan Steele. Na verdade, podia repetir isso sem parar e nunca ficar enjoada.

Estava saindo com Ryan Steele.

Estava saindo com *Ryan Steele*.

Por mais que ficasse radiante só de pensar, não tinha certeza se isso me qualificava como namorada. Não tínhamos falado de exclusividade nem nada disso. Mas nossa troca de mensagens tarde da noite tinha me deixado com a sensação de que ele não estava interessado em sair com mais ninguém, então isso tinha de ser um bom sinal.

Minhas borboletas comemoraram.

— Não ouvi nada — disse Nan quando ela e Stan saíram do depósito alguns minutos depois —, mas acho que você devia deixar esse assunto com a polícia e escrever alguma coisa positiva para variar.

— Relatar as novidades é meu trabalho, Rosemary. Nem todas as notícias são cor-de-rosa. — Stan revirou os olhos para mim como se dissesse: *Mulheres*. Como se eu não fosse uma delas.

— Mas são mais do que o que você publica. Veja o rapaz com quem Jessica está saindo.

— Nan! — *Por favor não publique que estou namorando Ryan!*

Nan me lançou um olhar surpreso.

— É um excelente exemplo do que estou falando. O rapaz que saiu com Jessica ontem à noite salvou um garotinho de ser atropelado na rua. Mas isso dá primeira página?

— No parque de diversões? — Ele deu de ombros. — Corremos atrás dessa notícia, mas o rapaz não foi identificado. Você o conhece?

— Ryan Steele — disse Nan. — A mãe dele, Elizabeth, morreu na esquina da Green com a Main alguns anos atrás.

— Claro. Conheço os Steele. Ryan é o *quarterback* do ensino médio. — Stan virou para mim, subitamente interessado.

— Você é namorada dele?

— Somos apenas amigos — expliquei, fuzilando Nan com o olhar. — Mas Nan está certa sobre ontem à noite. Foi no Fun Zone.

Contei a história como me lembrava. Ainda doía que eu não tivesse conseguido fazer Ryan se sentir bem com o que havia feito.

Ele não devia confiar mais na minha opinião? Se pessoas suficientes o apoiassem, talvez finalmente aceitasse que estava tudo bem em ser um herói. O mundo precisava de mais caras como Ryan Steele.

— Parece um bom garoto — disse Stan, escrevendo algo no caderno. — Algo mais que eu deva saber?

Franzi meu nariz para ele, mesmo sabendo que era rude (e não muito bonito).

— Não é o suficiente?

Ele olhou para Nan e sorriu.

— Tal avó, tal neta. — Fechou o caderno de anotações. — Obrigado, senhoras. Me digam se ouvirem falar alguma coisa sobre o roubo do anel.

Nan me deu um tapinha no ombro quando ele saiu.

— Algumas pessoas precisam aprender a ver as coisas boas que existem ao redor. Lembre-se disso, Jessica. Tudo o que é preciso é redirecionar um pouco as energias e... — disse ela, estalando os dedos — mágica.

Eu me lembrei de Ryan. *Mágica.*

* * *

Com Nan de volta, pedi licença para acabar de tirar o pó e levar o lixo para fora. Tinha acabado de amarrar o saco e arrastá-lo para a porta dos fundos junto com as caixas desmontadas para reciclagem quando ouvi uma briga lá fora.

Espiei pelo olho mágico que Nan tinha instalado por questões de segurança e vi Lexy, Tina e Morgan. Não queria mesmo ter de lidar com elas naquele dia. Olhei para o lado para descobrir o que estavam observando...

Ah, não.

Peguei a maçaneta para dar um basta naquilo de uma vez por todas.

— O que quer dizer com isso de não nos contar? — Lexy gritava com Heather. — Quem colocou *você* no comando?

Heather estava enfrentando Lexy? É isso aí, garota.

Colei meu ouvido à porta, sem querer salvar uma garota que estava pronta para se salvar. Podia ouvir Heather soluçando.

— Ele vai me odiar.

— Você devia ter pensado nisso antes de se misturar com uma droga de *inspetor*, Kit Kat.

Lancei um olhar de ódio para Lexy pelo olho mágico, minha mão na maçaneta para o caso de Heather precisar de mim.

Heather se endireitou enquanto as lágrimas continuavam a rolar.

— Não vou mais deixar que façam isso. O que vocês viram foi algo particular entre duas pessoas. *Particular* — argumentou Heather, e dei um soquinho no ar pela coragem dela. — Foi um beijo inocente e um erro. Não tinham o direito de usar isso para me chantagear!

— É isso mesmo? — perguntou Lexy, com um risinho afetado. Ela colocou a mão dentro da bolsa rosa-shocking. — Não me parece tão inocente assim.

Heather pegou o envelope grande que Lexy sacudia em frente a seu rosto e tirou algumas folhas de dentro. O rosto de Heather desmoronou, e o corpo em seguida, deslizando pela lateral da lata de lixo até cair soluçando, com os joelhos abraçados junto ao peito.

— Não achou que ele gostava mesmo de você, achou? — debochou Tina. — Ele só gostou das cem pratas. — Morgan riu com ela.

Lexy pegou os papéis da mão de Heather e guardou-os de volta na bolsa.

— Temos um acordo?

Heather se balançava para a frente e para trás. Assentiu em resposta e limpou o nariz na manga.

— Foi o que pensei. Mantenha o celular ligado.

Esperei até que Lexy, Tina e Morgan desaparecessem de vista, antes de abrir a porta e puxar Heather para dentro. A maquiagem escorria pelo seu rosto, e ela chorava tanto que fiquei com medo de que começasse a ter ânsia de vômito. Levei-a direto para a pequena sala de descanso, lançando um rápido olhar de *Explico depois* a Nan. Fechei a porta, puxei uma cadeira para Heather e coloquei uma caixa de lenços de papel na mesa. Peguei outra cadeira e me sentei para esperar.

Se pensa que existe um limite para a quantidade de líquido que o canal lacrimal humano pode produzir, deixe-me esclarecer as coisas. Heather chorou tanto e por tanto tempo, precisou usar 11 lenços de papel (não que eu estivesse contando), que podia ter enchido uma garrafa de dois litros.

As lágrimas finalmente diminuíram, os soluços ficaram mais fracos. Heather assoou o nariz, com fortes sons de buzina que teriam me feito rir se ela não estivesse tão infeliz. Respirou fundo, mais uma vez. A tempestade tinha se acalmado. Já era hora.

— Quer falar sobre isso?

Ela fungou e soluçou, e a voz falhou quando tentou falar. Achei que vinha uma nova enxurrada de lágrimas, mas Heather se recompôs o suficiente para balançar a cabeça.

Estendi o braço sobre a mesa para apertar sua mão, com cuidado para pegar a que não estava com o lenço.

— Não posso ajudá-la se não me contar o que está acontecendo.

Ela expirou profundamente de maneira sombria como se a alma estivesse se esvaziando.

— Não pode mesmo me ajudar.

— Você não sabe se posso ou não.

Ela olhou para mim, o rímel borrado deixava seu rosto igual ao de um guaxinim, e senti uma pontada no coração. Heather parecia perdida.

Esperei.

Ela esfarelou o lenço em sua mão, depois outro. Mais um suspiro resignado. Amassou o papel esfarelado e o jogou de volta na mesa.

— Não queria que isso acontecesse.

Finalmente, uma abertura.

— Mas aconteceu?

— Cameron e eu estávamos brigando. Achei que estivéssemos terminando.

— Cameron?

— Meu namorado.

Eu me lembrei de ter lido sobre ele no arquivo de Heather no Centro de Comando. Cameron era uma das poucas pessoas listadas no campo Rede de Apoio no perfil de Heather, mas não tinha percebido que formavam um casal de verdade.

— Cameron Cole é seu namorado?

— Você parece surpresa.

— De jeito nenhum. Só não sabia que estavam namorando sério. Cameron parece bem legal.

— Ele e o pai não se dão bem. Foi assim que começamos a nos falar. Conversávamos sobre pais alcoólatras e mães ausentes. Romântico, não?

— Não é a melhor maneira de se construir um relacionamento?

— É o que é. As coisas com Cameron estavam indo bem até ele e o pai começarem a brigar por causa do dinheiro que Cam conseguia com a banda. Cam queria economizar para morar sozinho, e o pai queria o dinheiro para "a casa". É como os bêbados falam da *bebida*. — Ela se mexeu no banco, reunindo com as mãos os lenços de papel em uma pilha organizada. — Cam estava ficando mais e mais distante. Não falava comigo sobre o que havia de errado, e tivemos uma grande briga por uma besteira... uns ingressos de show.

— Ela balançou a cabeça. — E então ele estava lá.

— Cameron? Ou o pai?

— Rick. — Ela parecia que ia passar mal.

— O assistente do inspetor Joe?

Oh. *Ohhhhhh.*

— Ele não é tão mais velho do que nós, sabe. E foi tão legal, e ouviu e disse todas as coisas certas. Não pretendia que aquilo acontecesse.

Inspetor, erro, prova usada para chantagem. Ah, que merda.

— Você e Rick ficaram?

Heather fez que sim com a cabeça.

— E Lexy viu.

A cabeça dela balançou como uma marionete.

Merda dupla.

— A princípio, ela ia contar para Cameron, a menos que eu fizesse o que ela queria. Mas ela tem fotografias também. — Heather limpou uma nova série de lágrimas. — Faz parecer bem pior do que foi. Só nos beijamos embaixo das arquibancadas, mas o ângulo das fotos dá a impressão de que ele estava deitado em cima de mim. Não há como Cam ouvir meu lado depois de ver essas fotos.

Cerrei os dentes, querendo mais do que nunca matar Lexy.

— Achei que Rick me ajudaria a enfrentá-las — prosseguiu Heather. — E a contar a verdade a Cameron.

— Mas ele não te apoiou.

Heather balançou a cabeça, e as lágrimas voltaram a seu rosto.

— Foi tudo uma mentira. — Ela soluçou. — Elas o pagaram para fazer isso.

Uma armação, odiosa e premeditada, para colocar uma Jovial sob controle. Uma coisa era pegar no flagra pessoas que estavam fazendo uma besteira. Mas armar propositadamente uma situação para perseguir alguém? As Malvadas eram pura maldade mesmo.

— Você a viu tirar as fotos?

— Não vi ninguém. Nichele Stanton estava por perto durante um tempo, mas não a vi depois.

Nichele definitivamente não fazia parte das Malvadas. Era possível que fosse um alvo, mas imaginei que o mais provável era que alguma Malvada estivesse espreitando. As Malvadas eram mestres nessa arte quando queriam.

Apertei o pulso de Heather para apoiá-la, tentando pensar numa forma de ajudar.

— O que você vai fazer com relação a Cameron?

Essa claramente era a pergunta errada, uma vez que fez brotar novas lágrimas.

— Desculpe, não precisa me dizer. Mas Heather? — Esperei até seus olhos injetados encontrarem os meus. — O que Lexy quer de você?

Observei enquanto a mente dela lentamente se reorganizava.

— Ela quer que eu diga o que penso.

Lexy pedindo o conselho dos outros? Isso não batia.

— Como assim?

— É estranho. Como querer que eu imagine coisas e diga o que eu vejo. Ou segurar um pedaço de alguma coisa e diga o que me vem à cabeça.

Eu já tinha passado tempo o suficiente perto dos clientes de Nan para reconhecer um dom quando o via.

— Você é clarividente?

— Mais uma intuitiva. Não vejo fantasmas ou o futuro ou qualquer coisa. Só sinto algo a respeito das coisas, às vezes. — Ela fez uma pausa, pensativamente. — Minha mãe tinha um dom de verdade. Ela o usava para ajudar a polícia... Antes de morrer.

Um sentimento de culpa pela constante irritação com minha mãe me corroeu por dentro. Precisava lhe dar um abraço mais do que apertado quando chegasse em casa.

— Sinto muito pela sua mãe, Heather.

— Ela morreu quando eu nasci, então não a conheci. Mas as pessoas dizem que eu me pareço com ela. — Ela sorriu, uma pequena brecha em meio à sua infelicidade. Depois seu rosto se entristeceu de novo. — Nem sei com elas descobriram sobre essa coisa intuitiva. Não saio por aí fazendo propaganda disso. Além do mais, não é nem algo que eu consiga controlar. Às vezes tenho pequenos vislumbres e, outras vezes, nada.

— E costuma funcionar para Lexy?

Uma luz brilhou nos olhos de Heather.

— Geralmente não. E mesmo quando funciona, não conto para ela. Só finjo cooperar.

Não pude evitar. Comecei a rir. Dez pontos para as Joviais.

Heather também riu, e foi bom relaxar por um minuto. Rimos mais do que precisávamos, mas foi mais como um tipo de descarga emocional misturada a uma minicomemoração por finalmente ganharmos uma das Malvadas.

Quando a risada foi diminuindo, ficamos sérias de novo.

— Então — falei, tamborilando os dedos sobre o tampo da mesa de fórmica —, o que vem depois?

— Acho que Lexy está desconfiada. Acha que estou guiando-a para uma caça infrutífera, então disse que vai me testar. — Ela deu de ombros. — Há alguma coisa que elas querem na escola. Só descobri isso. Algo que está sob a escola, eu acho, mas isso não faz sentido. — Heather focou num ponto perto do micro-ondas, como se estivesse tentando visualizar algo em sua mente. — Não consigo ver o que é. Mas o que quer que seja, elas o querem muito. O olhar dela quando acha que lhe dei alguma pista me dá arrepios.

Pensei no dia depois do treino das líderes de torcida. A animação no rosto de Lexy também tinha me provocado arrepios.

— Mesmo se eu pudesse ajudá-la, não suportaria viver se usasse meu...

— Dom?

— Soa estranho dizer isso. Como se eu fosse uma atração de circo ou algo assim. Sempre tenho medo de que as pessoas possam sair correndo e gritando.

— Você esqueceu onde eu trabalho? — brinquei.

Isso arrancou uma risada sincera de Heather.

— Não poderia viver sabendo que usei isso para ajudar alguém como Lexy. Seria como cuspir no túmulo da minha mãe.

— E se você não ajudá-la?

— Ela vai entregar as fotos a Cameron.

Suspirei.

— Você precisa contar a ele, Heather.

— Eu sei. Só não sei como.

Não conseguia pensar em como me sentiria se Ryan algum dia me traísse, e eu nem tinha certeza se éramos namorados. Não queria estar na pele de Heather.

— Se contar a ele, as fotos não vão ter mais sentido.

— Se eu contar a ele, nosso relacionamento não vai ter mais sentido.

Touché.

— Estou aqui se precisar de mim, OK? — Anotei rapidamente meu número de celular em um guardanapo. — Pode me ligar a qualquer hora.

— Queria ser mais como você. A maneira como enfrenta Lexy... Você é um exemplo. E não só para mim. — Ela balançou a cabeça. — Mas não precisa se envolver nisso, Jess. Já está na lista de Lexy.

Eu estava envolvida. Isso era exatamente o que eu precisava saber para pedir todo o apoio das Cindys. Por mais feliz que eu estivesse por ter conseguido cumprir minha missão e confirmar o esquema de chantagem das Malvadas, saber que eu podia ajudar Heather era mais importante.

— Não se preocupe comigo. Apenas tome cuidado com relação a ela, e me ligue se precisar de ajuda. — Eu me levantei para sair, uma vez que ainda estava tecnicamente no horário de trabalho. — Seguindo por ali, você vai achar um banheiro, se precisar lavar o rosto. Leve o tempo que precisar. Minha avó não liga.

— Está bem — disse Heather, pegando a pilha de lenços de papel. — Jess?

Parei à porta.

— Oi?

— Obrigada por me ouvir. E por ajudar.

— É para isso que servem os amigos.

Capítulo 16

GRATA PELO MEU ESCRITÓRIO, deslizei no assento e expirei longamente. Me sentia culpada por ter de diminuir as horas como voluntária justamente no momento em que a Sociedade Humanitária estava se preparando para o grande evento de adoção do verão. Tinha chamado Mel para ir, e agora nem eu mesma ia. Que belo exemplo!

Mas já estava uma tarefa atrasada em meu MTC por causa do trabalho e dos treinos de líder de torcida, além de minha missão com Heather. Na maioria dos dias, parecia que ia enlouquecer.

E aquele espaço pequenininho de cérebro que eu tinha sobrando? Essa parte era devotada a Ryan.

Ou a Tina, mais especificamente, e a suspeita irritante de que ela pudesse estar certa. De que Ryan *não* queria ser visto em público comigo.

Depois de deixar para trás o desastroso encontro no Moinho na primeira vez em que saímos, as coisas pareciam estar indo bem. Ainda que nosso entrosamento tivesse acontecido de maneira pouco usual. Nas mensagens online ou pelo telefone, tudo parecia maravilhoso. Mas isso era só entre nós dois. Ele tinha me levado ao Fun Zone, mas ficava fora de Mt. Sterling. A única pessoa que tínhamos visto lá havia sido Matt. E, no lago, Ryan cuidadosamente nos manteve no lado mais afastado, longe da praia onde as pessoas geralmente se reuniam.

Vinha tentando me convencer que era porque Ryan queria ficar a sós comigo. Mas não conseguia me livrar da sensação de que eu não estava à altura. Eu podia estar mais bonita agora do que antes, mas não era uma Loura Falsa, por exemplo.

Não era hora de perder tempo. Balancei a cabeça para tirar os "ai de mim" da mente e peguei a pasta sobre o aumento no recrutamento que Paige tinha me dado. Comecei a fazer anotações sobre o que tínhamos certeza e o que suspeitávamos que fosse verdade.

1. Dobraram a nova turma de recrutamento (força em números)
2. Querem fazer de alvo pessoas em posição-chave (diretamente ou através de pessoas próximas a elas)
3. Forçar as Joviais a fazerem seu trabalho sujo (construindo uma rede de espiões para aumentar o serviço de inteligência?)

Estávamos juntando as peças — um monte delas, pelo menos —, mas parecia ainda faltar alguma coisa. O plano maior elas estavam tentando executar. Onde o aumento no recrutamento se encaixava? Por que a súbita necessidade de mais Malvadas se tinham espiãs fazendo o trabalho por elas?

Paige entrou, parando de repente quando me viu na mesa.

— Sempre me esqueço de que você pode estar aqui.

— Desculpe. Achei que estava tudo bem se dividíssemos o escritório.

Ela abriu uma gaveta e guardou a bolsa.

— Não, está tudo bem. É só que estou tão acostumada a vir aqui quando preciso reorganizar as ideias. É bom se isolar do mundo de vez em quando.

Eu era uma quase-líder havia menos de uma semana, e já podia ver como aquilo podia ser útil.

— Quer que eu saia um pouco?

— Não mesmo. Você precisa estar aqui mais do que eu. — Ela inclinou a cabeça em direção à minha pasta. — Como estão indo as coisas?

— Devagar. É difícil, porque eu conheço algumas pessoas envolvidas, mas não todas. Não entendo muito bem qual é a função das Joviais.

Ela puxou uma cadeira para perto de mim.

— Você já frequentou várias escolas, então provavelmente é parecido com o que está acostumada. As Joviais não são um grupo, mas uma comunidade de pequenos grupos. Mas *comunidade* não é a palavra exata, porque elas raramente se relacionam, graças às Malvadas. Elas ficam inquietas se alguns grupos mostram sinais de união. O tamanho é importante para as Malvadas, em suas próprias fileiras e no que se refere às Joviais.

Ela virou para uma página nova do meu caderno e desenhou um diagrama do refeitório. Como em toda escola, mapear o refeitório era a forma mais fácil de mostrar como os grupos se dividiam. Grupo de teatro, diretório estudantil, líderes de turma, atletas, CDFs, góticos... e a lista continuava. O mapa parecia ligeiramente diferente do que eu via no meu horário de almoço, mas os grupos eram, em sua maioria, os mesmos. Não importava se você estivesse no segundo ano ou se formando, grupos são grupos e panelinhas são panelinhas.

Coloquei o mapa na pasta sobre o aumento no número de recrutados para referência futura. Ser alguém que vinha de fora podia nos ajudar de algumas maneiras, mas era difícil saber quem eram as pessoas mais importantes dentro de um corpo estudantil de mil e quinhentos alunos. Tudo o que eu queria era concluir minha missão e encontrar uma nova zona de conforto.

— Ah! — Deixei cair minha caneta. Tinha quase esquecido de contar minhas grandes novidades. — Missão cumprida com Heather, *e* tenho informações sobre as Joviais.

— Sério? — Paige abriu a porta do Centro de Comando e tirou os fones de ouvido de Sarah Jane. Contei para elas o que tinha visto no restaurante.

Sarah Jane olhou para Paige.

— Alguma chance de ter sido um fato isolado?

— Ficaria chocada se fosse — disse Paige. — É uma estratégia brilhante. Elas não podem estar em todos os lugares ao mesmo tempo, mas as Joviais podem. Precisamos reunir uma equipe de pesquisa para isso.

— Por que Corrine? — perguntei.

Caminhamos pelo Centro de Comando discutindo as possíveis conexões. As duas colunas que Paige tinha estabelecido — *DETENTORES DE PODER e AMIGOS IMPORTANTES* — ainda estavam lá. Não importava o quanto tentássemos, não conseguíamos descobrir onde Corrine se encaixava.

— Ela é uma ameaça para as Malvadas?

Sarah Jane deu uma meia risada.

— Corrine não é uma ameaça para ninguém, a menos que se tratasse do prêmio de Mais Legal da Turma. Ela é amiga de todo mundo.

Paige e eu nos entreolhamos. Poderia ser...?

— Ela é uma pessoa neutra — falei, ao mesmo tempo em que Paige disse:

— Ela é um conector.

— Então não é o que ela tem, mas do que é capaz? — perguntou Sarah Jane.

Paige fez que sim.

— A força dela reside no fato de ser uma pessoa com quem é fácil conversar e que é respeitada pelos outros. É uma das poucas pessoas que podem ir de um lado para o outro entre os grupos de Joviais para uni-los.

— Então elas não perseguem apenas pessoas que têm algo que querem — falei. — Estão se livrando de tudo que representa uma ameaça.

Peguei meu caderninho no escritório. Duas outras peças do quebra-cabeça entraram na minha lista.

4. Manter as Joviais isoladas
5. Eliminar qualquer força que representa uma ameaça

Paige criou outra coluna no quadro e escreveu AMEAÇAS enquanto Sarah Jane lhe passava os cartões das pessoas com algum ponto forte que pudesse ameaçar o poder das Malvadas. Pessoas que eram conectores (como Corrine), pessoas conhecidas por expressar suas opiniões sem se importar com a oposição, pessoas enérgicas que desejavam o sucesso da mesma forma que as Malvadas desejavam o poder. Se um alvo pudesse mudar o *status quo*, era uma ameaça para as Malvadas. O *status quo* era aliado delas.

Mas Heather não se encaixava nessa categoria. Sua habilidade não era uma ameaça para as Malvadas; era algo que elas queriam explorar. Acrescentei uma sexta peça do quebra-cabeça à minha lista.

6. Explorar qualquer habilidade que possa ser usada em sua vantagem

Quando elas terminaram de classificar todas que podiam, Paige se virou para mim.

— Isso aí é coisa grande — disse ela. — Tudo isso e você ainda conseguiu fazer Heather falar?

Contei sobre o colapso nervoso de Heather, deixando de fora os detalhes mais pessoais, como ela e Cameron começando a conversar por conta dos pais.

— Tinha medo de que pudesse ser algo assim — disse Paige. — Alguns anos atrás, as Malvadas conseguiram uma foto de alguém numa situação comprometedora com um professor substituto.

Os olhos de Sarah Jane quase saltaram das órbitas.

— Um *professor*? Nossa, eu sou mesmo ingênua com relação às pessoas.

— Melhor ingênua do que fotografada — falei. — Heather tem quase certeza de que elas estão procurando alguma coisa na escola. Talvez sob ela. O que as Malvadas poderiam querer que esteja sob uma escola?

Paige deu uma batidinha com o dedo no lábio inferior.

— Nada a que eu desse importância.

— Pode me explicar?

— Há boatos sobre uma câmara sob a escola, mas ninguém nunca confirmou.

Eu me lembrei do dia em que o encanamento central de água se rompeu. A vovó Aniston chegando com a diretora Zimmer e as outras mulheres poderosas a reboque. Lexy parecia muito empolgada com o buraco que os operários tinham cavado antes de serem obrigados a sair. Agora fazia sentido.

— Quem consertou o problema no encanamento?

Paige suspirou.

— Você não tem autorização para saber isso, Jess.

— Então o que há na câmara?

— Ninguém sabe — interrompeu Sarah Jane. — Mas se as Malvadas estão tentando encontrá-la... — Ela olhou para Paige.

Paige balançou a cabeça.

— Eu também não tenho esse tipo de autorização. Deixe isso para lá, Jess. Já conseguiu muito fazendo Heather falar. Agora sabemos com certeza que chantagem é parte do arsenal delas. Isso nos dá mais informações para prosseguir.

Não concordava que fosse o suficiente *ou* que eu devesse esquecer aquilo.

— Como eu posso não ter autorização para isso? Sou a nova líder. Foram vocês que me deram a missão, afinal.

Será que tinham me escolhido como nova líder porque acharam que poderiam me usar como sua marionete? Que eu faria tudo o que dissessem sem perguntar nada, só por ter ficado feliz de ser escolhida em sua grande "quebra da tradição"?

— Sim, nós demos, e, como você disse, missão cumprida — falou Paige. — Há mais coisas acontecendo por aqui além de sua missão, Jess. Se quisermos deter as Malvadas, temos de fazer isso de maneira geral. Uma pessoa sozinha não vai nos fazer conquistar isso rápido o bastante.

— Mas elas ainda querem Heather. Lexy disse que vai testá-la.

— Isso cabe a Heather resolver. Não se pode comprar sempre a briga dos outros.

— Mas eu posso ajudar. Não é esse o objetivo? — Olhei de uma Irmã para outra. — Ou estamos apenas fazendo trabalho de espiã aqui?

— É claro que queremos ajudar Heather — apaziguou SJ. — Paige só quer dizer que precisamos pensar no todo e descobrir como fazer isso da melhor forma.

Dando apoio a ela, claro. Era mesmo a única que enxergava isso?

— Se deixarmos que usem Heather, vão continuar chantageando outras garotas porque sabem que podem. Quantas Joviais elas têm de magoar antes de vocês intervirem?

Sarah Jane tentou me acalmar com seu jeito tranquilo e calmo, mas Paige simplesmente me observava como se eu fosse um experimento que tivesse dado errado. Quando falou de novo, havia um indício de admiração na voz dela, misturado com cautela:

— Não vá mais fundo do que você pode aguentar, Jess. Só podemos protegê-la até certo ponto.

Dada a fascinação que Lexy tinha por me torturar, aquilo não era novidade.

— Não vou dar as costas para Heather. Se ela precisar de mim, estarei lá.

— Desde que você compreenda as consequências.

— Claro como a água.

Paige assentiu de forma dura e pegou suas coisas para ir ao *lounge*. Nós duas precisávamos de espaço. Se elas me deram um missão, precisavam confiar que eu ia cuidar para que tudo fosse resolvido e que não fugiria ao primeiro sinal de problema. E se me queriam como sua líder, precisavam saber que eu não desistiria de fazer o que era certo só porque Paige queria que eu não me metesse em apuros.

Sim, fiquei um pouco preocupada por tê-la irritado. Gostava de Paige. Mas eu tinha de pensar que ela ficaria decepcionada se eu negligenciasse uma Jovial inocente. Ela teria feito o mesmo, não teria? Porque se não tivesse...

Nem queria pensar sobre isso.

* * *

Sarah Jane colocou o último dos baldes de tinta numa lona que cobria o chão do ginásio. Tínhamos nos instalado lá para a festa dos cartazes, e as outras líderes de torcida estavam começando a chegar. Larguei a caixa dos pincéis com um baque que reverberou alto.

— Como exatamente isso funciona?

Ela pediu para eu desenrolar o papel gigante, parando a cada 4,5 metros mais ou menos para deixá-la cortar os cartazes. Nichele, a incrível substituta, colocava as pedras que pegamos nos cantos para impedir que o papel se enrolasse de volta, e Kyra começou a esboçar as frases com um marcador preto fino.

— Podemos pintar assim que Kee terminar de traçar o contorno das letras — disse SJ. — O ideal é prepararmos o máximo de cartazes que conseguirmos antes de os rapazes chegarem aqui. As coisas costumam ficar meio loucas depois disso.

A porta se abriu de repente quando Lexy entrou arrastando uma lona pesada e a posicionou perto da parede oposta. Foi o trabalho mais pesado que a vi fazer desde que me mudara para a Geórgia.

— Vamos fazer um cartaz imenso com aquela lona. — SJ fez um gesto em direção a Lexy. — Os jogadores colocam a marca de suas mãos e assinaturas, e preenchemos o restante com os marcadores.

Um calafrio percorreu minha espinha pela expectativa de ver Ryan novamente. Eu *tinha* sonhado com o lago, como o engraçadinho dissera. Não uma, mas duas vezes. Nem me fale em não querer acordar.

Kyra terminou rapidamente de fazer o contorno das frases, e começamos a trabalhar em grupos de três ou quatro em cartazes diferentes. SJ, Kyra e eu nos juntamos para pintar *Mt. Sterling É DEMAIS!* num vívido arco-íris de cores.

— Então — disse Kyra, de maneira bem casual. — Ben e eu vimos você e Ryan no lago.

— Por que não falaram com a gente? — Minha voz não revelava nada. — Não os vi.

Os cachos avermelhados pendiam da cabeça, meio escondendo seu sorriso, enquanto pintava o ponto de exclamação.

— Não me surpreende.

Fiquei vermelha, e fiz sinal para que SJ e Kyra parassem de rir antes que chamassem atenção para nós. Felizmente, todas as outras estavam envolvidas em suas próprias conversas e não perceberam meu rubor incandescente.

Contei a elas uma versão abreviada do meu encontro. Bem abreviada.

— Espero que ele tenha lhe dado um beijo de boa-noite desta vez — provocou SJ.

— Ryan é um cara legal. — Kyra mergulhou um pincel numa lata com tinta roxa bem viva. — Esses dois anos foram bem difíceis para ele. Estou feliz de vê-lo contente.

— Como ele ficou? Depois do que aconteceu?

SJ pintou de vermelho dentro do *M*.

— Ele nunca falou sobre o acidente. Não para nós, pelo menos. Mark disse que nunca falou sobre isso com ele também.

— É contra o código de silêncio dos rapazes. — Kyra fez uma careta enquanto desenhava o pingo do *i* girando o pincel com tinta roxa. — É como se achassem que falar de outra coisa que não seja futebol possa sugar a testosterona deles.

Pintei o *D* em pinceladas de azul vivo e me perguntei se Ryan falaria comigo sobre o que aconteceu. Se eu fosse namorada dele — um status ainda incerto —, acho que ele acabaria falando. Que tipo de namoro seria se só dividíssemos coisas superficiais?

Tudo o que sabia sobre aquele dia era que Lexy e a mãe estavam no carro quando um motorista bêbado ultrapassou uma placa de "Pare", atingindo o lado do motorista. Já embriagado às 17 horas, o motorista foi embora quase sem se machucar. Lexy sofreu uma concussão e quebrou o braço, e a mãe de Ryan morreu na hora.

Uma vida que acabou só por causa do vício idiota de alguém. Eu não sabia como Ryan podia suportar isso.

Queria perguntar a ela mais coisas sobre o acidente, mas não ia me arriscar a que Lexy ouvisse. No entanto, quando olhei em volta, ela tinha convenientemente desaparecido. Provavelmente fora descansar num spa depois de trabalhar de verdade por cinco minutos. Nichele e Penny tinham ficado sozinhas para pintar o cartaz *Vamos-Lutem-Vençam*.

Nichele parecia muito mais à vontade agora que Lexy tinha ido embora. Não conseguia tirar o comentário de Heather da minha cabeça: *Nichele Stanton estava por perto durante um tempo, mas não a vi depois*. Não acho que Nichele seria capaz de tirar uma foto de Heather em uma situação comprometedora. Por outro lado, diria o mesmo de Leah Michaels. Pela maneira como Nichele ficava tensa perto de Lexy, eu não podia descartar a possibilidade de uma chantagem.

Precisava falar sozinha com ela e sondá-la para obter informações. O mais sutilmente possível, é claro.

Mudamos para um cartaz que dizia *Orgulho Pantera – Sinta a emoção*, e Sarah Jane deu uma olhada nas letras gigantes de Kyra.

— Isso iria mais rápido com pincéis mais largos. Temos algum no escritório da treinadora Trent?

— Posso ver.

Eu estava começando a ficar impaciente, sabendo que os rapazes logo estariam ali. Iria me fazer bem descarregar um pouco da energia. Não estava ansiosa para ver Ryan — essas borboletas estavam bem —, mas para saber como todos reagiriam ao me ver com ele. Nunca tinha estado num cenário social como parte de um casal antes. Era o momento final de aceitação: quando o mundo todo poderia ver que alguém escolheu *você* em vez de outra pessoa.

Tinha até colocado uma blusinha cintilante para a ocasião. Era um pouco mais grudada do que eu estava acostumada — mais *insinuante* do que *esportiva*, mas estava mais ou menos no mesmo patamar, eu achava. Julguei que a ocasião pedia que apimentasse um pouco mais as coisas. Não queria que nenhuma das Malvadas ou dos Vilões pensasse que Ryan estava se conformando com uma mulher toda largada.

Segui pelo corredor dos fundos e peguei o atalho através da ala de ciências para chegar ao escritório da treinadora Trent. Dobrei a esquina dos laboratórios de química, mas parei de repente ao ouvir um barulho alto saindo do armário do inspetor.

— Juro por Deus, Lexy, se um rato passar em cima do meu pé, saio daqui.

Lexy. No armário do inspetor? Recuei para ver a placa na porta. Na verdade, ali era a sala de controle elétrico.

— Fale baixo, sua idiota. Onde está a luz?

Um pequeno feixe de luz saiu por baixo da porta.

— Feche a porta e coloque as plantas aqui.

As vozes ficaram mais baixas, e me esforcei para conseguir ouvir alguma coisa. Ala de ciências... Abrigo antibomba... Sala de equipamentos...

Plantas da escola? Isso precisava ter algo a ver com a chantagem de Heather.

— Aquela bruxinha nos mandou para um armário de controle elétrico! — Com certeza era a voz de Morgan. Reconheceria aquela voz sibilante em qualquer lugar.

A bruxinha tinha de ser Heather. Elas definitivamente estavam de olho nela.

— Ela acha que nos enrolou — disse Lexy —, mas isso pode ser exatamente o que estamos procurando.

Pressionei minha orelha contra a porta, esperando que ninguém aparecesse no corredor. Ou, pior, que Lexy abrisse a porta de repente. Imaginei que eu fosse pelo menos ouvir a porta ser destrancada antes que ela batesse em mim.

— Ali! — Lexy parecia empolgada demais. — Veja aquele painel de disjuntores. Ala de ciências, abrigo, depósito, sala de equipamentos. Ele segue o layout da escola, então deve estar de acordo com as plantas, certo?

— Eu pareço saber alguma coisa sobre eletricidade?

— É um painel elétrico padrão. Qualquer coisa com energia está ligada a isso aqui. E segue um caminho direto através da escola, então deve estar de acordo com as plantas.

Morgan parecia entediada.

— Acho que sim.

— As plantas vão da ala de ciências para as escadas do abrigo antibomba e direto para a sala de equipamentos. Nada sobre um depósito. Se a câmara é subterrânea e devia ser secreta, onde você acha que estaria?

Fez-se uma longa pausa. *Loooonga pausa*. Eu podia sentir a impaciência de Lexy irradiando pela porta. Que estorvo devia ser ter amigas de cabeça oca. Das amigas Malvadas preferidas de Lexy, Morgan era definitivamente aquela que mais a seguia como uma cachorrinha de estimação, sempre a tiracolo como sua fã número um, mas sem contribuir muito além disso. Tina era a que podia acompanhar Lexy lance a lance em seus jogos manipuladores.

— *Aqui* — rosnou Lexy, perdendo completamente a esperança com sua aliada. — Estaria bem ao lado do abrigo antibomba, e não nas plantas onde qualquer um poderia vê-la.

Ouvi pés se arrastando e corri para um lugar seguro algumas salas de aula adiante, me abaixando atrás da fileira de armários. A porta do armário de controle elétrico abriu alguns centímetros enquanto Lexy se certificava de que não havia ninguém por ali. Vi

Morgan terminar de fechar uma grande bolsa de lona já com as plantas enquanto Lexy fechava a porta com... um molho de chaves?

Inspetor-assistente Rick. Parecia que o dinheiro podia comprar todo tipo de recursos interessantes se você soubesse onde aplicá-lo. Eu me perguntava quem mais estaria na folha de pagamentos. Só esperava que não tivessem tanto dinheiro investido quanto nós tínhamos.

— Leve a bolsa lá para o carro e a coloque na mala — instruiu Lexy. — Vamos precisar das plantas quando formos pressionar Kit Kat.

— O que vai fazer?

Lexy entrelaçou o cotovelo com o de Morgan.

— Vou descobrir como fazer nossa querida maquinadora pagar.

* * *

Quando voltei para o ginásio, o primeiro grupo de rapazes estava chegando. E simples assim, o ginásio se transformou de linha de montagem em uma sessão de paquera.

As garotas encheram as bandejas para as mãos dos rapazes, e os jogadores de futebol americano foram ao trabalho. Mike Braille perseguiu Lexy pelo ginásio, tentando colocar duas marcas vermelhas de mão no traseiro dela (o que, na verdade, achei bem engraçado), e os outros rapazes fizeram fila no vestiário para limpar as mãos. Entreguei marcadores a eles quando voltaram de lá para que pudessem assinar embaixo das marcas de mão, durante todo o tempo mantendo um olho nas portas abertas do ginásio e tentando pensar numa forma de impedir Lexy de infernizar a vida de Heather.

— Ele ainda não está aqui. — Nick Case pegou um marcador verde da minha mão. — Provavelmente está lá fora dando autógrafos e beijando bebês.

Nick claramente não gostava de ver Ryan como centro das atenções. Mesmo que — alô-ou? — quem ele achava que lhe fazia todos aqueles passes?

Lancei para ele meu sorriso gentil de líder de torcida e o deixei para lá. Não paravam de chegar rapazes, mas meia hora se passou sem qualquer sinal de Ryan. Só haviam restado alguns poucos jogadores no ginásio quando finalmente meu desejo foi atendido.

Ryan e Dale deram um soco rápido no braço um do outro e trocaram insultos (por que os rapazes se cumprimentam assim?) antes de Ryan ir até o cartaz. Ele sorriu para mim, mas não demonstrou qualquer intenção de me beijar. Nem sequer deu uma segunda conferida em minha roupa justa.

Lancei-lhe meu melhor sorriso aberto de líder de torcida e arrumei a tinta para ele. Então ele não era do tipo de garoto que gosta de demonstrações públicas de afeto. Nada de mais. Eu também não ficava muito à vontade com isso.

Mas, sério... nada além de um sorriso?

Ryan colocou as palmas das mãos no papel, brincando com um outro jogador, depois foi se lavar. Ele estava atrás da porta do vestiário, fazendo palhaçadas com a linha ofensiva e secando as mãos, enquanto eu esperava pacientemente como a Boa Fada do Marcador e lutava com o comentário de Tina sobre nosso primeiro encontro. Detestava a sensação de que ela estava certa.

— Posso cuidar disso se você quiser alguns minutos para ficar sozinha — ofereceu SJ.

— Estou bem, obrigada — trinei. *Feliz, feliz do lado de fora equivale a feliz, feliz por dentro.*

Os outros rapazes saíram, e Ryan esperou que passassem antes de checar que não havia ninguém e me puxar para o canto. Os lábios dele se grudaram aos meus como chiclete, só que mais gostoso.

— Eu tinha de ver você. — Seus beijos eram macios e rápidos, como pequenas mordidas de amor pontuando as palavras. — Senti sua falta.

— Sonhei com o lago — sussurrei, odiando que tivesse bastado um beijo para eu perdoá-lo por tudo. Ele deu um gemido que me fez sentir muito feminina e satisfeita apesar das dúvidas.

Nós nos afastamos um pouco rápido demais para mim, e ele apoiou a testa contra a minha.

— Pelo menos meu dia finalmente deixou de ser uma droga.

Relaxei um pouco. Ele estava apenas preocupado, era só isso.

— Quer falar sobre o que houve?

Ele balançou a cabeça e deixou uma trilha de beijos da maçã do meu rosto até o canto da minha boca, antes de pousar os lábios novamente sobre os meus para um último beijo enlouquecedor que deixou nós dois sem ar.

— Essa é a melhor terapia.

— Humm. — Era tão natural estar com Ryan. Por que eu sempre precisava analisar tudo?

Ele segurou minha mão enquanto voltávamos para o ginásio, e demos de cara com Nick Case. Nick nos examinou rapidamente com o olhar e sorriu, depois se virou para as cerca de vinte pessoas que ainda estavam no ginásio.

— Senhoras e senhores — disse ele com uma voz debochada, imitando um apresentador. — Permitam-me apresentar o Super-Homem de Mt. Sterling. Mais rápido do que um caminhão em alta velocidade, capaz de alcançar crianças pequenas com um único salto...

Nick fez uma grande encenação aplaudindo e reverenciando Ryan, e dessa vez eu sabia que não estava imaginando coisas quando vi Ryan cerrar o maxilar.

— Cale a boca, Case.

Nick olhou diretamente nos olhos dele.

— O que é que há, Steele? Algum problema em ser o herói local?

O músculo na mandíbula de Ryan saltou, e achei que ele ia dar um soco em Nick.

Satisfeito por ter tirado Ryan do sério, Nick saiu alegremente para paquerar Nichele (que precisava que a Fada do Bom-Senso acertasse sua cabeça, se achava que ele era alguém que valia a pena). Estendi a mão para entrelaçar meus dedos aos de Ryan, porque ele tinha largado minha mão quando nos deparamos com Nick. Ryan a soltou.

— Ele está com inveja — falei. — Não gosta de dividir a atenção dos outros.

— Por mim, ele pode ser o centro das atenções. Todos eles.

Fiquei na frente dele para que tivesse de olhar para mim em vez de para a parede distante.

— Por que detesta ser admirado?

— Qualquer um que me conheça sabe que não sou nenhum herói.

— E ainda assim — reagi — todos que o conhecem acham que você é. Isso não parece estranho? — Estendi novamente a mão para pegar a dele, determinada a romper aquela barreira. — Não há nada de errado em ser um herói, Ryan.

Nossos olhos se encontraram, e vi uma pontada de dor por trás da raiva. Mas a barreira continuou de pé, e ele largou minha mão em apenas alguns segundos.

— Não me transforme em algo que não sou. Não sou o Super-Homem.

— Não me confunda com Nick Case — rebati. — E não me deixe de fora se há alguma coisa errada. Me conte. Eu aguento.

Ele olhou para mim por muito tempo, completamente indecifrável.

— E se você não aguentar?

— Me dê algum crédito.

Sua frustração era palpável, e, espantada, observei-o voltar a se refrear antes que pudesse se abrir. Da maneira como ele estava indo, teria uma úlcera até chegar à faculdade.

— Deixe para lá, Jess. — A voz de Ryan estava muito séria e tão baixa que saiu como um resmungo.

Desviou de mim para sair, mas bloqueei seu caminho.

— Não me dispense como se eu não tivesse importância. — Não ligava se aquilo o irritava. *Eu* estava irritada. Por que os garotos achavam tão fácil me beijar, mas tão difícil serem honestos comigo? — E não finja que é uma pessoa má. Porque conheço pessoas más, e você não chega nem perto.

— Pare de me colocar num maldito pedestal. Não sou nenhum santo.

— Nem eu.

O músculo do maxilar dele se ressaltou quando rangeu os dentes, irritado. Ia ter úlcera *e* uma dentadura quando chegasse à faculdade.

— O dia está sendo difícil — disse ele depois de um minuto. — Publicaram novamente a história com meu nome no jornal, e as pessoas estão me enchendo o saco o dia todo. Notícia de primeira página, grande droga.

Primeira página? *Beleza, Stan!*

— Por que as pessoas estão pegando no seu pé? É ridículo.

— Não estão pegando no meu pé. Mas ninguém fala sobre outra coisa. Por que não me dão um tempo?

— Por que você não pode aceitar o elogio?

Ele olhou para meu rosto, depois de volta para a parede. Balançou a cabeça.

— Não quero brigar com você. Deixe para lá e nos vemos na terça, OK?

— OK. Mas estou feliz que Stan tenha publicado na primeira página. É onde a notícia merecia estar.

Ela não se moveu por um segundo. Nem respirou. Quando finalmente o fez, eu quase podia ver uma fumacinha saindo de suas narinas.

— Foi *você* quem fez isso?

Ele parecia surpreso. E para lá de irritado. Mas eu não tinha feito nada de errado, e me mantive firme.

— Nan fez isso, na verdade. Mas eu estava lá e preenchi as lacunas para Stan quando ele perguntava. — Ryan abriu a boca, mas o interrompi. — Nada do que eu disse é mentira, Ryan. Você precisa superar sua neura, qualquer que seja.

— É muito mais do que uma neura.

— E como eu ia saber? Você nunca se abre comigo.

— Cuidado com o que você deseja. — Os olhos dele estavam frios. — Vejo você na terça.

Eu o vi ir embora, e mal percebi os passos atrás de mim.

— Esqueça, Ladrazinha.

Eu me virei em direção a Lexy e percebi a mesma intensidade que vira nos olhos de Ryan. Fuzilei-a com o olhar, cansada de vê-la tentar destruir tudo o que era meu.

— Fique fora do meu caminho e estará tudo bem.

— Ele merece alguém melhor do que você. Nunca se esqueça disso.

Ela se inclinou para perto de mim — espaço pessoal, o que é isso mesmo? —, e resisti ao impulso de me afastar.

— Nunca será boa o bastante para ele.

Senti uma faca retorcendo no meu peito. Se eu fosse a garota ideal para ele, Ryan se abriria comigo. Se eu estivesse à altura dele, faria parte da vida ao vivo, e não apenas ao telefone. Se eu fosse boa o bastante, talvez pudesse ser A Garota.

Se ao menos...

Olhei de novo para Ryan saindo à luz do sol, cercado de pessoas que sempre tinham feito parte da vida dele, e vi o sorriso fácil voltar. Ele parecia com o Ryan que eu sempre admirara à distância. E ali estava eu de novo, admirando-o à distância, mesmo ele tendo me beijado intensamente menos de cinco minutos antes. Em segredo, é claro. Não precisava ser um gênio para entender que as coisas entre nós dois já não eram mais como eu pensava.

O triste é que provavelmente nunca tinham sido.

Capítulo 17

— ÚLTIMA VEZ — chamou Cassie quando voltamos à formação. Ela nos fez repassar as acrobacias durante toda a manhã para nos dar sugestões enquanto Sarah Jane fazia toda a apresentação conosco.

Tínhamos começado nosso treino de animação de torcida bem cedo para fugir do calor, mas a Mãe Natureza ainda deu a última risada. O suor ensopava nossas blusas; garrafas de água vazias transbordavam da lixeira no canto da área de ensaio. Era como torcer no sol.

Nós nos arremessávamos, pulávamos e fazíamos a sequência de movimentos de nossa apresentação dinâmica, indo mal na sequência de dança, mas arrasando nas acrobacias. Menos o salto com arremesso de basquete. Ainda assim, nada mal para tão poucos ensaios. A equipe com certeza tinha potencial de competição.

Sarah Jane tinha algumas coisas para fazer e queria companhia, mas primeiro ela precisava pedir a Cassie para observá-la como contato regional para seu treinamento Gama. Segui para as arquibancadas, de onde Nichele nos encorajava. Hora de cavar informações.

— As acrobacias são bem difíceis — disse ela, quando a encontrei descendo do último degrau. — Vocês vão arrasar no campo.

— Obrigada. Queria que você pudesse participar também. Você é uma *flyer* incrível.

Nichele corou.

— Continuo trabalhando meu salto de mão para trás. Mas isso me deixa nervosa.

— Vai melhorar com o tempo. Quando conseguir, você com certeza vai entrar para a equipe.

Encontramos alguma sombra embaixo da arquibancada — uma escolha irônica de lugar, com certeza — e abri uma garrafa d'água.

— Nossa, está bom aqui fora do sol. Nunca vou me acostumar ao calor deste lugar.

Dei uma espiada além da área de treinamento, prestando atenção com minha visão periférica nos olhares furtivos de Nichele para a outra ponta das arquibancadas. Ela até se posicionou de maneira a não ter de olhar para lá o tempo todo.

Eu me virei naquela direção e balancei a cabeça.

— Então foi ali que aconteceu? Eles podiam ter escolhido um lugar um pouco mais reservado.

Nichele roía a unha.

— Quero dizer, quem pensaria nisso? — Bebi outro gole. — Mas se tinha de acontecer, tinha de acontecer. Só acho que ninguém devia estar ameaçando os dois com fotos.

— Não acho que tinha de acontecer — disse ela baixinho. — Cameron é que vai se magoar.

Ela desviou o olhar, e eu esperei. Alguns segundos se passaram enquanto eu observava a lâmpada acesa. Ela se virou para mim, os olhos se arregalando quando se deu conta.

As Malvadas tinham o cuidado de manter as fotos sob controle — não poderiam usá-las para chantagem se vazassem —, mas Nichele havia acabado de confirmar sua existência. Como Nichele não era uma Malvada, a única forma de saber sobre as fotografias é se ela mesma as tivesse tirado.

— Não vou entregar você — falei suavemente, quando achei que ela fosse começar a chorar. — E não precisa me contar por quê. Sei que não teria feito isso se tivesse tido escolha.

Nichele piscou com força, mas continuou em silêncio.

— Sei que está assustada. Fui alvo delas também. Mas quero ajudar e estou tentando. Confie que vou resolver tudo isso, OK?

Ela fez que sim com a cabeça, sem falar nada e lutando para conter as lágrimas. Pegou a bolsa e a água, mas a detive antes que fosse embora. Até eu ter um plano para derrubar as Malvadas, o mínimo que podia fazer era lhe contar a única estratégia em que confiava.

— Só me prometa uma coisa?

Nichele olhou para mim como se promessas fossem a última coisa em sua cabeça, mas assentiu de leve.

— Prometa que vai encontrar alguém para apoiá-la. Nunca as deixe surpreenderem você sozinha.

※ ※ ※

Sarah Jane e eu pegamos um lanche para viagem e estacionamos embaixo de uma árvore perto da biblioteca. Depois de sentir o vento no meu cabelo por um tempo, consegui parar de pensar em Heather e Lexy, e em Nichele sendo arrastada para uma briga que não era dela. Mas o alívio momentâneo daquela angústia mental foi rapidamente substituído pelo drama em relação a Ryan. Como era possível que eu pudesse gostar tanto dele em tão pouco tempo, mesmo quando parecia cada vez mais que se tratava de uma via de mão única? Aquilo era amor, atração ou apenas um arrebatamento pelo romance e grandeza de tudo aquilo?

— Posso lhe perguntar uma coisa? — Engoli um pedaço de cheeseburguer. — Algo pessoal, quero dizer.

Sarah Jane mastigava uma batata frita.

— Manda.

— Como soube que tinha se apaixonado por Mark? Tipo, quando isso aconteceu?

— Uau. Não sei, J. Isso foi há muito tempo.

— Você pode tentar lembrar? É importante.

Sarah Jane se reclinou, tomando sua bebida.

— Eu ficava louca com os garotos antes de conhecer Mark — disse ela, depois de um tempo. — Sempre ficava me perguntando o que eles estavam fazendo, se estavam pensando em mim, se iam ligar. Mas isso era mais um tipo de paixão passageira.

O que soava exatamente como minha situação com Ryan.

— Como soube que isso mudou?

— Acho que foi quando eu o conheci. Conheci *mesmo*. E parei de me perguntar o que ele estava fazendo e comecei a pensar em como estava se sentindo. Se ele tinha treino, queria saber como tinha ido e se o joelho estava incomodando com as corridas e exercícios. Se ele tinha uma discussão com os pais, queria saber se estava bem e se queria conversar. — Ela ergueu um ombro. — Para mim, isso é amor. É conhecer bem alguém e se conectar profundamente com ele. Preocupar-se com o que a pessoa é por dentro, não só com a pessoa que ela deixa o resto do mundo ver.

— E se o cara não deixa você conhecê-lo a fundo?

Ela suspirou.

— É difícil conhecer Ryan. Foi horrível quando a Sra. Steele morreu. Cassie, Ryan, Lexy... nenhum deles sabia como lidar com isso. Cassie já fez grandes progressos, principalmente por causa das Irmãs. Mas Ryan e Lexy mudaram a níveis realmente fundamentais.

Meu coração sentiu uma pontada de tristeza por Ryan, e desejei de novo que se abrisse para mim. Embora não tivesse muitas esperanças depois do incidente na festa dos cartazes. Por outro lado, não senti nem de perto tanta compaixão por Lexy. Até fiquei mal por isso, mas é difícil sentir compaixão por alguém que trata o mundo como se fosse uma lixeira.

— Como Lexy era?

— Como nós.

Levei um minuto para absorver aquilo.

— Com isso você quer dizer "como as Cindys"? — De jeito algum podia acreditar naquilo. Lexy era Malvada até a alma.

— Cassie já era uma Cindy, e a mãe, uma Delta de alto nível. Lexy teria estado entre as recrutadas do primeiro ano naquela primavera. Seu convite era certo.

— Lexy *sabia* sobre a Irmandade?

— Foi criada para isso, mas nunca de um jeito que comprometesse os segredos da Sociedade.

— E então passou para o lado negro?

— Lexy e eu éramos amigas desde que fizemos ginástica juntas no ensino fundamental. Ela não conseguia me encarar depois de confessar o que aconteceu no carro naquele dia. Quando o efeito dos analgésicos passou, e ela percebeu o que tinha dito... — A voz de Sarah Jane falhou, e ela se ocupou colocando nossas embalagens e caixas na sacola. — Fez questão de se afastar depois do funeral. E as Malvadas a admitiram porque é incrivelmente forte. Nossa perda foi o lucro delas. Lexy teria sido uma boa Cindy.

— Se é o que você diz...

— É verdade. — Sarah Jane abriu a porta, pronta para jogar fora nosso lixo e seguir. — Não a subestime, J. Lexy é bem mais do que você pode imaginar.

Eu nunca tinha visto o Campo antes — o quartel-general das Malvadas —, então Sarah Jane estava me levando pelo caminho mais longo pela cidade, fazendo o tour comigo. Passamos por uma propriedade suntuosa protegida por uma magnífica grade de ferro forjado.

— Esse aqui é Worthington Estates, o acampamento onde Paige está trabalhando neste verão.

Meus olhos se arregalaram. Não se parecia com qualquer acampamento que eu já tivesse visto.

— Está falando sério?

— É um lugar de treinamento para filhas das mais famosas Cindys do planeta. Também convidam moças que são legados de grande potencial cujas mães não são famosas, e é uma grande honra receber um convite. É onde elas vão ter o primeiro gostinho do estilo Cindy. Tudo isso sem comprometer nosso segredo, é claro.

Não era o máximo?

— Mas por que as filhas das Cindys famosas? Elas já não têm todas as oportunidades?

— Elas também estão sob os holofotes mais do que outras garotas. Tudo o que fazem vira notícia, então não há incentivo algum para que se desenvolvam. Ninguém quer ver os fracassos pessoais delas, mesmo os pequenos, numa capa de revista na fila do caixa. Mas, como eu disse — acrescentou ela —, não é apenas para aquelas que são legados famosos. Outras garotas que são legados podem ser indicadas também. Querem que esse lugar seja uma mistura de experiências: as filhas famosas precisam de tempo com outras garotas comuns que não queiram nada delas, e as garotas comuns precisam se sentir à vontade perto das ricas e famosas. O acampamento coloca todas no mesmo nível.

Eu gostaria de ter passado por ali. Talvez não tivesse ficado tão deslumbrada perto de Audrey no começo.

— Não que as garotas saibam de nada disso. — SJ riu. Ela deu uma olhada pelo espelho retrovisor quando deixamos a grade para trás. — Acham apenas que é um tipo de acampamento e resort de luxo, para onde as mães as mandam todo verão.

A propriedade foi sumindo de vista enquanto seguíamos em direção ao Campo.

— O processo de seleção para conselheiras de acampamento é superconcorrido. Paige tinha o cargo de líder das Cindys, referências da Girls Inc. Discovery Leadership e toneladas de trabalho voluntário pesando na balança a seu favor, mas ainda assim teve de passar por três séries de entrevistas, além de conseguir recomendações de cinco Deltas, antes de conseguir o emprego. É uma grande conquista. — SJ entrou em uma estrada de cascalho alguns quilômetros adiante. — Você devia tentar encontrá-la lá pelo menos uma vez enquanto está trabalhando. Seria bom ver essa parte da Sociedade... E aqui estamos.

Tinha ficado tão envolvida com as histórias sobre a propriedade que havia deixado de prestar atenção nos arredores. Se ela não parecesse tão séria, acharia que estava me pregando uma peça.

O Campo era um campo de golfe abandonado que pertencia à família de uma das Malvadas. Tinha fechado anos atrás quando a estrada lateral em que ficava não acompanhou a pavimentação do restante da região. Após alguns anos, as estradas pavimentadas foram se desenvolvendo com o aparecimento de casas e negócios até que poucas pessoas se arriscavam a passar pela antiga estrada particular. Fomos para o acostamento, protegidas por uma área repleta de arbustos, e SJ desligou o carro.

Embora as Malvadas fossem obcecadas pela aparência de poder, o Campo era qualquer coisa menos imponente. Por dentro, não tenho dúvida de que tinha sido remodelado para os costumeiros padrões exagerados das Malvadas. Mas por fora não tinha nada de notável. A sede ficava recuada da estrada e parecia velha, acabada e sem vida. A tinta estava descascando na lateral, e persianas pendiam negligentemente nas janelas escurecidas. Pelo estacionamento, ervas daninhas cresciam em moitas. A maioria das pessoas não olharia para esse lugar uma segunda vez. Mas um segundo olhar teria lhes dado uma pista de que nem tudo era o que parecia.

Sob as calhas cheias de folhas no beiral se escondiam luzes de segurança de alta tecnologia. Havia câmeras de vigilância enfiadas em fendas nas velhas torres de refletores que iluminavam o Campo para prática noturna em sua época áurea. Havia correntes nas duas entradas, mas uma cerca eletrônica discreta na ponta dava acesso aos terrenos. Uma grande construção, como um celeiro, ficava perto da sede, provavelmente oferecendo espaço para estacionar longe de olhos curiosos. Até a porta da sede, embora castigada pelo tempo e desgastada na aparência, era sólida e reforçada com duas trancas.

Aquilo tudo dava um novo sentido à expressão "se esconder à vista de todos".

SJ ligou o carro e dirigiu o restante do caminho rumo à rua sem saída. Um El Camino malconservado estava estacionado meio torto perto da grade de aço que sinalizava a rua sem saída. Sarah Jane manobrou lentamente para retornar e passou novamente em frente à sede. Mas, em vez de seguir adiante para a rua principal que nos levaria de volta à cidade, desacelerou perto de algumas árvores no canto mais distante do estacionamento. Parou, estreitando os olhos em direção ao bosque.

Não consegui ver nada a princípio, mas um movimento perto da base de uma árvore chamou minha atenção. Uma das Malvadas parecia estar ali parada falando com alguém, acenando a mão com raiva ou frustração, não sabia dizer ao certo.

Sarah Jane prosseguiu um pouco.

— Espere — falei, estreitando os olhos mais de perto. Aquilo não podia estar certo. Não era uma Malvada, mas...

— É *Heather*?

Vimos Heather desaparecer em meio às arvores e depois reaparecer guiando um homem pelo cotovelo. O homem tropeçava nas raízes expostas, agarrado ao que sobrava de um pacote de seis latas de cerveja. Heather olhou para o Campo, como se avaliasse se era seguro atravessá-lo, e pôs-se no caminho de cascalho, indo para o outro lado da propriedade.

Foi quando Heather nos viu. E Lexy viu Heather.

Uma figura tinha surgido da área do galpão que parecia um celeiro enquanto estávamos concentradas nas árvores. Um grupo de Malvadas a seguia, todas caminhando de forma decidida em direção a Heather e seu pai.

Soltei o cinto e abri a porta antes que Sarah Jane conseguisse me dizer qualquer coisa.

— Essa luta não é sua, Jess.

— Como pode não ser? — Deixar Heather se defender sozinha já era ruim o bastante. Deixá-la defender-se de um bando de Malvadas em seu próprio território enquanto tentava manter o pai de pé era inconcebível. — Vou com ou sem sua ajuda.

Relutantemente, ela abriu a porta.

As Malvadas tiravam fotos com os celulares enquanto se aproximavam, e Tina estava filmando. Só esperava que não fosse uma transmissão ao vivo.

— Bem quando eu pensei que o dia não podia ficar melhor — Lexy dizia a Heather enquanto nos aproximávamos por trás. — Você não poderia ter tornado as coisas mais divertidas, nem se tivesse planejado.

Heather se virou para o pai.

— Vá me esperar no carro. Estarei lá num minuto.

Lexy deu uma olhada na camisa suja e no jeans puído, o nojo curvando seus lábios.

— E quando estiver lá tente se lembrar de qual foi a última vez em que tomou banho.

O Sr. Clark estufou o peito como se estivesse indignado, fazendo com que a embalagem de cervejas escorregasse de seu braço. Ele conseguiu pegá-la antes que caísse no chão. Uma lata estourou e um jato de cerveja esguichou na calça capri de Morgan.

— Idiota! — gritou ela.

A raiva do Sr. Clark — provavelmente por ter perdido a última cerveja — concentrou-se em Heather.

— Não me dê ordens — rosnou ele, falando com a voz arrastada. Ergueu o queixo e se arrastou cambaleante pelo estacionamento em direção ao El Camino.

Lexy parecia ter recebido o presente do século.

— O que fazer com essas fotos novas? O que fazer, o que fazer, o que fazer...

— Que tal nada? — falei, aproximando-me por trás.

Lexy virou-se rapidamente, assim com as outras Malvadas. Uma agitação de cliques de câmera se seguiu.

— Você é bem valente, não é? — indagou Lexy. — Essa é a primeira vez que uma de vocês foi corajosa o suficiente para pisar aqui.

— Isso que você saiba.

Ela estreitou os olhos.

— Isso é propriedade particular, Ladrazinha, e você está invadindo. Não tem nada para fazer aqui.

— Heather contra seis de vocês? Isso não me parece justo. Pelo menos Heather é firme o bastante para enfrentá-las sozinha. Não precisa de um bando de parasitas para acompanhar cada movimento que faz.

— Mas precisa de você.

— Estou aqui porque quero estar. Porque nós... — disse, fazendo contato visual com Sarah Jane — queremos estar.

Sarah Jane assentiu levemente, mas não disse nada.

Lexy se virou de volta para Heather.

— Não pense que isso acabou, Kit Kat. Tenho planos especiais para você.

— Já disse a verdade para Cameron. Ele não está falando comigo, então não ligo a mínima para o que você vai fazer com as fotos. — Heather projetou o queixo. — Vá perturbar outra pessoa.

Aquela Jovial finalmente tinha encontrado sua voz. Talvez fosse por ter um apoio com que pudesse contar. Ou talvez fosse mesmo a hora dela.

Lexy parecia surpresa, mas rapidamente se recuperou.

— Vou usar aquelas fotos para embrulhar meus presentes de Natal este ano. Você não tem nem um pouquinho de orgulho?

Heather olhou além de nós para o El Camino, onde o pai tentava, sem sucesso, abrir a porta. Seus olhos encontraram os de Lexy.

— O que você acha?

Ela passou por nós antes que Lexy pudesse responder. Nós a vimos ir embora: Lexy calculando a próxima jogada, as Malvadas tirando fotos, Sarah Jane em silêncio.

— Ela pode não ter mais orgulho algum, mas sei de alguém que tem *e* que gosta de privacidade. — Lexy e Tina trocaram um olhar de expectativa que me deixou preocupada.

O Sr. Clark podia ser orgulhoso, mas eu duvidava que até mesmo ele pudesse acreditar que tinha algum tipo de privacidade. As coisas que aprontava quando bebia eram lendárias em toda a cidade. Como só havia mais uma pessoa no campo da Rede de Apoio de Heather, não era difícil imaginar o que Lexy tinha em mente.

Cameron podia não estar falando com Heather, mas ia receber uma visita da líder das Malvadas.

* * *

As cadeiras no escritório da líder não são nem de longe tão confortáveis quanto parecem. Claro, têm um acabamento em microfibra macia e bonitos encostos altos, mas quando tudo o que você quer é se jogar e relaxar, deixam um pouco a desejar. Eu realmente precisava de uma cadeira de relaxamento.

Vinha me escondendo na mesa do escritório, trabalhando com diferentes cenários que pudessem explicar o grande plano das Malvadas. Enquanto isso, o calor da raiva dentro de mim aumentava. As borboletas estavam se queimando. E ter de dividir o escritório com Paige no momento não estava ajudando em nada.

Sarah Jane tinha me dado a maior lição de moral sobre escolher as minhas batalhas durante todo o caminho de volta do Campo. Disse que se eu me intrometesse para salvar cada uma das Joviais, nunca aprenderiam a se defender sozinhas. Até onde eu podia ver, não se intrometer *nunca* também não era a resposta.

Ali estava eu dando um duro danado por uma Irmandade que a) só me daria apoio quando eu jogasse segundo suas regras, b) não me contava nada sobre toda aquela história da câmara secreta e c) queria que eu deixasse Heather para os lobos depois de ela ter confiado em mim.

Estava me sentindo um peão. Um rato num labirinto tentando achar o caminho até a linha de chegada enquanto pessoas gigantes pairavam, isolando uma e outra passagem, todo o tempo me dizendo que era para meu próprio bem.

— Só fique orgulhosa por ter completado sua missão *e* dado à ÍSIS um alerta crítico sobre a câmara ao mesmo tempo — estava dizendo Paige. — ÍSIS está impressionada.

Naquele momento, não estalaria os dedos duas vezes em louvor à ÍSIS. Quem liga para uma visão global quando a Jovial que se quer salvar está afundando?

Mas Paige também não conseguia ver isso.

— Sei que você quer salvar todo mundo, mas precisa manter as emoções sob controle. Você está liderando o combate, mas não está fazendo isso sozinha. Não pode vencer se não tiver as Cindys por trás de você.

Manter minhas emoções sob controle. Claro.

— Você não sabe como é ser uma Jovial sem qualquer sistema de apoio, Paige. Para você, isso é tudo estratégia. Para mim, é pessoal.

— Acha que é a única Cindy que já foi um alvo? — perguntou ela, incredulamente. — Quando eu estava no primeiro ano, havia uma Malvada do último ano que implicava comigo. Estava quase desistindo da ideia de que algum dia fosse me livrar dela quando, um dia, ela me fez tropeçar no refeitório e meu almoço e eu saímos voando. — Ela fez uma pausa, os olhos distantes como quem está se lembrando. — Ainda me lembro do som que a bandeja fez quando caiu. O barulho foi ensurdecedor. Não acho que havia uma única pessoa lá que não estivesse me olhando, toda esparramada no chão, com leite formando uma poça em volta dos meus joelhos e com uma surpresa de atum no cabelo.

Estremeci. O almoço era o momento mais vulnerável para o status social de qualquer um. Ser humilhada por uma Malvada no meio da Central Social era um destino pior do que a própria surpresa de atum.

— Eu queria chorar — disse Paige —, mas não daria essa alegria a ela. E então Cassie se levantou da mesa das líderes de torcida. Veio até onde eu estava como se fosse a coisa mais normal do mundo, me ajudou a colocar as coisas de volta na bandeja e a jogar tudo fora.

Os ombros de Paige relaxaram, o pesadelo tinha acabado.

— Se Cassie não tivesse me dado apoio naquela hora, eu provavelmente teria deixado as Malvadas vencerem. Teria simplesmente desistido. Mas não desisti porque Cassie, naquela ocasião, me mostrou que valia a pena me ajudar. Então, na vez seguinte em que a Malvada veio atrás de mim, decidi me ajudar. Eu me defendi, e foi então que as coisas começaram realmente a mudar. Pouco a pouco saí do buraco que tinha deixado as Malvadas cavarem para mim.

Ela me olhou de volta.

— Você não precisa salvar todo mundo, Jess. Às vezes um ato de gentileza casual que parece não ser nada para você pode significar tudo para outra pessoa.

Trabalhamos em silêncio depois disso. Era encorajador saber que Paige tinha passado de uma Jovial-alvo para uma respeitada líder Cindy. E entendi o que ela quis dizer com "ato de gentileza casual". O fato de SJ ter me dado apoio naquela primeira noite no Moinho me dera esperança pela primeira vez desde que Lexy tinha colocado os olhos em mim.

Mas em vez de esses fatos terem um efeito tranquilizador, eu ainda estava tomando chá gelado de framboesa para aplacar a queimação no meu estômago. Como poderíamos derrotar as Malvadas, que estavam aumentando suas fileiras, com uma estratégia ao estilo "cantor de um único sucesso"? As Malvadas se encontravam quilômetros à frente e ali estávamos nós, sempre reunindo mais informações importantes e oferecendo pequenas ajudas casuais de proteção real.

Uma ideia começou a se formar na minha mente. Era hora de parar de tentar empatar o jogo e partir para o ataque.

* * *

Algumas horas depois, Paige girou em sua cadeira.

— Preciso resolver uma coisa rapidinho — disse ela. Fez *log off* no computador e trancou a gaveta de cima. — Volto para nossa reunião das três horas. Não trabalhe demais, OK?

Eu me recostei para esfregar os olhos depois que ela saiu. Estava me sentindo traída. Pelas Cindys, que queriam que eu liderasse, mas só se fizesse as coisas do jeito delas, e por Ryan, que agia como se eu fosse tudo para ele, mas, no mundo real, mal admitia estar comigo. Tentava tanto ser o que todos queriam que eu fosse, e ainda assim, sempre que olhava em volta, estava fracassando.

Se seguisse meu coração no que dizia respeito a Heather, corria o risco de perder a aprovação das Cindys. Se cedesse à pressão das Cindys, deixaria Heather à sua própria sorte. Talvez a vida fosse mais fácil nos tempos em que eu não me enturmava. Pelo menos naquela época só desapontava a mim mesma.

Não era uma expert em liderança, mas sabia de uma coisa: nenhum bom líder se curvou à pressão dos amigos em vez de fazer o que é certo. Podia não estar fazendo um grande sucesso depois da minha transformação (se tivesse, Ryan não estaria orgulhoso por me ter ao seu lado?), não estar conseguindo manter em dia minhas tarefas do MTC ou não estar conseguindo descobrir como combater o aumento no número de novos integrantes das Malvadas. Mas eu ainda era eu: A Boa Samaritana e Voluntária, defensora das causas que valiam a pena e pessoas que precisavam de ajuda.

Coloquei a cabeça para fora para me certificar de que as outras estavam ocupadas na Sala de Estudos e então fechei a porta do escritório.

O escritório da líder podia não ser glamouroso, mas era bem-equipado. Havia uma escrivaninha com um computador, uma mesa redonda e cadeiras, estantes cheias de materiais de referência e um arquivo com chave.

Se quiséssemos derrotar as Malvadas, precisávamos parar de reagir e assumir o controle. Vamos ver se as Malvadas gostam de ficar em estado de combate.

Como você cria um plano de ataque quando seu inimigo está em todos os lugares?

Regra #1: Comece de cima.

A questão era, como lidar com Lexy? Se coubesse a mim, eu a atacaria com tudo o que tínhamos e acabaria com ela do jeito que merece: da forma mais humilhante possível. Se pudéssemos tirar o poder de Lexy, as Malvadas iriam lutar umas contra as outras pelo poder. Essa situação criaria o caos nas suas fileiras e nos daria uma chance de atacar de novo quando não estivessem tão bem protegidas.

Mas até eu sabia que esse não era o estilo Cindy. O estilo Cindy seria tentar chegar até ela. Se Sarah Jane estivesse certa sobre ela ter sido criada para a Irmandade, uma parte disso ainda devia existir dentro dela, certo? Pelo menos na teoria. Como Gaby tinha dito, nenhuma Malvada era cem por cento ruim. Embora, pessoalmente, eu achasse que Lexy chegava bem perto disso.

Para conseguir atingir Lexy, teria de compreendê-la da mesma forma como ela compreendia as Joviais. Ou me compreendia, a propósito. A única coisa que realmente sabia a respeito dela, além de que fazia parte de um legado Cindy, era que adorava Ryan. Se o fato de Ryan prestar atenção em mim podia fazê-la se desconcentrar de seu joguinho o suficiente para que criasse um boato genérico como aquela tentativa patética de dizer que eu tinha DST, a família definitivamente mexia com sua psique. Talvez fosse a chave para conseguir atingi-la.

Eu só tinha acesso aos arquivos pessoais do nosso grupo de Cindys e aos perfis das Malvadas e Joviais-alvo. Mas precisava de um histórico detalhado das outras Cindys da família de Lexy, e dela como seu legado. O que tinham visto naquela época, antes do acidente? Paige e Sarah Jane estavam fazendo segredo das coisas, então, se eu quisesse respostas, teria de consegui-las sozinha.

Dei uma espiada nas gavetas da escrivaninha, procurando alguma coisa que chamasse minha atenção. A gaveta que Paige tinha trancado não se movia, e as outras não tinham nada de útil. Passei o dedo pelo arquivo trancado.

Os documentos de legado das últimas Cindys estavam no arquivo da líder. O upgrade do novo sistema tornaria aquelas pastas obsoletas, mas ainda tínhamos algumas semanas antes de Sarah Jane conseguir passar todos os arquivos para formato digital.

As mulheres da família Steele vinham sendo Cindys havia muitas gerações, e agora uma delas era líder das Malvadas. Isso tinha de ser importante.

Voltei à escrivaninha e revirei as gavetas em busca de uma chave. Hidratante labial, algumas moedas, prendedores de cabelo, uma caixa de clipes de papel...

Clipes de papel?

Peguei um e o examinei. Sabia que dava para se usar clipes de papel para abrir fechaduras — tinha visto isso num episódio de *Crime Watch, Vegas* —, mas como fazer isso? Eu o enfiei na fechadura do arquivo e girei. O clipe se retorceu, mas não aconteceu nada. Tirei o clipe de lá e tentei me lembrar do episódio. Curvar aqui, esticar aquela parte ali, deslizar o clipe para dentro e dar uma sacudidinha. Parar, encurvar de novo e dar mais uma sacudida.

Nada. Eu claramente não era boa em abrir fechaduras, e estava ficando sem tempo.

A menos que... A parte pequena da fechadura não devia ficar para dentro quando trancada? Era assim que funcionavam os arquivos no antigo escritório da minha mãe. Então se não estava para dentro...

Peguei o puxador da gaveta de cima, e ela abriu, fácil, fácil. *Bingo*. Fiz uma nota mental para sempre colocar a tranca para dentro quando o escritório fosse meu.

Dei uma olhada rapidamente no conteúdo da gaveta do arquivo para me orientar. Atas de reunião, currículos para níveis Alfa, Beta e Gama, pastas para as atuais Cindys...

As pastas das que pertenciam a um legado.

Não eram muitas, então pulei depressa para as da letra S, esperando ter sorte. *Steele*.

Puxei o arquivo da família Steele. Uma pasta de cor diferente estava por cima, com os dizeres *Elizabeth (Harrington) Steele*. Não era um arquivo detalhado, como os nossos, mas uma pasta pequena, com poucos documentos. O arquivo completo provavelmente estaria no lugar onde se arquivavam os registros importantes.

Hesitei, mas só por um segundo. Se a Sra. Steele tivesse sido metade da Cindy que diziam que era, teria entendido que situações desesperadas exigem medidas desesperadas.

Abri a capa. A foto dela sorriu para mim. Era uma versão mais velha de Cassie, tão bonita quanto, com o mesmo calor nos olhos. Podia ver Ryan nela também, e até mesmo Lexy, embora ela não tivesse as feições mais duras de Lexy.

Suavemente coloquei a foto de lado e olhei embaixo. Havia uma pequena lista das conexões da família na Sociedade: a Sra. Steele, sua mãe e avó, Cassie, e uma anotação sobre Lexy com uma referência ao gráfico 4.7. Virei as páginas. O que era o gráfico 4.7? Tratava do fato de Lexy fazer parte de um legado? Ou tinha a ver com as Malvadas?

Ouvi uma batida na minha porta particular para o Centro de Comando uma fração de segundo antes de ela se abrir. Fechei a capa e coloquei as duas mãos sobre a pasta.

Sarah Jane notou que a porta do escritório da líder estava fechada e parou.

— Desculpe. Achei que estivesse estudando. — Ela viu a gaveta aberta do arquivo, a pasta na mesa. Os olhos correram para a foto da Sra. Steele a alguns centímetros da minha mão. — Não sabia que Paige já tinha te dado as chaves. Você deve estar fazendo um grande progresso.

Olhei de volta, entendendo naquele instante o que a expressão *parecendo um gato assustado* queria dizer. Nunca tinha sido flagrada fazendo algo errado antes. Como as pessoas reagem quando são descobertas no ato?

Sarah Jane ficou desconfiada. Olhou o arquivo mais de perto dessa vez, e ouvi sua inspiração forte. O clipe de papel se destacava da fechadura como um farol da vergonha.

— Você *arrombou* o arquivo?

— Não! Paige o deixou aberto.

Ela não parecia convencida.

— Eu não sabia disso até enfiar o clipe de papel — admiti.

Sarah Jane parecia chocada. O que era justo, até eu tinha de aceitar, mas ainda assim isso me colocou na defensiva.

— Não *teria* de arrombar nada se alguém me dissesse o que eu preciso saber pelo menos uma vez.

— Ah, meu Deus, J. — Sarah Jane parecia confusa como eu nunca a tinha visto antes. — Você não pode... se Paige descobre... Cassie vai surtar...

— Ninguém vai surtar, porque ninguém vai contar a ninguém. — Falei com uma autoridade que surpreendeu até a mim mesma, mas tínhamos chegado a um ponto crítico. — Sou a nova líder? Não me escolheram especificamente como a nova líder mesmo quebrando a tradição?

— Isso não te dá o direito de *arrombar os arquivos*.

— Se vocês queriam um fantoche, deveriam ter escolhido outra pessoa. Mas escolheram a mim, alguém que está disposta a fazer a coisa *certa*. Se isso significa bisbilhotar o passado de Lexy para salvar Heather, então que seja.

— As coisas são do jeito que são por uma razão. Não pode simplesmente fazer o que quer sem o consentimento de ninguém. Não é assim que a Irmandade funciona.

— É fácil bancar a certinha quando não se tem nada em jogo, não é, Sarah Jane? Não a vejo tendo de encarar uma missão contra Lexy. Não vejo ninguém te dizer para deixar alguém ser esmagado pelas Malvadas porque "nós temos pessoas trabalhando nisso". Tudo o que vejo é você ficando em silêncio na única vez em que te pedi ajuda e depois me dando lição de moral por ser muito impulsiva. Pelo menos estou fazendo *alguma coisa*.

Sarah Jane ficou pálida.

— Só porque não vê não significa que ninguém esteja fazendo nada. Há muito mais em jogo do que você sabe.

— Exatamente. O. Que. Eu. Disse.

Kyra e Gwen entraram no escritório Gama na outra ponta, e fechei a porta entre nós, deixando Sarah Jane do lado de dentro comigo. Estava oscilando entre surtar e explodir, então apontei para a cadeira em frente à minha escrivaninha.

Sarah Jane se sentou; fiquei de pé. O poder tinha tudo a ver com o posicionamento. Sabia disso pelas Malvadas.

— Eis aqui o que vai acontecer — falei calmamente. — Você não vai dizer uma palavra sobre isso a ninguém. Vou explicar a Paige depois que tiver terminado, de líder para líder. Enquanto isso, preciso tentar descobrir como manter Heather longe de Lexy. Está sempre me dizendo para confiar em você, não? Bem, é sua vez de confiar em mim. Sei o que estou fazendo.

Ela parecia cética, então fui direto ao ponto:

— Se você me detiver e Heather se machucar, nunca irá se perdoar. Não coloque esse peso em sua consciência, Sarah Jane.

O rosto de SJ ficou pálido quando a flecha acertou o alvo. Mas os ponteiros do relógio de parede acima dela me deixaram inquieta. Paige estaria de volta a qualquer minuto para nossa reunião, e precisava arrumar tudo depressa. Indiquei com a cabeça a porta particular para o escritório Gama.

— Se não quer se envolver ainda mais, volte por aquela porta e esqueça que isso aconteceu.

O rosto de Sarah Jane começou a se inflamar. A natureza normalmente zen estava travando uma batalha com suas emoções. Medo, raiva, tristeza, desespero. Tanta coisa passou por seu rosto... Em silêncio, se virou para ir embora.

A porta se fechou com um clique quase inaudível.

Coloquei a foto da Sra. Steele na pasta, prendi tudo junto com o elástico e guardei de volta no arquivo antes de pegar o clipe incriminador e colocá-lo no bolso. Graças à interrupção de Sarah Jane, não tinha achado nada que pudesse usar contra Lexy. Ou eu precisava arrumar outra hora para vasculhar o escritório quando não houvesse ninguém por perto ou teria de pensar em um plano B. De um jeito ou de outro, estava por minha conta. Voando solo em uma nuvem de justiça.

Uma nova xerife tinha chegado à cidade, e ela não prendera ninguém.

Capítulo 18

SENTEI NO MEU QUARTO estudando o closet à procura de roupas dignas de um encontro, batendo os dedos na colcha da cama num ritmo irritado. Sarah Jane vinha me aconselhando havia algum tempo para deixar de me preocupar com a aparência que eu achava que devia ter e me concentrar no que fazia me sentir melhor comigo mesma. Até tinha me chamado de lado depois da festa dos cartazes para me dizer que alguns dos rapazes vinham falando sobre mim. Nada terrível, mas o suficiente para me lembrar de que não precisava escolher minhas roupas em busca de atenção.

— Você não precisa exagerar — disse ela. — Mais não é sempre melhor.

— É fácil para você dizer — rebati. Não precisaria exagerar se fosse como Sarah Jane. Ela podia usar um saco de lixo e um tutu e ainda assim ficar incrível. Mas queria ver o que ela acharia se ficasse um pouco no meu lugar.

A questão era que os rapazes tinham me notado, mas Ryan mal tinha olhado para mim. Ele notava a Loura Falsa e a Peituda, então por que não eu? De que adiantava um estilo próprio se a pessoa por quem você se interessa não a acha atraente o bastante para assumi-la em público?

Mas não, as Cindys tiveram de me lembrar que havia escolhido meu estilo próprio descontraído, feminino e esportivo por uma razão. Tinha de honrar aquilo e me manter firme ao que eu realmente era. Preciso admitir que vinha intensificando gradualmente a questão da imagem, mas só estava tentando me misturar à turma de Ryan. Estava cansada de me sentir pouco importante. Ou, pior, como alguém que provoca constrangimento. Além disso, quem eram as Cindys para dizer que eu tinha acertado da primeira vez? Quem eram elas para assumir que conheciam a verdadeira eu?

Queria me sentir perfeitamente integrada ao lado de Ryan, não importava onde estivéssemos. Então tentava ajustar minha imagem para ficar um pouco mais moderna, um pouco mais ousada, um pouco mais sexy. A última parte me deixava desconfortável — como a blusa da festa dos cartazes que ele nem tinha notado —, mas nunca admitiria isso para SJ. Tudo o que queria era que Ryan me colocasse na mesma categoria das outras namoradas. Talvez estivesse na hora de ser arrojada em vez de me prender ao meu jeito de "vizinha alegre de cara lavada".

Então sentei na minha cama, pensando nas críticas de Sarah Jane e no comentário irritante de Tina sobre Ryan me esconder no canto. Sem falar da provocação de Lexy de que Ryan merecia algo melhor.

Não conseguia fazer aquilo dar certo não importava o que tentasse. Meu novo visual era exagerado (mas não o suficiente — que ironia, não?), e Ryan reservava os sorrisos descontraídos para todos, menos para mim.

Estava de saco cheio.

Tinha passado minha vida inteira tentando me enturmar com pessoas que não me queriam. Pais que se importavam mais com as carreiras do que com a própria filha. Equipes de líderes de torcida que passavam os jogos comigo, mas depois seguiam seus caminhos felizes, sem nunca perceber que eu não tinha ninguém com quem ficar fora do campo. Um vizinho que flertou comigo, me beijou durante todo o verão e depois fingiu nem me conhecer quando as aulas começaram porque eu não fazia parte do grupo dos populares. Claro, as Cindys me queriam, mas só se eu jogasse o jogo do jeito delas e não fizesse perguntas. Ryan só me queria se fosse fora da vista de todos, para dar uns amassos rápidos. E até mesmo assim, só se eu ficasse de boca fechada quando ele se sentisse sufocado pelo complexo de herói.

A frase que nunca pensei em dizer — O Que a Loura Falsa Faria? — passou pelos meus lábios enquanto bolava uma estratégia para a noite. Podia ter mais autocontrole (e amor-próprio) do que ela, mas ela obviamente tinha algo que eu não tinha. Se ela não tinha medo de ir atrás do que queria — de sair apontando as armas (mesmo que, no caso, estivessem contidas por um sutiã extragrande) —, eu precisava estar preparada com minhas próprias armas.

Comecei a tirar coisas dos cabides e revirar gavetas até fazer a combinação mais ousada com que podia sonhar. Ousada-insinuante-sexy. Coloquei brincos grandes à la Loura Falsa e deixei minha pulseira de berloques na caixinha de joias. Não precisava dela hoje. Minha imagem era minha própria criação, as Cindys que se danassem.

Meu pai tinha levado mamãe para um último passeio romântico antes que ela tivesse de ficar presa em casa para cuidar dos bebês. O que significava que não havia ninguém para me fazer pegar mais leve. Somente eu, uma minissaia micro, uma blusa que deixava a barriga à mostra e rímel o suficiente para sufocar um canário.

Venha me pegar, baby.

* * *

— Explique de novo para mim: por que estão aqui? — perguntei, depois de nos sentar num restaurante italiano local. — O que houve com a história de querer ficar sozinho comigo?

Ryan e eu estávamos falando pertinho um do outro enquanto Tina Prince e seu namorado *linebacker*, Steve Ogden, discutiam se iriam dividir uma pizza de pepperoni e champignon ou um calzone.

— Eles iam vir mesmo para cá, então achei que seria divertido — disse Ryan, enquanto olhava para um único menu em nossas mãos.

Se o bate-boca estava perturbando também Ryan, ele não mostrava qualquer sinal. Mas dividir nossa noite com uma das líderes das Malvadas e o namorado Vilão estava me dando uma tremenda dor de cabeça.

— Então, Jess — disse Tina com sua voz mais melosa —, você está muito sensual esta noite. Caprichou para nós ou para Ryan?

Steve me olhava como se eu fosse um profiterole, e ele, louco por doces.

— E isso importa?

— Não ligo que ela mostre o que tem de bom. Desde que não compartilhe. — Ryan passou o braço em volta de mim e ergueu as sobrancelhas, indagando. — A menos que seja uma ideia tentadora.

Olhei para ele, furiosa com a piadinha nojenta, enquanto Steve e Tina caíam na gargalhada. Steve fez alguns comentários desagradáveis sobre garotas que gostam de se exibir, e Tina deu-lhe um soco (embora ache que ela havia gostado secretamente daquela associação especial com Paris Hilton), e Ryan riu como se Steve fosse a pessoa mais engraçada depois de Adam Sandler.

Agradeci em silêncio quando a comida finalmente chegou, porque a conversa foi abafada pelo jantar. Embora não tivesse dito a palavra *comer* em voz alta para não despertar novas insinuações.

Quando voltamos para o carro, estava fumegando de raiva. Ryan não fizera um único comentário gentil. Não havia me defendido nem uma vez contra as piadinhas degradantes de Steve sobre o corpo feminino. E nem uma vez tinha se importado em dizer por que havia arruinado nosso encontro convidando uma das minhas inimigas e o namorado infame.

— Ei, Jess — chamou Steve do assento traseiro enquanto eu colocava o cinto no banco da frente. — Há bastante lugar aqui se você e Tina quiserem fazer um sanduíche de Steve.

Ai, que vontade de vomitar.

— Nem se você fosse o último sanduíche da Terra.

Ele não pôde me ouvir, é claro, porque Tina estava batendo nele de novo.

— Como se eu fosse deixá-la ficar a menos de 1 metro de mim.

— Você está a menos de 1 metro dela agora — debochou ele.

— Virou o Rei da Matemática, é? Que piada.

— Até onde sei, não é pelo meu cérebro que você fica louca, então o que importa?

A minha raiva crescia, me dando um vislumbre do meu próprio futuro assustador com direito a úlcera e dentadura, até que não consegui mais suportar:

— VOCÊS. QUEREM. CALAR. A. BOCA?

Meu grito reverberou pelas janelas por vários segundos.

Tina olhou para Ryan.

— O que deu nessa vadia?

Eu me virei para encará-la.

— Você — falei, apontando — tem a boca mais suja do que qualquer outra mulher do planeta. Me faz ter vergonha do meu gênero. E *você* — girei para Steve — é a criatura mais repugnante a andar de pé. Se falar da minha roupa ou do meu corpo de novo, vou lhe dar uma joelhada num lugar em que nunca vai esquecer.

Depois me virei para Ryan:

— Você e eu. Lá fora. *Agora*.

Olhei fixamente para ele até que abrisse a porta. Estava com meu telefone na mão, os dedos coçando para ligar para Sarah Jane e pedir uma carona para casa.

— Isso não vai demorar — disse ele, indicando os dois no banco traseiro. — Só preciso cuidar de uma coisa.

Pode acreditar, cara.

Esperei até os dois não poderem nos ouvir antes de começar a brigar.

— Se você não queria sair comigo, por que não disse logo? Não pôde ser homem o bastante para me dizer que não gosta mais de mim, então decidiu fazer o mesmo que Lexy e tirar a noite para me torturar?

— Deixe minha irmã fora disso.

— Ah, claro, vamos deixar sua preciosa irmãzinha caçula fora disso. Deus nos livre de envolvê-la em algo sórdido e desagradável. — O sarcasmo amargo corria solto em minhas veias. — Você é cego? Essa é a praia dela, Ryan. E obviamente você não é melhor.

Eu queria que minhas palavras o ferissem. Queria que sentisse a dor que eu senti para que finalmente rompesse a barreira e me atacasse a todo vapor. Se ele não relaxasse, não havia maneira de conseguir que se abrisse.

Mas as coisas nunca saíam como o planejado. Em vez de parecer furioso, ele teve coragem de parecer aliviado.

— Acho que não sou mesmo um santo, afinal — disse, absurdamente feliz consigo mesmo.

— Grande novidade. Nem eu.

Ele examinou meu corpo com os olhos de um jeito que devia ter me deixado arrepiada, mas só fez com que me sentisse vulgar.

— Isso é óbvio.

— O que isso quer dizer?

— O que essa roupa quer dizer?

— Quem você é, a patrulha da moda? Minha... — Olhei para minha roupa sexy, e pela primeira vez na noite vi como estava ridícula.

E odiava isso.

Odiava que tivesse tentado ser como garotas que eu sequer respeitava. Odiava que Ryan pudesse fazer eu me sentir vulgar quando era capaz de me fazer sentir tão especial. Eu me odiava por não ser forte o bastante — ou importante o bastante — para conseguir romper suas defesas.

Minha raiva desapareceu tão rapidamente quanto tinha aumentado.

— Por quê? Só me responda isso, Ryan. Por que você está me afastando?

— Só estou lhe mostrando o outro lado de Ryan Steele. Não é o que queria? Que eu deixasse você me conhecer? Bem, parabéns, Jess. Esse sou eu. Gostou do novo cenário?

— Não venha com essa besteira. Fiz o maior esforço para me encaixar em sua vida, mas nunca é suficiente. Por quê? O que devo fazer para ser suficiente para você?

— Me deixe ser eu mesmo. E aproveite e tente ser você mesma também. Se ainda souber quem é.

— Não coloque a culpa toda em mim. — Sentia o estômago arder de frustração. — Foi você que não teve coragem de me dizer que as coisas entre nós tinham acabado. E não sei nem por quê.

— Porque você me coloca num pedestal.

— Vamos voltar para essa história de novo?

— Você *faz isso*, Jess. É tão ruim quanto todos os outros. — Ele fechou os punhos. — Você queria saber por que fiquei irritado com aquele artigo? Não sou nenhum herói. Heróis não matam as próprias mães.

Se alguém tivesse me batido com um jornal, não poderia estar mais espantada.

— Como você pode sequer dizer uma coisa dessas?

Ele me olhou durante um bom tempo, depois virou o rosto para a placa de néon do restaurante.

— Você quer saber por que ela estava no carro naquele dia? Aonde estava indo? — A voz dele sem emoção, sem vida. — Estava indo me buscar no treino de futebol porque eu estava de castigo, sem poder usar o carro. Tinha saído com uns amigos. — Ele indicou o Escape com os olhos. — *Aqueles* amigos. E tinha perdido o horário de voltar para casa de novo. Sem carro por duas semanas, o que significava que minha mãe tinha de ficar bancando a motorista.

— Ryan. — Estendi a mão para pegar a dele. — Não foi culpa sua. O que aconteceu foi...

— Um acidente, é. — Ele enfiou as mãos nos bolsos, me impedindo de tocá-las. — Ouvi tudo isso da polícia. Mas tente dizer isso para meu pai, que não tinha dito cinco palavras depois de sair do funeral da minha mãe. O acidente não teria acontecido se eu não tivesse sido um idiota antes de tudo.

As barreiras finalmente tinham caído, mas eu não estava preparada para tanto efeito colateral. Ryan estava despedaçado por dentro. Por que ele não me deixava ajudá-lo a colocar as peças de volta no lugar?

— Então você assumiu um papel de vilão e começou a agir como se fosse um? Entendi. Mas não é você de verdade.

— Ah, é? Veja Lexy. Ela se culpou pelo acidente por meses e se fechou para todo mundo. Quando finalmente cedeu e tentou falar comigo, não consegui lidar com tudo isso. Então a interrompi, disse para ela parar de choramingar e aprender a viver com isso, mesmo que eu soubesse que era culpa *minha*, e não dela. Mas nunca disse a ela. E deixei que ela guardasse toda a culpa dentro de si porque fui um covarde. Ela nunca mais foi a mesma depois disso.

As Malvadas viram a oportunidade e aproveitaram. Lexy fraca e abatida era o alvo perfeito para roubar do legado das Cindys.

— Foi um erro, Ryan. Ninguém espera que seja perfeito. Você tinha acabado de perder sua mãe.

— Cassie também, mas não desmoronou.

Porque tinha as Cindys.

— O que aconteceu naquela época é passado. Você já fez muitas coisas de que pode se orgulhar desde então. — Eu me contive antes de falar do Fun Zone. — Trabalha duro, mas não se permite aproveitar as recompensas. Deixa as coisas ruins entrarem, mas bloqueia as boas. Isso só te faz ter uma imagem distorcida de si mesmo.

— Já era distorcida.

Queria enfiar alguma sensatez dentro dele. Em vez disso, lutava para me manter tranquila e compreensiva. Para canalizar a infinita paciência de Sarah Jane enquanto meu coração estava se partindo.

— Não consigo imaginar como me sentiria se passasse pelo que passou. Mas vendo as coisas de fora, posso te dizer que não foi culpa sua. *Não foi*. Milhares de eventos tiveram de se combinar para aquele acidente acontecer, Ryan, somente um deles teve algo a ver com você. — Resisti ao impulso de tocá-lo. — Você tem o direito de se sentir como quiser a respeito disso. Tudo o que estou dizendo é que, se você não é capaz de deixar de se sentir responsável, não viva sua vida como uma desculpa. Viva como uma homenagem. Não acha que ela gostaria disso?

— Ser um fracassado é uma forma bem patética de prestar homenagem.

— Você não é nada disso.

— Como sabe? Já nem sabe mais quem *você* é. — Ele deu mais uma olhada na minha roupa, com um evidente desgosto. — Essa não é a Jess Parker em quem esbarrei no pé da escada naquele dia. E definitivamente não é a garota do lago. É como se você fizesse uma imagem de como as coisas deveriam ser, mas é tudo uma ilusão.

— Isso não é verdade. — Será que era?

— É claro que é. Está fingindo ser algo que não é porque acha que é isso que você deveria ser. E quer que eu finja com você. — Ryan deu um passo atrás. O começo do adeus. — Não posso mais jogar esse jogo, Jess. Não com você.

Meu celular tocou enquanto outro casal passava por nós, dando um olá para Ryan. Mas não para mim, é claro.

Sempre excluída.

Dei uma olhada para o celular na minha mão, lendo através dos olhos nublados de lágrimas. Uma mensagem de texto de Heather se acendeu no display.

Emergência... teste na escola... SOCORRO

O casal seguiu feliz seu caminho, e olhei de volta para Ryan. Ele cruzou os braços.

— Não deixe nossa discussão interferir em sua vida social agitada. Já acabamos mesmo.

Hesitei, dividida por querer desesperadamente ajudar duas pessoas diferentes. As palavras de Paige soaram na minha cabeça: *Não se pode comprar sempre a briga dos outros*. Principalmente quando eles não querem ser salvos.

— Nunca serei o suficiente para você, serei? — indaguei. — Se eu não apoiar o seu ato de vilania, você nunca me deixará fazer parte do seu mundo de verdade.

— "Fazer parte" é isso. Fique ou vá embora, a escolha é sua.

Eu fui.

* * *

— Você tem certeza de que é aqui que deveria estar?

Tinha de dar um crédito a Sarah Jane. Ela havia me buscado no restaurante e me levado para a escola sem sequer pestanejar. Mesmo eu sabendo que ela ainda estava chateada por eu ter visto coisas que não poderia ver. Ficou espantada com minha roupa, mas não disse uma palavra fora perguntar se eu estava bem e se queria falar sobre o assunto. Sim e não.

— Preciso fazer uma coisa — falei. — Depois arrumo um jeito de voltar para casa.

— Eu espero. — Ela parou no estacionamento e se virou para mim. — Se for relacionado a Lexy...

— É relacionado a mim. Estou cansada de não fazer o que é certo. Preciso provar que estou pronta para ser a nova líder.

— Não há nada a provar. Não teríamos escolhido você...

— Então preciso provar para mim mesma. — Soltei o cinto de segurança. — Essa missão é *minha*, Sarah Jane. Se você confiaram o bastante para me dá-la, confiem que eu vá conseguir concluí-la. Desapontar Heather não é uma opção. Isso é o que uma líder de verdade faria.

Pensei em Heather me dizendo que eu era um exemplo. Se eu quisesse salvar as Joviais, elas precisavam saber que havia pessoas tão fortes quanto as Malvadas dispostas a lutar. Mesmo que nunca fossem saber como a luta era realmente brutal.

— Não quero que você se machuque. É muito importante... — A voz de Sarah Jane foi sumindo, e ela inspirou lentamente. — Há muito mais em jogo do que você percebe, Jess. Essa é apenas uma peça de um quebra-cabeça muito maior.

— Mas é a peça que importa agora. De que adianta um plano para derrotar as Malvadas daqui a um ano ou dois, se isso deixar um rastro de destruição? Se eu não enfrentar as Malvadas e mostrar às Joviais que existe um outro tipo de poder, o tipo *bom*, então para que estamos lutando?

Ela me olhou à beira das lágrimas.

— Você sabe no que está se metendo?

— O suficiente para saber que posso lidar com isso. — Abrandei um pouco quando vi o medo nos olhos dela. — Se eu estiver em desvantagem, ligarei pedindo reforços.

Ela mordeu o lábio inferior, depois me puxou para um rápido abraço.

— Vá lá então, Guerreira.

* * *

As portas da escola estavam trancadas, e não vi carro algum nos estacionamentos de alunos. Caminhei lentamente em volta da escola, tendo o cuidado de ficar perto do prédio para que me desse cobertura.

Tinha quase dado uma volta inteira na escola, quando vi uma movimentação perto do campo de futebol. Eu me abaixei atrás da parede da sala dos professores e observei a lanchonete depois das arquibancadas. Heather estava lá, sentada no chão sob o balcão cercado por tábuas. Pelo movimento espasmódico de seus ombros, sabia que estava chorando.

Saí de meu esconderijo quando duas figuras surgiram da área arborizada nos fundos da escola. Lexy e Morgan tinham vindo cumprir a promessa.

Cruzaram o campo rapidamente e puxaram Heather pela lateral da barraca. Dobrei a quina do prédio para não perdê-las de vista, bem a tempo de ver Morgan jogar a bolsa de Heather no chão e Lexy brandir furiosamente o dedo na sua cara.

Ah, não, você não fez isso.

Percorri o caminho até elas o mais rápido que meus ridículos saltos altos de gostosona permitiram, desejando que estivesse calçando botas para chutar bundas.

Podia ouvir os soluços de Heather de forma alta e clara enquanto me aproximava.

— Algum problema, senhoritas? — perguntei, a voz firme e decidida.

— O que *você* está fazendo aqui? Fique fora disso, Ladrazinha.

— Só saí para dar um passeio noturno. — Fiquei entre as duas para colocar um ombro em frente a Heather. — Parece que cheguei bem a tempo da briga.

Morgan riu com desdém.

— Ah, faça-me o favor. Estamos morrendo de medo.

— Desista, Lexy — falei, ignorando a comparsa dela. — Se tiver algum problema, terá de passar por mim.

Lexy inclinou a cabeça, surpresa.

— Ainda bancando a heroína? — A risada debochada me tirou do sério. — Você está se metendo com o que não pode lidar.

— Engraçado, não estou nem um pouco preocupada. — Eu me inclinei para olhar fundo nos olhos dela. — Dê. O. Fora.

Fiz contato visual com o touro e sabia que ele estava vendo tudo vermelho. Ela olhou para a garota que tremia atrás de mim.

— Então é assim que vai ser, hã? Divirta-se explicando as fotos, Kit Kat. Não que alguém vá acreditar em você.

— Todos têm um momento na vida que pode mudar tudo — falei, usando meu corpo como escudo entre Heather e as Malvadas. — Algo que, se pudessem, voltariam no tempo para apagar. Você não tem o direito de ameaçá-las com isso.

— Não é culpa minha se são descuidadas. Segredos só são segredos se ninguém sabe de nada. Quando cometem algum deslize, os segredos viram alvos fáceis.

— Heather não é a única a ter segredos. Não consegue perceber o que está fazendo com as pessoas? — Tentei fazê-la ver a razão. Lexy tinha de ter algo de humano dentro dela. — Como você se sentiria se alguém espalhasse seus segredos mais terríveis?

A mão de Lexy congelou no celular, que eu suspeitava continha as fotos incriminadoras.

— Como se eu ligasse.

Mas ligava. Aquele brilho momentâneo de medo em seus olhos era inconfundível.

Pude perceber sua mente juntando as peças. Era uma Cindy, alguém de dentro do mundo que ela havia lutado tanto para deixar para trás porque as Cindys eram as únicas que podiam expor seus segredos.

Não tinha planejado que as coisas saíssem daquele jeito. Só quando ela hesitou, percebi que Lexy estava achando que estivesse falando do acidente. Mas agora já tinha saído, e eu havia conseguido sua atenção. A mudança no eixo do poder era palpável, e me agarrei àquilo com as duas mãos.

— Sério? Quer dizer que não há nada que tenha feito que queira manter em segredo?

Morgan olhava de uma para a outra, confusa como sempre.

— Do que ela está falando?

— Cale a boca, Morgan — disparou Lexy. Ela me observou atentamente por um minuto, depois gritou para Morgan: — Vigie a otária. — Depois olhou para mim. — Precisamos conversar a sós. Dois minutos.

Assenti de maneira séria, e Lexy deu a volta nas arquibancadas. Se elas haviam trazido reforços, não tinha visto, mas estava feliz que as arquibancadas ficassem à vista de onde SJ estava com seu carro, de qualquer forma. Ainda não queria morrer.

Lexy estava olhando para a pista e se virou quando me aproximei. Ela me examinou rapidamente.

— Pegou pesado na indumentária hoje.
— Isso é uma consultoria de moda?
— Quando é que ficou tão corajosa, Parker?
— Quando é que começou a chantagear as pessoas, Steele?

A risada dela era tão sombria quanto sua alma.

— Tão rápida para fazer acusações. O que você sabe sobre o que aconteceu naquele dia?

— O suficiente para saber que há mais coisas sobre essa história do que dizem os boatos. — Era praticamente só o que sabia, mas podia blefar. — O suficiente para saber que você não quer que a história vaze.

— Então não revelamos as fotos de Kit Kat e do Capitão Esfregão e você não conta nada sobre o que acha que sabe?

— Heather não merece isso. Nenhuma delas merece.

— Ninguém é tão santo como você imagina, Ladrazinha. Nem mesmo meu perfeito irmão mais velho.

Eu não ia deixar que mexesse comigo. *Não pense em Ryan.*

— O que você decide?

Lexy olhou de mim para Heather e Morgan, depois deu uma olhada por cima do ombro no conversível vermelho estacionado ao lado da escola.

— Você não pode vencer, sabe disso. Mal posso esperar por uma reviravolta e acertá-la no traseiro.

— Meu traseiro é um problema meu. Temos um acordo?

Estendi a mão, e ela olhou-a com desprezo. Lexy apertou minha mão com raiva antes de limpar a dela na saia pequena e apertada demais. Uma roupa que, percebi, era assustadoramente parecida com a minha.

— Morgan! — gritou ela, e as duas garotas na lanchonete olharam. — Vamos.

Lexy se virou para mim, o desprezo vazando pelos poros cosmeticamente contraídos.

— Está louca se acha que pode salvar todas. E não sabe no que está se metendo.

— Vou lidar com cada situação quando ela aparecer.

Fiquei olhando Lexy e Morgan até as duas desaparecerem em meio às árvores, Morgan atrás de Lexy como um cachorrinho. Heather estava apoiada no balcão da lanchonete, tremendo. Podia não conseguir salvar todas, mas tinha obtido sucesso em relação a Heather. A que custo, não sabia ainda, mas pelo menos Heather estava a salvo.

Por ora, aquilo tinha de bastar.

Capítulo 19

DERROTAR AS MALVADAS QUANDO se está em menor número, mesmo de duas para uma, é uma vitória da mais alta ordem para as Cindys. Sarah Jane, Paige e Kyra não conseguiam parar de me elogiar. Elas me levaram ao Moinho para comemorar, me cumprimentando o tempo todo por minha impressionante proeza.

A noite toda eu tinha sonhado com o confronto na escola. Repetidas vezes. Às vezes terminava com Lexy recuando; outras, com ela ganhando. Mas todas as vezes eu cometia o mesmo erro. E toda vez, tinha de assistir ao desenrolar daquilo como uma espectadora impotente. Como se não tivesse sido escolha minha.

Acenamos para Audrey (que levantou os dois polegares para mim — sério, ela sabe de *tudo* que acontece nesta cidade), e Paige e Kyra foram pegar lattes gelados para comemorarmos.

Sarah Jane, que felizmente não tinha ideia de *como* eu tinha conseguido fazer Lexy desistir, estava convencida de que eu havia andado sobre a água.

— Não acredito que convenceu Lexy a deixar de enviar as fotos — disse ela, animada. — Não concordo com o que aconteceu no... Bem, sabe como me sinto a esse respeito... Mas você fez o que nenhuma de nós tinha conseguido fazer. Você a deixou sem ação.

Chantageando-a de volta.

E estava acontecendo tudo aquilo na realidade, bem como em meus sonhos. Só que agora eu não podia me beliscar e acordar.

Tinha cruzado para o território das Malvadas não uma, nem duas, mas três vezes nas últimas 48 horas. Tinha bisbilhotado arquivos confidenciais, ultrapassado a linha da vulgaridade com meu look Malvadesco e caminhado pelo lado negro no que dizia respeito à minha missão. Que tipo de exemplo daria às Joviais mostrando que a única forma de vencer era lutar como uma Malvada?

Kyra sorriu para mim quando ela e Paige se sentaram junto a nós com as bebidas.

— As notícias correm — disse Kyra. — Audrey me pediu para te dizer que você é uma heroína!

A palavra deixou o mesmo gosto amargo que Ryan devia sentir todos os dias de sua vida. A não ser pelo fato de que ele era *mesmo* um herói, ainda que não pudesse ver. Eu era uma Fraude com F maiúsculo.

Pensei na pulseira de berloques e no pingente de borboleta jogados em minha caixinha de joias junto com o broche de sapato de salto alto que tinha dado início a tudo. Deixar de lado a pulseira devia ter sido um sinal de alerta: ZONA DE PERIGO SE APROXIMANDO: NÃO ULTRAPASSE. Os fatos estavam na minha cara o tempo todo.

Minha metamorfose tinha sido um fracasso. Nunca deveria ter deixado o casulo.

Sarah Jane ainda estava me cobrindo de elogios, deixando minhas borboletas mais inquietas a cada palavra, quando de repente interrompeu sua euforia e olhou para algo atrás de mim.

Eu me virei enquanto ela dizia:

— Espere!

Mas era tarde demais. Lá, em toda a gloriosa beleza, estava Ryan grudado com a Loura Falsa em uma das mesas redondas. Olhei para ele como Geniffer-com-G tinha olhado para nós. Ela me lançou um sorriso dissimulado, depois virou o rosto de Ryan e lhe deu um beijo na frente de uma mesa inteira de Malvadas e Vilões.

Desviei o olhar em meio aos gritinhos dos espectadores do casal, sentindo um gosto ácido subir à minha garganta, um gosto que mil lattes gelados não conseguiriam aliviar.

Os acontecimentos das últimas semanas desmoronaram ao meu redor. Um cara por quem eu tinha me apaixonado e que nunca me permitiria amá-lo, uma chantagem que tinha sido um erro e que me colocava no mesmo nível de Lexy e uma imagem que me dava arrepios.

Ryan estava certo. Eu não sabia mais quem eu era. Não tinha nem mesmo certeza se queria saber.

SJ imediatamente entrou no modo de proteção. Ela me levou até o corredor, esperou até que não houvesse ninguém por perto e abriu a porta de funcionários para que eu pudesse chorar minhas mágoas escondida.

Mas o Clube com suas vibrações samaritanas era o último lugar em que queria estar.

— Não posso — disse a ela, dando um passo para trás. Depois outro. — Não vai mudar nada. — Eu me virei e passei pelas portas que davam para o pátio.

Sarah Jane estava logo atrás de mim.

— Vamos sair daqui. Você não merece isso hoje. Devíamos estar celebrando sua grande vitória.

— *Pare com isso*, Sarah Jane. — Me virei para ela. — Eu falhei, OK? *Falhei*. E nenhuma quantidade de trabalho do MTC vai conseguir consertar isso.

SJ pulou quando eu disse MTC e rapidamente deu uma olhada em volta para ter certeza de que ninguém tinha escutado. Ninguém estava perto o bastante ou prestando atenção em nós, mas Sarah Jane chegou mais perto e abaixou a voz, de qualquer forma.

— Como pode achar que falhou? Você *ganhou*.

— Eu disse a ela que sabia sobre o que havia acontecido naquela noite. A noite do acidente. Troquei o segredo dela pelo de Heather: se ela não divulgasse as fotos, eu não contaria o que sei. Foi *assim* que venci.

— Mas você não sabe de verdade, sabe? — perguntou ela, deixando transparecer a preocupação na fachada tranquila. Pude perceber que tentou lembrar rapidamente o que tinha me contado. — Como podia saber?

— Eu blefei. — Tentei explicar enquanto o horror tomava conta do rosto dela. — Não queria que isso acontecesse. Eu estava tentando achar um ponto em comum, algo que a fizesse ver Heather como uma pessoa, não um alvo. Ela que interpretou erroneamente o que eu quis dizer.

Os ombros de Sarah Jane relaxaram um pouco, mas eu não tinha terminado.

— Mas não deixei para lá, Sarah Jane. Podia, mas não deixei. Vi o medo dela e embarquei. Era uma forma de conseguir, e aproveitei, porque não conseguia pensar em qualquer outra forma de vencer. Tudo o que importava era salvar Heather.

Sarah Jane olhou para mim como se nunca tivesse me visto antes. Sua aura geralmente tranquila estava quebrada e estilhaçada por minha causa, o que só aumentava minha culpa. Depois de tudo o que havia feito por mim, eu a decepcionara também.

Ah, claro, eu podia considerar que nunca iria *revelar* nada sobre Lexy. Nunca em um milhão de anos eu faria isso com alguém, nem com minha pior inimiga. Mas essa é a questão da chantagem. O propósito não é usar o que se sabe. É só uma forma de controlar as pessoas através do medo.

Defensora ou não, tinha me rebaixado a um nível que não podia justificar nem para mim mesma. E tinha implicado Sarah Jane indiretamente no processo, a única pessoa que tinha ficado ao meu lado diante de todos os acontecimentos.

Eu me deixei afundar num banco próximo. Admitir em voz alta tinha tornado tudo ainda mais real. Havia ficado horrorizada por ver como tinha sido fácil passar para o lado negro quando servia aos meus propósitos. E eu havia usado algo muito pior do que uma péssima escolha de um garoto estepe como isca. Tinha usado a morte da mãe de alguém, uma Cindy respeitada, para deter minha inimiga.

— Você cometeu um erro, Jess. Ninguém é perfeito. — Sarah Jane tentou me acalmar, mas não adiantou. Algo tinha mudado no ar. Apesar do esforço de SJ em ficar calma, o medo emanava dela.

— Vai arrumar um jeito de consertar isso. Quando descobrir outra forma de vencer...

— Não sei nem se *podemos* vencer, Sarah Jane. Estou travando uma batalha que nem Paige sabe como vencer, e ela está por dentro de tudo isso há dois anos. Como posso descobrir como resolver tudo se acabei de chegar? Onde está *minha* líder?

Ela piscou. Vi uma luz se acender na cabeça dela.

— Você precisa de um sistema de apoio.

— Não preciso de outro sistema de apoio. Preciso de alguém que me mostre que diabos devo fazer.

— Não posso ajudá-la nisso — disse ela, me levando para seu carro. — Mas posso nos tirar daqui. Podemos resolver o restante depois.

Após me fazer prometer que não iria me mover nem um centímetro, Sarah Jane disparou para dentro do Moinho. Saiu de volta com a bolsa e um olhar de determinação no rosto. Menos de um minuto depois, estávamos no trânsito.

Ela dirigiu para o centro da cidade, na direção da minha casa, mas, em vez de ir para lá, seguiu para a direita. Estávamos indo para o lago. *Um lugar cheio de lembranças*, pensei, e começava a dizer isso quando ela dobrou à esquerda depois da estrada de ferro e seguimos em direção às montanhas.

— Para onde estamos indo?

Sarah Jane respondeu sem tirar os olhos da estrada.

— Vamos fazer uma viagem.

* * *

É irônico como os fracassos na vida costumam ser precedidos por sinais de alerta que não captamos, ou porque não são altos o suficiente ou porque não estamos prestando atenção. Como deixar minha pulseira para trás. Quando os pequenos avisos falham em passar o recado, o universo dá uma força para colocar você de volta nos trilhos. Mesmo que isso signifique acertar sua cabeça com uma catástrofe de grandes proporções para que finalmente acorde e adquira algum juízo.

Sem dúvida alguma, eu tinha levado uma grande pancada. E tinha as marcas de chantagista para provar.

Quando você atinge o fundo do poço e começa a voltar, às vezes precisa fugir. Sem música, sem conversa, só o vento no cabelo e o sol no rosto. Uma fuga total do passado, do presente e do futuro. Foi o que Sarah Jane fez por mim.

Ou foi o que pensei que tivesse feito.

A Universidade Montgomery fica aninhada no contraforte das montanhas do norte da Geórgia. O campus imaculado tinha um ar de Ivy League, mas com um charme todo próprio do sul. Minha mãe tinha estudado lá. Nan também. Eu não fazia planos de ingressar, principalmente porque não tinha rapazes. Embora isso soasse tentador agora.

Sarah Jane entrou na rua principal do campus, passando por prédios cobertos de hera e reduzindo a velocidade para dar passagem a garotas elegantemente vestidas carregando livros. Os caminhos gramados estavam repletos de flores roxas, vermelhas e amarelas, e o sol não parecia tão sufocante ali quanto na cidade.

SJ achou uma vaga para visitantes, desligou o motor e olhou para mim pela primeira vez desde que havíamos passado pela placa de OBRIGADO POR VISITAR MT. STERLING.

— Vamos dar uma volta.

Andamos pelo campus, sem pressa e sem nos preocuparmos em preencher o tempo com conversa fiada. Parávamos ocasionalmente perto de grandes placas gravadas que contavam a história de algum prédio singular ao longo do caminho, mas principalmente absorvemos a paz e a energia positiva do lugar. O ar parecia mais leve ali, e estava quase certa de que não tinha nada a ver com a altitude. Sarah Jane tinha escolhido o lugar certo se queria me acalmar.

O que não era surpreendente. Sarah Jane sempre esteve pronta a me ajudar. Não importava quantas coisas idiotas eu tinha feito (a lista era longa), não importava em que tipo de desastre minha transformação tinha se tornado (*desastre* era uma palavra bem suave), não importava o quanto eu queria esquecer tudo e me esconder embaixo da cama, Sarah Jane nunca tinha me desapontado.

A lanchonete do Centro Acadêmico estava aberta, então entramos para beber um pouco de água e um smoothie para silenciar meu estômago barulhento. Tínhamos pensado em tomar alguma coisa no Moinho, mas agora aqueles planos longínquos pareciam ter acontecido uma vida inteira atrás.

Achamos um banco de ferro forjado livre sob a copa de uma árvore frondosa e ficamos observando as pessoas passarem. Pouco a pouco, um fio fino de paz foi tecido em minhas veias. Apenas o bastante para confirmar que Sarah Jane sabia exatamente o que estava fazendo quando me trouxe...

— Meus pais estão se divorciando.

Quase derrubei o *smoothie*.

Ela disse isso como se não fosse nada de mais, como se não a perturbasse de forma alguma. Mas um olhar me disse que isso estava longe da verdade.

— Sinto muito, Sarah Jane. — Eu estava chocada. — Não tinha ideia.

— Ninguém sabe disso, a não ser Mark.

— Há quanto tempo você sabe?

— Algumas semanas. Meu pai está morando em um apartamento durante a separação. Eles têm feito terapia de casal, mas minha mãe me disse ontem que está quase certa de que vão se separar.

— Posso fazer alguma coisa para ajudar? — Era uma tentativa tola de reconfortá-la, mas qual era a coisa certa a dizer a alguém cuja vida familiar está desmoronando?

Um leve sorriso passou por seu rosto.

— Nada em que consiga pensar. Só precisava contar para mais alguém.

Pensei em todas as vezes em que tinha sido grudenta e carente, reclamando de Ryan ou Lexy ou de como derrotar as Malvadas. Sempre esperava que Sarah Jane me apoiasse e me dissesse que as coisas ficariam bem. Nem uma vez tinha parado para pensar que talvez Sarah Jane também pudesse precisar de apoio. Que talvez precisasse ouvir que as coisas ficariam bem para ela também.

Mas eu não fazia ideia. Todas aquelas vibrações sobre-humanas de paz e amor, todo aquele otimismo incansável. Como *alguém* poderia saber?

Ficamos em silêncio por alguns minutos, absorvendo a magnitude do que ela havia revelado. Eu me sentia honrada por ter confiado em mim. Nunca tinha feito nada para merecer esse tipo de confiança da sua parte, o que tornava tudo ainda mais humilhante.

— Por que me contou isso agora?

Ela inspirou fundo e expirou lentamente de um jeito que reconheci como sendo a técnica para recuperar o equilíbrio. Ela era mestre em acalmar suas emoções para permanecer tranquila, relaxada e controlada. Eu precisava muito aprender a fazer aquilo.

— Acho que precisava tirar isso do meu peito mais do que pensava. Há um limite para o que se consegue controlar na vida, sabia?

Mesmo quando você acha que finalmente as coisas estão indo bem, às vezes elas se desmoronam do mesmo jeito. E nem sempre podem ser consertadas. Pelo menos não por você. — Ela se virou para mim, o olhar sincero. — A única coisa que podemos controlar é a forma como lidamos com isso.

Sarah Jane é o que Nan chamaria de uma "alma antiga". Como sempre, gostaria de ter metade da sabedoria e equilíbrio. Até mesmo um quarto dela.

— Desculpe se tornei as coisas piores para você.

— Você não fez isso. Eu tenho sido... — Ela procurou as palavras certas. — Mais ativa do que provavelmente devia ter sido com você. Mas ser sua Irmã Mais Velha era a única coisa que achei que ainda pudesse fazer bem, mesmo com tudo o que estava acontecendo em casa.

E então eu tinha falhado com ela. SJ nunca admitiria isso, é claro, mas eu sabia que era verdade.

— Eu devia ter confiado mais em você, Sarah Jane. Gostaria de ter confiado.

— Não, é exatamente isso. Você tinha de fazer as coisas do seu próprio jeito. Se fizesse algumas escolhas erradas, fazia parte do seu caminho. E eu só conseguia pensar em não fracassar como Irmã Mais Velha.

Eu não conseguia imaginar Sarah Jane fracassando em nada, embora pudesse ver como ela devia se sentir assim em razão do meu fracasso total como líder. E da minha transformação.

Sarah Jane deu uma olhada em seu relógio e ficou de pé para se esticar.

— Tenho um compromisso no Salão Ártemis.

— Quer que eu peça a alguém para me buscar?

— Só vai levar um minuto. Pode vir comigo, e depois podemos caminhar mais se quiser.

Eu queria. Pelo menos uma vez, queria poder ajudar Sarah Jane.

— Posso lhe perguntar uma coisa? — indaguei enquanto jogávamos nossos copos na lixeira.

— Claro.

— Como você consegue ficar tão... zen?

— Tenho meditado como uma louca — admitiu ela com uma risada. — Além de fazer ioga como você não iria acreditar. Os dois ajudam muito com o estresse. Mas o mais importante é se lembrar de respirar.

Eu me lembrei do meu filme preferido de Drew Barrymore, *Para sempre Cinderela*.

Respire fundo.

Eu a segui em direção ao extremo oposto da universidade. O prédio lá era até mais antigo do que os outros, mas não tinha placa alguma proclamando sua distinção. O arco sobre a porta tinha uma inscrição que dizia SALÃO ÁRTEMIS, 1868, e me perguntei como prédios tão antigos ainda podiam estar em uso. Parecia que não seriam nada além de escombros a essa altura. Às vezes as coisas são mais fortes do que você imagina...

Sarah Jane abriu a pesada porta de madeira, e fiquei surpresa em ver que o lado de dentro parecia mais um saguão de um hotel sofisticado do que com o calabouço que havia imaginado. Ela seguiu até uma pequena escrivaninha bem-organizada na entrada circular e falou com uma mulher de meia-idade.

— Só preciso deixar um pacote — explicou ela quando voltou. — Podemos nos sentar nos bancos por um minuto.

Eu me sentei ao lado dela, me sentindo feliz dentro do santuário daquelas paredes antigas. As almofadas vermelhas macias que cobriam os bancos afundaram embaixo de nós, e apoiei a cabeça na tapeçaria da parede, inspirando o ar fresco.

Tinha começado a relaxar quando ouvi passos e um som familiar. Duas mulheres se aproximaram vindo do salão lateral, e eu me levantei, em expectativa.

A mais velha das duas mulheres sorriu para mim afetuosamente.

— Que surpresa!

— Sarah Jane só precisa... — Eu me virei em direção à minha amiga, e vi que ela havia desaparecido. A porta de madeira atrás de mim rangeu e a vi se fechando suavemente enquanto Sarah Jane descia a escada do lado de fora. — Ah.

Olhei para as mulheres e pensei em minha situação embaraçosa, começando a entender a verdade um pouco tarde demais.

— Acho que *eu* sou o pacote?

— É isso mesmo, querida. Acredito que um pequeno tour seria adequado.

Olhei em volta, tentando imaginar que tipo de tour o Salão Ártemis de 1868 reservava para mim. A mulher mais velha colocou a mão gentil em meu ombro, e vi o medalhão delicado com as letras desenhadas pendendo de seu pulso.

Olhei para o medalhão, depois de volta para os olhos calorosos e sorridentes, e sabia que aquele não era um passeio comum.

— Não esperávamos você tão cedo, Jessica. Mas Sarah Jane fez a coisa certa em trazê-la.

— Obrigada, Nan.

* * *

Se algum dia eu tivesse imaginado como seria o quartel-general da ÍSIS — e eu tinha, um pouco —, não teria sido assim.

Nan e a outra mulher, que se apresentou como Meg Garner, passaram por algumas portas comuns para chegar em uma área que se parecia como qualquer escritório sem graça que você vê na TV.

— Essa é nossa base principal para a ÍSIS, Inc., nossa identidade corporativa — explicava Nan — e para a Fundação ÍSIS, nossa parte sem fins lucrativos. Temos instalações secundárias em outros lugares, mas este é nosso quartel-general.

Eu as segui enquanto iam passando pelo escritório, impressionada não só por estar dentro da Central Cindy, mas por estar sendo levada em um tour por minha própria avó. A mesma mulher que nunca me dera a menor pista de que fazia parte da Irmandade.

Teria sido pedir muito que me desse uma dica?

Meu olhar deixou a parte de trás da cabeça de Nan, pensando nas centenas de perguntas que havia na minha mente, e conferi os arredores com mais atenção. Havia mulheres sentadas em frente a computadores em baias pequenas que seguiam em fileiras por todo a extensão do prédio. Escritórios de aparência comum se estendiam dos lados da sala, e música clássica preenchia o ar. Não era feio ou depressivo. Só era comum.

Menos na parte dos fundos. Essa era de tirar o fôlego.

Em meio ao gramado exuberante e bem-cuidado havia um enorme pátio perfeitamente circular de concreto, com um belo padrão de tijolos em volta. O círculo tinha pequenos rebordos geométricos em que havia várias fontes de cores vivas, bancos entalhados em madeira, árvores, arbustos e flores. Ficava aninhado contra uma imensa colina coberta de grama que se estendia num planalto antes de se fundir às montanhas, provendo um cenário verde e brilhante à paisagem que fazia o círculo parecer escondido, quase sagrado em seu isolamento. E tão tranquilo...

— Achei que você ia gostar mais daqui.

Nan compartilhava minha paixão pela beleza existente ao ar livre, e sorri quando ela disse isso.

— É incrível. — Pensei se ela havia participado da criação daquele ambiente. Tinha tanta coisa que queria perguntar!

— Isso é só o começo — disse ela, me guiando em frente.

Nan e Meg (ela me pediu para chamá-la assim) me levaram até um pequeno elevador. Nan apertou o botão S3, e fomos para baixo do Salão Ártemis. *Eu sabia.* Os escritórios do andar principal eram muito simples, muito comuns para a Sociedade que eu conhecia e amava.

O elevador parou e tentei respirar normalmente. Estresse e expectativa brigando dentro de mim. Tinha acabado de manchar o nome das Cindys com minha rápida passada pelo ladro negro, e ali estavam elas me levando a desvendar o mundo secreto das Cindys. Por que agora? O que isso tinha a ver comigo, com Heather e com derrubar Lexy e as Malvadas?

As portas do elevador se abriram, e fui recompensada pela minha paciência.

Com um depósito limpinho e organizado.

Caixas com etiquetas com os nomes dos diferentes feriados, várias embalagens de material de escritório. Resmas de papel perfeitamente empilhadas em prateleiras de metal. Eu tinha achado que ia poder ver um pouco do funcionamento interno da Sociedade. Mas elas só precisavam de uma ajuda extra com a decoração do Dia da Independência.

A decepção esvaziou o ar dos meus pulmões. *Apenas mais um dia como outro qualquer.* Entrei naquele depósito.

Nan e Meg me seguraram pelos braços e me puxaram de volta para o elevador.

— Paciência, Jessica — disse Meg. — Observe.

Nan ergueu o pulso e passou o medalhão sobre o que eu tinha pensado ser um botão de emergência. Ouviu-se um bipe, e as portas se fecharam de novo. Alguns segundos se passaram antes que painéis que eu não tinha notado na parede dos fundos deslizassem para revelar um corredor amplo e iluminado tão longo quanto três campos de futebol americano. Ou ainda mais.

Eu as segui através dele, olhando de um lado para o outro enquanto passávamos por corredores laterais que pareciam se estender para o restante do campus. Olhei para as luzes acima de nós. Se meu senso de direção estivesse correto, estávamos andando exatamente sob o círculo paisagístico na área externa atrás do Salão Ártemis, e além.

Chegamos ao fim do corredor, e Meg tocou com um dedo uma borboleta ornamental gravada na parede. A parede comum à nossa frente desapareceu entrando no chão. Outro elevador se abriu, este muito mais elegante. Havia espelhos enfeitando os dois lados, e um conjunto de portas entalhadas adornavam a parte de trás. Nan apertou um botão e subimos. Para o alto, para o alto... para o alto da montanha.

As portas de trás se abriram e, pela segunda vez naquele dia, me vi sem palavras.

— Bem-vinda à verdadeira ÍSIS, Jessica.

Capítulo 20

QUANDO VOCÊ FINALMENTE SE encontra num bunker dentro de uma montanha que mais parece a Quinta Avenida e se vê imediatamente cercada pelas mulheres mais famosas do mundo, todas conversando com sua excêntrica avó e dizendo como é bom "finalmente" conhecer você (essa seria *eu*), a situação pode ser um pouco avassaladora.

Principalmente quando uma dessas pessoas é uma estrela de cinema que, só por acaso, você idolatra.

Brooke Tatum não é uma estrela de cinema comum. Sim, ela ganhou um Oscar. Sim, ela está em sétimo lugar na lista dos 20 mais poderosos de Hollywood. Mas ela também já discursou no Congresso defendendo o reforço às leis que tratam da crueldade com animais e é a fundadora do *Fala, Garota*, um grupo online que ajuda meninas desfavorecidas a encontrar mentores positivos.

Esse último de repente fez muito sentido.

Fiquei lá gaguejando e tentando não tropeçar nos próprios pés quando Brooke estendeu a mão em minha direção.

— Bem-vinda à ÍSIS, Jess.

— Hum, oi. — Esperava que meu aperto de mão não estivesse muito fraco. Ou pegajoso. Muito embora provavelmente fosse os dois.

Ela ofereceu um sorriso inteligente que tinha sido a ruína de muitos protagonistas masculinos na tela.

— É um pouco opressivo na primeira vez. Tente ficar tranquila.

— Ela está certa.

Olhei uma segunda vez para ter certeza, insanamente aliviada por ouvir a voz familiar de Audrey. Ela deve ter deixado o Moinho logo depois de nós. Eu me perguntei se Sarah Jane tinha lhe avisado da nossa "viagem".

Audrey saiu do meio da multidão e me deu um abraço.

— Você não estaria aqui se não estivesse destinada a isso. Bem-vinda ao alto escalão, querida.

Olhei em volta da sala. Governadoras, primeiras-damas, magnatas da mídia, atrizes, atletas olímpicas, diretoras de empresas listadas na *Fortune 500*. Se uma mulher tivesse algum dia aparecido na capa de uma revista — da *Entertainment Weekly* à *Time* —, ela estava ali. Eu me sentia como um peixinho de aquário num oceano de sereias. Era quase...

Espere um minuto. O que *Audrey* estava fazendo aqui?

De forma alguma iriam deixar alguém de fora, com ou sem contrato, entrar em um espaço tão protegido a ponto de ser construído dentro de uma montanha. Audrey tinha de ser uma Cindy também.

Olhei para Audrey e Brooke, o cérebro finalmente entendendo o que estava acontecendo à minha volta. Brooke era uma típica garota da Califórnia. Audrey era australiana. Se as duas eram Cindys de verdade...

Prestei mais atenção ao grupo, aos rostos famosos que nos cercavam. Não eram só rostos que eu conhecia. Eram rostos que *o mundo* conhecia. A campeã italiana de Wimbledon Silvana Moretti conversava com a esquiadora alemã Ingrid Jansen e a nadadora coreana e fenômeno olímpico Park Soon-Yi. A pop star britânica Cate Hamilton abraçava a atual Miss Universo, a brasileira Isabel Ferreira.

Não se tratava de uma reunião de colegas da Mt. Sterling.

Quando Paige dissera que havia Cindys do Maine até a Califórnia, eu tinha achado que ela queria dizer que a SC era uma sociedade de âmbito nacional. Mas, ali, Cindys do mundo inteiro pareciam à vontade como se estivessem em casa. E casa para elas não era uma cidade universitária que representava apenas um pontinho no mapa da Geórgia, Estados Unidos. E, definitivamente, não era um complexo subterrâneo — sob a montanha? — que colocava Beverly Hills no chinelo.

Meg, obviamente percebendo minha sobrecarga iminente, me desejou boa sorte e saiu, passando pela multidão reunida. Felizmente, Nan esperou até ela ir embora para me explicar que Meg era a presidente da ÍSIS. O que basicamente a tornava a rainha das Cindys.

Ainda bem que não soube disso desde o início ou teria parecido uma louca de olhos arregalados antes de ver Brooke. Ou Cate. Ou Ingrid.

— A ÍSIS que você viu lá em cima é nossa face pública — explicou Nan. — O verdadeiro coração da ÍSIS fica aqui em nosso quartel-general particular. De pesquisa e desenvolvimento a relações internacionais, tudo acontece aqui. Quando estamos prontas para realizarmos uma missão, nós a passamos para a ÍSIS, Inc. ou para a Fundação ÍSIS, e elas a implementam para nós. Isso permite que nosso verdadeiro trabalho continue nos bastidores.

Nan me levou pela recepção dourada (com um átrio de teto de vidro pelo qual entrava a luz do sol — ou uma falsa luz do sol, produzida por lâmpadas de amplo espectro), falando com as pessoas pelo caminho. Quando passamos pela porta dupla de vidro na outra ponta, minha mão parecia que ia cair de tantos cumprimentos de boas-vindas.

O corredor depois da porta dupla estava muito mais silencioso do que a entrada. E também era magnífico. Nan caminhava ao meu lado, me dando tempo suficiente para absorver tudo aquilo. Retratos de algumas mulheres do saguão adornavam elegantes paredes revestidas de seda cor de vinho, e uma fileira de mostruários de vidro exibia de tudo, desde medalhas de ouro até Oscars.

— É uma grande emoção ser reconhecida no Salão de Honra — explicou Nan quando parei em frente ao Oscar de Brooke. Bem ao lado, havia uma foto de Brooke com cerca de uma dúzia de garotas com roupas simples, todas sorrindo como se aquele fosse o melhor dia de suas vidas. — Brooke está sendo homenageada este mês por seus feitos como atriz e pela fundação que criou para fortalecer garotas que precisam de ajuda.

Eu não estava entendendo.

— Tudo isso. — Fiz um gesto para indicar as coisas à minha volta. — O que tem a ver comigo? Como aquelas mulheres sabem meu nome?

— Elas são Irmãs, Jessica, não apenas mulheres. E elas sabem seu nome porque você está na Lista de Observação. Está nessa lista desde que provou seu potencial de liderança no serviço comunitário.

— Que foi...?

— Há cerca de três anos. Você aparece na Lista de Legado desde antes disso, é claro, como todas as garotas que fazem parte do legado desde o nascimento. Mas a Lista de Observação é para legados com potencial extraordinário.

Eu não tinha resposta para isso — quem teria? —, então a segui por outro grande corredor. Se Nan era uma Cindy, minha mãe não teria de ser também? E se mamãe era uma Cindy, porque o nome dela não apareceu na pesquisa da base de dados?

E por que ninguém tinha me dito nada sobre isso até *agora*?

Eu queria perguntar tudo isso e mais um milhão de outras coisas, mas não sabia por onde começar. Meu cérebro lutava para se manter focado.

Paramos no final do corredor seguinte, em frente a uma sólida porta de aço em que foi necessário escanear mais uma vez o medalhão de Nan e, não estou brincando, escanear completamente a mão dela. Achei que tivesse morrido e ido parar no céu do *CSI*.

Nan abriu a porta para uma sala que era o extremo oposto da elegância e sofisticação que nos levaram até ali. O espaço octagonal era reluzente e funcional, com pisos brilhantes e instalações cromadas e com vidro. Definitivamente não era o que eu esperava encontrar no interior do quartel-general Cindy.

— Esta é a Galeria da Descoberta. — Nan falava baixinho, como se estivesse numa biblioteca, e de forma reverente, como se estivéssemos em uma igreja. — Você se lembra do nosso lema?

— Celebrar nossa força, abraçar nosso futuro e sermos extraordinárias.

— Muito bem. Esta sala é a materialização desses ideais. Nossa Sociedade foi fundada com base no princípio de fortalecer as mulheres. Para restabelecer um equilíbrio de poder no mundo que está em falta há séculos.

— É hora de as mulheres governarem o mundo, hein?

O rosto de Nan estava sério.

— Nunca brinque sobre essas coisas, Jessica. Você deve entender bem isso: a Irmandade trabalha para *restabelecer equilíbrio*, não para transferir o poder de um extremo para o outro. A Sociedade há tempos está em guerra com aqueles que desejam o poder com o único propósito de dominar os outros.

Dei uma olhada em pergaminhos e livros parecendo antigos expostos em absoluto contraste com o alojamento high-tech.

— Ainda não entendo o que tenho a ver com isso.

— Como acha que a Irmandade realiza sua missão?

Não fazia ideia.

— Trabalho duro e dedicação? — Isso parecia a forma Cindy de fazer as coisas.

— Cada Cindy desempenha um papel para fazer a missão acontecer seguindo o lema. — Ela fez um gesto em direção a um mostruário redondo de vidro, onde um livro muito antigo parecia suspenso no ar. — O Manifesto ÍSIS foi criado pelas Irmãs fundadoras para nos guiar em nossa missão de proteger aqueles que não têm voz. Séculos depois, ainda é tão relevante quanto era na época. É por isso que a Sociedade Cinderela existe.

O que me fez lembrar...

— Sem querer ser desrespeitosa, mas por que nomeiam uma organização sobre poder feminino como a nossa como Sociedade Cinderela? Entendo a coisa da fada-madrinha com as transformações, mas a Cinderela não era muito passiva? Ela deixava as pessoas a explorarem e só conseguiu o que queria porque outra pessoa fez as coisas acontecerem para ela. — A verdade é que sempre tive meus questionamentos sobre nossa comparação com Cinderela. — Isso não vai contra a coisa toda do fortalecimento?

— Unir-se a uma Sociedade como a nossa pode ser avassalador — explicou ela. — O nome da Sociedade Cinderela foi adotado para nos ajudar de forma rápida e fácil na transição das garotas usando uma metáfora que pudessem entender. Cindys, Malvadas... são conceitos com os quais as garotas conseguem se identificar.

Acho que conseguia ver isso. Já sabia que as Cindys eram muito ligadas em simbolismo.

— Quanto a isso ser inferior a nós, discordo. Às vezes é vantajoso que as pessoas nos subestimem. Isso nos permite operar amplamente sem sermos muito notadas por pessoas que desejariam minar nossos esforços. Somente duas outras organizações no mundo sabem que a ÍSIS existe, e uma delas está atualmente preparando uma ofensiva contra nós, de uma forma como não víamos há gerações. O que viu no saguão não era uma reunião social. Meg pediu uma reunião de cúpula para decidirmos formas de abordar o aumento no recrutamento. Você e suas irmãs da Mt. Sterling estarão na linha de frente da batalha.

— Toda Cindy vai estar, não?

— Nem todas. A ATENA parece estar testando o aumento em algumas divisões por enquanto.

— Mas vocês acham que estão fazendo isso como um teste antes de implementar a estratégia no mundo inteiro?

— Essa é a preocupação. Seria um esforço significativo para os recursos delas, algo que não fariam se não fizesse parte de um plano muito maior de ataque. As mulheres que você viu quando chegamos estão aqui para formular um plano visando neutralizar o aumento em larga escala no recrutamento, se nossas suspeitas se confirmarem.

Milhares de Lexys a mais se juntando com um propósito maligno não podia ser algo bom.

— Então a guerra está se intensificando?

— *Nossa* guerra, Jessica. Você é a líder de uma área de aumento de recrutamento.

Que era algo sobre o qual eu precisava conversar com ela, aliás.

— Olhe, Nan, entendo que me queira na Sociedade. Mas a realidade é que sou uma tragédia. Meu Programa de Poder é um desastre, o garoto com que comecei a sair já me dispensou porque nem mesmo sei mais quem eu sou e chantageei uma Malvada para completar uma missão — falei, sem sequer ter certeza de que ela sabia sobre a missão — depois que Paige me disse especificamente para deixar para lá. De forma alguma levo jeito para liderar um grupo de supergarotas.

Nan cruzou os braços.

— Você ajudou ou não alguém de fora que estava sofrendo a entender por que as Malvadas a atormentavam?

OK, ela com certeza sabia sobre a missão.

— Sim, mas ainda não sei qual é o lance com a câmara sob a escola.

— Isso é confidencial. Depois você protegeu essa garota de ser publicamente humilhada quando ela decidiu não ceder à chantagem?

— Chantageando-as de volta. Um momento de orgulho para as Cindys do mundo todo...

Nan ignorou meu sarcasmo.

— Uma escolha ruim, com certeza, mas que pode ser corrigida no seu devido tempo.

Uma vez que estávamos falando de escolhas ruins, achei que podíamos lavar logo toda a roupa suja. Ela tinha de entender a magnitude dos meus erros para saber que eu não era a Cindy certa para aquele trabalho.

— Também consultei alguns dos arquivos confidenciais dos legados no escritório de Paige.

Nan franziu as sobrancelhas, então acrescentei:

— Eu estava tentando descobrir alguma coisa sobre Lexy que pudesse me ajudar a entendê-la melhor. Nunca pretendi usar nada como chantagem, mesmo se tivesse encontrado alguma coisa. E não encontrei.

— O que você *pretendia* fazer com a informação é irrelevante. O fato de ter consultado os arquivos é indesculpável. Cindy alguma pode ignorar as regras para cumprir suas tarefas.

Nan suspirou. Pela primeira vez desde que havíamos chegado, olhou para mim como a Nan que eu conhecia: com amor.

— Às vezes ser uma líder significa fazer o mais difícil, Jessica. Quando todos não conseguem ver direito as coisas, você precisa estar disposta a defender o que acredita e fazer o que é certo, mesmo se isso for torná-la impopular. Posso não concordar com seus métodos, mas estou orgulhosa por ter feito uma escolha difícil e levá-la adiante para ajudar alguém que realmente precisava.

Mas esse era todo o amor que eu ia receber. Nan voltou à postura profissional.

— Você sabe por que um membro recém-iniciado poderia ser escolhido para uma missão estando na Sociedade há apenas algumas semanas?

Porque estavam precisando de otários?

— Acho que você vai me esclarecer.

— Vou sim, Espertinha. É porque nós a estávamos esperando. Estávamos observando seu desenvolvimento e esperando o momento certo para trazê-la para o grupo, para que assim assumisse seu devido lugar. Há uma razão para você ter sido selecionada para se tornar a primeira líder na história da divisão da Mt. Sterling dentre as alunas que irão para o terceiro ano. Acho que você não entende a importância desse acontecimento histórico.

Então Nan vinha me observando enquanto viajávamos pelo país. E se minha mãe não tivesse engravidado, e nós não tivéssemos nos mudado para cá? Existiria uma divisão Cindy na minha próxima escola? Porque, se não existisse, nunca teria me tornado uma Cindy, muito menos participado de um acontecimento histórico.

— É isso que não entendo. Se mamãe...

— Sua mãe não tem nada a ver com isso, Jessica. Seu legado é complicado, e não é algo sobre o qual eu esteja autorizada a falar agora.

Obviamente eu tinha cutucado uma ferida. Tendo em vista a tensão que havia entre ela e minha mãe, não era surpresa alguma. Mas não ia deixar isso para lá sem qualquer explicação.

— À medida que for progredindo, haverá muitas coisas que desejará saber antes da hora — disse Nan. — A câmara e sua linhagem são apenas duas delas.

— Ela é minha *mãe*, Nan. Mereço saber por que você e eu somos Cindys e ela não. O que houve com nosso legado?

— Não cabe a mim dizer — explicou ela, então balançou a cabeça. — Mas sua mãe também não vai ajudar muito. — Nan parecia escolher as palavras com cuidado. — Toda Cindy tem uma escolha a fazer. Você precisa querer a Irmandade tanto quanto ela a quer.

— Minha mãe *rejeitou* a Irmandade?

— Não é tão simples assim. Como eu disse antes, é uma situação complicada e não é algo sobre o qual possa dar mais detalhes agora. Quando chegar a hora de ter as respostas, você irá encontrá-las. Mas não vai consegui-las com sua mãe.

Aquele papo confuso de Nan estava me deixando tonta. Eu precisava de respostas concretas.

— Alguma chance de você me falar mais sobre a câmara então?

— Posso confirmar que existe mesmo uma câmara sob o terreno onde atualmente fica sua escola. Durante anos, ela protegeu alguns dos bens mais sagrados da Irmandade, guardados lá na época em que o campus era o centro das atividades da ÍSIS. Quando Paige contou o que você descobriu para nossas líderes, rapidamente tomaram providências para trazer os artefatos remanescentes para cá. — Nan franziu os lábios. — Se deram a Lexy uma missão que envolva a câmara, não foi um pedido arbitrário. Há uma razão específica para estarem atrás dela agora, e uma razão para terem envolvido Lexy em particular.

Nan bagunçou meu cabelo como minha mãe sempre fazia.

— As informações que você conseguiu permitiram à ÍSIS proteger uma parte crítica da nossa missão. Se as Malvadas tivessem acessado a câmara sem que soubéssemos, nossa segurança estaria seriamente comprometida.

Pelo menos eu tinha feito algo certo. Uma vez em 247 não era tão ruim.

— Nesse momento, suas companheiras Cindys precisam que volte a se preparar. Você terá muito o que fazer nos próximos meses, e precisa estar pronta para qualquer desafio com que possa se deparar. Elas precisam saber que podem contar com sua líder.

— Sua... — Achei que ela estivesse falando de voltar com minha preparação do *MTC*. — Ah, não. De forma alguma, Nan. Elas vão ficar correndo em círculos comigo. Sou a última pessoa que devia estar liderando uma batalha contra Lexy e as Malvadas durante um período turbulento.

— Não foi o que quis dizer, Jessica.

Ufa.

— Que bom, porque isso não...

— Líderes estudantis são escolhidas por seus colegas e membros do conselho. Guardiãs são escolhidas pelo destino e preparadas por uma força-tarefa de elite dentro da ÍSIS. É por isso que Sarah Jane a trouxe aqui. Se deve combater as Malvadas com êxito, precisa assumir seu legado completo.

As borboletas desfaleceram.

— Você não é uma simples líder Cindy, querida. Você é uma líder da sua geração.

* * *

Sarah Jane devia estar esperando minha completa incredulidade quando a encontrei novamente do lado de fora do Salão Ártemis. Imediatamente pediu dois milk-shakes de chocolate do Centro Acadêmico (com chantilly extra para mim) e me guiou de volta para nosso banco sem dizer uma palavra. Nós nos sentamos e bebemos em silêncio, o ar parecendo muito mais pesado agora do que antes.

Coitada de Sarah Jane. Não era de estranhar que tivesse ficado tão estressada com meu total fracasso. Ela tinha sido encarregada de ser mentora de uma líder que representava uma quebra nas tradições, que tinha sido selecionada um ano atrasada e que — ah... a propósito — também vinha a ser uma Guardiã em Treinamento. Uma coisa era arruinar minha própria vida. Era cinquenta vezes pior levar Sarah Jane para o buraco comigo. Eu queria uma chance de fazer tudo de novo.

Eu não sabia o que andavam pensando na ÍSIS, mas tinha de ter acontecido algum engano. Mesmo que Nan insistisse que a força-tarefa não estava delirando e que não, não precisavam de uma reavaliação.

A condensação gelada do copo pingava nas minhas pernas descobertas, o equivalente a me beliscar para que voltasse à realidade.

— Então — grasnei. — O que acontece agora?

— Agora — disse Sarah Jane simplesmente —, vamos ao trabalho.

Capítulo 21

COM A PERMISSÃO DA minha mãe — e nem tive de suborná-la dessa vez —, joguei alguns artigos necessários numa bolsa para uma intervenção de emergência na casa de Sarah Jane. Ela havia recebido permissão especial para retirar nossos MTC do Clube e levá-los para a casa dela, sob orientação estrita de que fossem devolvidos à segurança dentro de 24 horas. Essas senhoras da ÍSIS não brincam em serviço.

Como um tributo à antiga eu, prendi meu cabelo num rabo de cavalo torcido por uma questão de conveniência, que na verdade ficou bem bonito. Simples, mas prático. Era bom voltar à vida real.

Dei uma olhada no meu e-mail para ver se havia alguma novidade sobre nosso próximo treino de líderes de torcida e estava me preparando para mandar uma mensagem para Nan falando de meu cronograma de trabalho — o assunto não tinha exatamente surgido durante minha visita —, quando uma tela de mensagem instantânea se abriu.

TouchdownOuNada: podemos conversar?

Olhei para a tela. Tanta coisa tinha acontecido desde nosso último encontro! Nosso término parecia ter sido há uma vida inteira e, de certo modo, tinha mesmo. Uma antiga vida para a qual nunca poderia voltar.

Refleti sobre a pergunta ilusoriamente simples. Podia conversar? Sim. Eu queria? Depende. Se ele estava escrevendo para se desculpar por ter agido como um idiota e implorar meu perdão, eu poderia ouvir. Não só ele tinha agido como um idiota, mas havia partido para outra sem esperar nem respeitáveis 72 horas. Além disso, era dolorosamente óbvio que Ryan não tinha problema com demonstrações públicas de afeto de uma forma geral. Só não queria ser visto *me* beijando.

Mas... o pior? Não importava o que mais tivesse saído errado entre nós, a questão principal é que éramos muito diferentes. Ryan afastava qualquer coisa que se aproximasse demais, e eu precisava de alguém com quem pudesse ter um vínculo. O que significava ir a fundo mesmo, lidar com as dores mais íntimas e tudo o mais. Se ele não ligava o suficiente para mim para me deixar fazer parte de sua vida, nada mais importava, de qualquer jeito.

Não, a verdade é que eu não queria conversar. Tínhamos cruzado uma linha e não dava para voltar atrás, mas eu não ia querer nem se pudéssemos. Precisava olhar para a frente, não ficar olhando por cima do ombro para o que poderia ter sido se eu bastasse para ele. Parecia bastar aos olhos das Cindys, então talvez elas vissem algo em mim que Ryan não via. Algo que nem eu mesma via, mas queria ver.

Engolindo as lágrimas, fechei a janela da mensagem e desliguei o computador.

* * *

Nunca tinha ido à casa de Sarah Jane antes. Não era tão grande quanto a dos Steele, mas era bem maior do que a minha, e muito aconchegante. Verdes e azuis serenos, amarelos relaxantes e flores em abundância. Não era de espantar que ela conseguisse ser tão calma e alegre, mesmo com o caos do divórcio dos pais. Se morasse na casa da Moranguinho, eu também seria feliz.

— Chá gelado de framboesa ou de laranja? — perguntou ela, colocando a cabeça na geladeira.

— Qualquer um. Tem certeza de que precisamos de tudo isso? — indaguei, avaliando o peso de uma tigela grande com divisórias cheia de barras de cereal, batatinhas orgânicas e um pacote de Twizzlers.

SJ pegou algumas garrafas de cada e fechou a porta com o quadril.

— Comida energética. Vamos parar para o almoço e para um pouco de ioga, mas precisamos de "substância" se vamos fazer a triagem do *MTC*.

Eu a segui até seu quarto no andar de cima, onde Kyra, Gaby, Paige e Gwen já haviam se estabelecido. O quarto de SJ era maior do que a sala de estar da minha casa, e cada Irmã tinha criado seu próprio pequeno ninho pelo quarto. Kyra tinha espalhado todas as últimas revistas de moda e estava categorizando roupas por estilo para criar um apoio visual para Alfas trabalhando em seus Portfólios de Estilo Próprio. Gwen estava fazendo uma colagem de sonhos para seu *MTC*, Paige estava trabalhando em seus materiais de transição para mim, e Gaby estava com o laptop revendo as diretrizes para se treinar uma líder com responsabilidades de Guardiã.

Sarah Jane, com toda a sabedoria de fada-madrinha, achou que eu precisava de uma ajuda dupla de sistema de apoio. Dada toda a bomba de "você é uma Guardiã", eu não podia estar mais de acordo. Tinha ficado com um bolo na garganta quando havíamos parado na casa dela e as encontrado acampadas na varanda da frente esperando por nós.

Era uma reuniãozinha feliz entremeada de conversas em voz baixa. Queria ser o tipo de líder que sabia que elas precisavam. Mas todas nós sabíamos que havia muito trabalho até que eu estivesse pronta para enfrentar as Malvadas e vencer de verdade.

Para iniciar as coisas, Gaby me entregou um envelope lacrado com outra versão da história da Irmandade para acrescentar ao meu *MTC*. Essas páginas só eram entregues a Guardiãs e explicavam a missão de Guardiã e como ela surgiu. O envelope tinha vindo lacrado da ÍSIS, e — não vou mentir — senti uma certa afobação quando percebi que seria a única naquele quarto que leria o que havia ali dentro.

Nan tinha me contado alguns dos detalhes enquanto estávamos na Galeria da Descoberta, mas os absorvi com uma mentalidade diferente dessa vez. Agora tudo aquilo importava. Não de uma forma abstrata, do tipo "isso não é o máximo?", mas porque meu futuro dependia disso. Esse era meu legado, independentemente de essas palavras soarem estranhas na minha boca.

Quando terminei de ler e guardei as páginas em segurança no meu *MTC*, Gaby se instalou a meu lado e me entregou de volta cada uma das minhas tarefas do *MTC*. Meu Portfólio de Estilo Próprio precisava de uma revisão geral agora que eu sabia, com certeza, qual era minha zona de conforto. Descontraído-feminino-esportivo era a definição certa o tempo todo.

Havia um trabalho sobre Pontos Fortes/Pontos Fracos que a maioria das outras Alfas já tinha terminado havia muito tempo, mas voltei a ele e o completei com algumas coisas que ficaram muito óbvias à luz dos acontecimentos recentes. Como, por exemplo, minha disposição para ajudar os outros (um ponto forte, mas também fraco, se eu exagerasse) e minha necessidade avassaladora de me enturmar a qualquer custo (definitivamente uma fraqueza).

Kyra se sentou do meu outro lado, torcendo um Twizzler em seus dedos.

— Você está bem?

— Um passo para a frente, três para trás, isso faz com que a gente leve algum tempo para se recuperar.

Ela examinou as pilhas de papel à minha volta.

— Tente pensar nas coisas aos poucos. Você não precisa dominar tudo de uma vez. Apenas dê o próximo passo. Como o famoso método de organização FlyLady diz, você pode fazer qualquer coisa por 15 minutos.

Eu não sabia o que era o método FlyLady (Kyra enfiou o livro dela na minha bolsa para remediar a situação), mas a estratégia parecia exequível. Eu já ouvira o papo monótono da minha mãe sobre o desenvolvimento dos bebês por horas a fio. Quinze minutos era moleza. Investir 15 minutos por vez em um Programa de Poder que realmente me fizesse sentir poderosa? Definitivamente, valia o esforço.

Com o treinamento de Guardiã no horizonte e um aumento das fileiras inimigas para derrubar, eu ia precisar de cada pitada de poder que pudesse conseguir.

* * *

— Você não conversou mais nada com ele? — perguntou Gwen, enquanto mastigávamos nosso saudável jantar na relaxante varanda com tela dos Peterson.

— Não desde que saí do restaurante. Mas eu o vi no Moinho.

Paige parecia estar se sentindo mal.

— Aquilo foi mais coisa da Gennifer, você sabe. Ela está doida para colocar as garras de volta nele desde a festa na piscina.

— É preciso dois para um beijo de língua.

— Sabe — disse Kyra, parecendo suspeitamente alegre —, meu primo está se mudando de volta para cá. Ele terminou com a namorada...

— Nem pense nisso.

— Não seria um encontro *encontro*. Apenas sondar o terreno. Alec é superlegal, além de lindo, e pode ser que queira se distrair. Você vai rever seu look de novo, certo?

Coloquei um blueberry na boca.

— E daí?

— E seria interessante lançar a Jess 2.0 na festa da Independência, não seria?

Tecnicamente, seria Jess 3.0, mas quem estava contando?

— E...?

— Seria ótimo fazer um teste antes. Alec com certeza te daria uma opinião masculina. Além disso, seria bom para você ser vista novamente por aí. Não estou falando de ficar com nenhum cara novo, só voltar a circular. A não ser que você prefira ser a garota que fica em casa se consumindo por um amor perdido.

Claro.

— Entendido. Vou pensar sobre o assunto. — Tomei um gole de suco e mudei de assunto: — Então, todas vocês já estiveram na ÍSIS?

Todas tinham estado, menos Gaby, que iria assim que se tornasse Gama.

— Eu fiquei bem impressionada na primeira vez que fui — admitiu Gwen. — Nunca me ocorreu que houvesse algo além de nós. Ainda mais como aquilo. Mas quando pensei a respeito, fez sentido.

— Minha mãe vai para Paris e Amsterdã toda hora para trabalhar em projetos com as equipes Delta locais — disse Kyra. Então riu. — Meu pai acha que é porque eles têm ótimos spas.

Ri com as outras, mas estava pensando no que Nan me dissera. Aquela coisa toda de subestimarem a Sociedade parecia mesmo facilitar a vida. De qualquer forma, era preciso explicar menos.

— Eu estive em minha primeira missão internacional nas férias de primavera deste ano — SJ me contou. — Minha mãe achou que seria uma boa experiência, então aceitei uma na Nova Zelândia. Minhas colegas de equipe eram do Japão, Polônia e Dinamarca. — Os olhos dela se iluminaram. — Tamika Yoshida, do Japão, era uma Guardiã em treinamento. Talvez você esbarre com ela alguma hora.

Não conseguia ver como isso iria acontecer, mas estava aprendendo a nunca dizer nunca quando se tratava das Cindys.

— Como são as missões Gama? — perguntei.

— Cada vez é de um jeito — explicou SJ. — Lugares diferentes, projetos diferentes. Trata-se apenas de dar uma ajuda onde quer que precisem de você.

— E se provar para as manda-chuvas da ÍSIS ao mesmo tempo — falei. Isso eu pude concluir por conta própria.

Gwen equilibrava uma uva na parte de trás da mão.

— Nós somos como as ligas secundárias. Nem todas vão para as principais, mas se você for chamada, é melhor estar pronta.

— Estamos todas competindo para entrar na ÍSIS? — Isso não fazia o menor sentido para mim. As Cindys deviam se reunir para pensar no bem maior. Não conseguia ver a ÍSIS nos colocando umas contra as outras para se juntar às suas fileiras.

— Ah, meu Deus, não. — SJ parecia chocada. — Quero dizer, acho que podemos competir para algumas missões. Não podemos todas ir ao Havaí todas as vezes. Mas se juntar à ÍSIS não é uma competição.

Gwen assentiu.

— Só quis dizer que nem todas decidem se envolver antes da graduação. Mas se você quiser mesmo ser parte da ÍSIS, precisa estar preparada. É para isso que serve todo o treinamento.

Uma grande estratégia. A não ser que as manda-chuvas a convoquem antes mesmo de seu treinamento começar. E por falar nisso...

— Quando começa esse lance de Guardiã? — perguntei a Gaby.

— Coloquei as instruções preliminares para você em sua pasta — disse ela, acabando de comer um palitinho de cenoura. — Sua mentora vai elaborar uma agenda de treinamento para o restante.

Pisquei os olhos em direção a Sarah Jane.

— Parece que você está presa de novo comigo.

— Só para seu MTC. Paige será sua mentora para a liderança, e sua mentora para o treinamento de Guardiã... — A campainha tocou como se aproveitasse a deixa, e Sarah Jane se afastou da mesa... — Pode lhe falar mais sobre essa parte diretamente.

Tive um pressentimento sobre quem seria, e não tinha certeza de como me sentia a esse respeito. Não tinha visto Cassie desde o que acontecera entre mim e Ryan ou a história de chantagem com Lexy. Se Nan sabia sobre essas coisas, Cassie com certeza também saberia. Será que isso tinha mudado a maneira como ela se sentia trabalhando comigo?

Não a culparia se estivesse irritada. Eu ainda estava irritada comigo mesma. Nem tanto com relação a Ryan. Ele tinha forçado um pouco a situação. Ou talvez nós dois tivéssemos. Mas, no que dizia respeito a Lexy, eu definitivamente entendia. Eu teria de explicar muita coisa se quisesse corrigir o que tinha feito.

Segui SJ de volta para dentro da casa em direção à porta da frente, preparando um minidiscurso para deixar Cassie saber que eu estava totalmente preparada para pagar pelos meus pecados.

Sarah Jane espiou pelo olho mágico e abriu a porta.

— Obrigada por vir, sendo chamada assim tão em cima da hora.

— Tranquilo. Isso é uma prioridade para mim. — Ela me olhou e sorriu, tirando o boné de beisebol e os óculos de sol que usava para se disfarçar.

— Como nossa nova Guardiã está hoje, Jess?

— Muito bem, Brooke — murmurei. — Estou ótima.

Capítulo 22

APÓS UMA RÁPIDA SESSÃO de apresentações e cumprimentos na sala de estar de Sarah Jane para todas se conhecerem, Brooke me passou o resumo das tarefas que eu devia realizar nas próximas semanas e combinou de me encontrar no Clube no dia seguinte.

Eu tinha chegado cedo ao escritório para trabalhar mais no meu plano para deter o aumento nas fileiras inimigas antes da nossa reunião. Queria reorganizar minhas anotações e perguntar se Brooke tinha alguma ideia sobre o que estávamos deixando de ver.

Peguei meu bloco e reescrevi o que sabíamos.

O QUE AS MALVADAS ESTÃO FAZENDO
1. Dobrando a nova turma de recrutamento (força em números)
2. Fazendo de alvo pessoas em posição-chave (diretamente ou através de pessoas próximas a elas)
3. Forçando as Joviais a fazerem seu trabalho sujo (construindo uma rede de espiões para aumentar o serviço de inteligência?)

O QUE AS MALVADAS QUEREM
1. Manter as Joviais isoladas
2. Eliminar qualquer força que represente uma ameaça
3. Explorar qualquer força que possa ser usada para sua vantagem

A questão ainda era *por quê*. A que se dirigia todo esse trabalho? Quanto daquilo era uma questão de ego e quanto fazia parte de um plano maior?

Eu ainda estava pensando a respeito quando uma batida na porta me mostrou que o tempo de preparação tinha acabado.

— Vim trazendo presentes — disse Brooke quando abri a porta do escritório. Ela estendeu a mão direita, depois a esquerda. — Chocolate ou avelã?

— Chocolate, sempre — respondi, pegando o saco de biscoitos e café da mão direita dela. — Obrigada, Brooke.

Nós nos acomodamos na mesa do escritório da líder, e Brooke abriu uma pasta na qual havia uma logomarca com um G duplo. Ela me entregou uma pasta igual.

— Por que você não começa me dizendo o que sabe sobre as Guardiãs? — perguntou ela.

Eu tinha lido todas as informações que Gaby me dera, mas muitas delas ainda estavam rodopiando na minha cabeça.

— É uma ramificação da ÍSIS formada há cerca de cinquenta anos para proteger os interesses da Irmandade. Há Guardiãs pelo mundo inteiro, assim como há Cindys pelo mundo inteiro, e todas as Guardiãs são treinadas por uma força-tarefa de elite na ÍSIS.

— É um bom começo. Toda Guardiã é uma Delta. A maioria começa como Guardiãs em treinamento no ensino médio. Você vai treinar para ser uma Guardiã até estar qualificada a se tornar uma Delta, normalmente por volta da época em que se formar na faculdade, e então pode requerer sua admissão formal na Guilda das Guardiãs.

O que explicava a logomarca GG.

— A ÍSIS tem ramificações em 47 países — continuou ela, preenchendo mais lacunas. — A Sociedade Cinderela varia um pouco de acordo com cada região e cultura; por exemplo, pode não operar exatamente da mesma maneira na Espanha, na Índia ou na Suécia, mas nosso lema e nossa missão são os mesmos no mundo inteiro. O treinamento que você recebe durante a fase das Cindys em que está no ensino médio, ou o equivalente em outros países, é uma experiência razoavelmente universal. Quando se obtém a graduação nesse treinamento, toda Cindy faz uma escolha sobre o futuro.

— A gente se gradua nesse treinamento?

— Não da mesma forma que se gradua no ensino médio. No final dos três anos, dois para você, que começou mais tarde, toda Cindy faz a transição para um entre três caminhos. É aqui que entra a parte de "abraçar seu futuro" — explicou ela. — O primeiro caminho é *Influência*. Penso nisso como uma retribuição. Você aproveita o conhecimento e as habilidades que desenvolveu como Cindy e os usa para fazer diferença no mundo da forma como se sentir compelida.

Sempre gostei do conceito de retribuição. Pensar que as Cindys estavam por aí fazendo isso agora mesmo para combater a rede de alvos das Malvadas significava uma centelha de esperança para as Joviais no mundo todo.

— A maioria das Cindys segue o caminho da Influência. Há grupos de ex-alunas pelo mundo inteiro: uma vez Cindy, sempre Cindy. Mas a participação ativa dessas Cindys na Sociedade termina efetivamente depois da graduação.

— Agora, para as Cindys que querem um comprometimento de longa duração, há o caminho ÍSIS. Uma vez que se tornar uma Gama, você pode sair em missões para a ÍSIS. Não é uma função em tempo integral, mas possibilita que as Cindys continuem a fazer contribuições para a missão ÍSIS por toda a vida.

Daí a missão de Sarah Jane na Nova Zelândia.

— Algumas Cindys vão além do nível Gama e passam para o Delta, mas isso tudo faz parte do caminho ÍSIS. Ser uma Delta lhe possibilita trabalhar para a ÍSIS como uma carreira. Em vez de sair em missões voluntárias, tem-se a oportunidade de receber um salário da ÍSIS. Então, em vez de se tornar, digamos, uma engenheira ambiental para o governo, você pode trabalhar no departamento de pesquisa e desenvolvimento da ÍSIS.

O sonho de Gaby tornado realidade. Apostava qualquer coisa que era nisso que ela estava interessada.

— Nem toda Delta escolhe trabalhar para a ÍSIS. Sua avó é um bom exemplo disso. Mas todas estão intimamente envolvidas com o funcionamento interno da instituição.

Eu podia desvendar o restante sozinha.

— E nós somos o terceiro caminho.

Brooke ergueu seu café num brinde.

— Vida longa às Guardiãs. — Batemos nossos copos de café. — As Guardiãs têm uma missão e apenas uma missão: proteger a ÍSIS da ATENA enquanto detêm suas tentativas de dominação. Toda missão que você receber como Guardiã estará diretamente ligada às Malvadas.

Já era ruim o bastante que as Joviais-alvo estivessem presas às Malvadas por toda a eternidade. Se me tornasse uma Guardiã, isso significava que eu também estaria.

Revisamos o calendário Cindy que Gaby tinha me dado e o comparamos com os próximos eventos das Guardiãs e datas importantes. Brooke queria se certificar de que nós identificássemos qualquer conflito com antecedência para que eu não ficasse dividida entre muitos compromissos diferentes. A prioridade era me preparar para assumir como líder, então o único evento maior que eu teria neste verão era a Cúpula das Guardiãs na cidade de Nova York. De acordo com Brooke, a Cúpula das Guardiãs era como uma versão Cindy da ONU.

Agendas organizadas, mudamos para o tópico pelo qual eu estava esperando.

— Em que pé você está com a questão do aumento no recrutamento? — perguntou Brooke, tomando um gole cuidadoso de café sem deixar uma única marquinha de batom no copo. Não havia limites para seus poderes mágicos?

Terminei de comer o último dos meus biscoitos.

— Achei que você pudesse me ajudar nisso. Nan me disse que as Guardiãs estão na linha de frente do problema no aumento do recrutamento, não é?

— É uma de nossas prioridades. Na verdade, você foi designada para a Força-Tarefa de Recrutamento das Guardiãs porque está num local de aumento. Você vai encontrar as outras integrantes na Cúpula. A força-tarefa precisa ficar de olho no próprio terreno para entender como o aumento está se desenrolando em tempo real. Você será os olhos delas, e elas te passarão novas informações conforme as forem recebendo. É uma parceria.

Uma parceria da qual eu precisava desesperadamente.

— Posso te perguntar uma coisa?

— É para isso que estou aqui.

— Paige explicou sobre a rede de Malvadas da ATENA pelo país. — Ou pelo mundo todo, agora que eu entendia melhor as coisas. — O que elas ganham mais tarde fazendo as Joviais de alvo? Eu entendo esse jogo de poder, mas é apenas uma questão de ego?

— O que você acha?

— Acho que elas devem conseguir tirar alguma coisa tangível disso tudo.

— Coloque-se no lugar das Joviais — disse Brooke. — Digamos que você tem cerca de 35 anos e que tem sido alvo das Malvadas desde o ensino médio. São 20 anos se curvando à pressão das Malvadas. Você aprendeu que é mais fácil lidar com isso do que se defender porque elas sempre pegam muito mais pesado depois se você as desobedece. E então, um dia, você consegue a promoção pela qual vem esperando ou o cargo político pelo qual vem batalhando a vida inteira. É o auge do sucesso, e finalmente você está em uma posição de poder. O que acontece então?

As coisas começavam a entrar no lugar.

— Elas a usam como marionete.

— Exatamente. Ou, se consegue seu lugar derrotando uma Malvada, elas a chantageiam a abrir mão do cargo para que a Malvada possa assumir. Quanto mais diversificado for o poder delas, mais difícil é lutar.

O alarme no celular de Brooke soou, e ela conferiu o relógio enquanto minha mente fervilhava de possibilidades.

— Meu número pessoal está na pasta que te dei — disse ela, levantando-se para sair. — Me ligue a qualquer hora se tiver alguma pergunta ou se precisar da opinião de alguém. Não fique sem graça, OK?

— Obrigada, Brooke. Não vou ficar. — *Não muito*.

Brooke me deu um abraço rápido — me deixando momentaneamente sem fala (e mais uma vez desejando ter passado por Worthington Estates) — e saiu do escritório. Abri imediatamente a porta para o Centro de Comando, indo direto para o quadro branco.

As fotos ainda estavam nas colunas em que as tínhamos deixado. Se o que Brooke tinha me falado da ATENA se aplicava a todas as Malvadas, ela havia acabado de me dar a peça final do quebra-cabeça.

Sabíamos que os alvos das Malvadas eram pessoas que tinham algo que elas queriam. Poder, cargo, uma habilidade que pudessem explorar. Se fosse do interesse delas, iam atrás e pronto.

Se elas quisessem controlar todo o cenário do ensino médio, precisavam ter marionetes em cada área importante. Ou estarem elas mesmas nessas posições. E precisavam eliminar qualquer ameaça a esse controle. Se fossem bem-sucedidas — e parecia que estavam indo bem —, estaríamos com problemas. Uma vez que elas controlassem toda a estrutura social, detê-las seria praticamente impossível.

O problema com o plano era que, com uma área de atuação tão diversa na escola, não haveria forma de poderem efetivamente controlar todos os grupos e ainda manter sua rede de espiãs ativa e assustada. O que as deixou sem escolha a não ser reforçar o contingente.

E nós não tínhamos escolha a não ser derrubá-las antes que isso se concluísse.

A área de atuação delas já era maior do que poderíamos combater diretamente. E aí estava o problema: eu vinha quebrando a cabeça pensando numa estratégia que nunca tinha sido uma opção na verdade.

Há muito mais Joviais do que jamais existirão Cindys e Malvadas. O poder verdadeiro está nas mãos deles, mas eles têm de perceber isso para que possa lhes trazer algo bom.

Sarah Jane tinha me contado o segredo naquele dia no jogo, mas eu não tinha entendido o que significava até agora. Se quiséssemos derrubar as Malvadas para sempre, só havia uma coisa que podia garantir nosso sucesso.

Seria necessária nada menos do que uma insurreição Jovial em grande escala.

Mas uma insurreição precisava de uma líder interna; as Joviais precisavam que uma representante delas buscasse liderança e força. Heather finalmente tinha encontrado sua voz com Lexy no Campo. Com um pouco de orientação e um sistema de apoio com o qual pudesse contar, quem poderia saber do que seria capaz? Eu podia não ter pensado bem em todos os detalhes, mas não tinha dúvida de que ela era a pessoa certa para isso.

Só precisava convencer *Heather* disso.

* * *

Se eu tinha alguma esperança de convencer Kyra a não me arrumar um encontro com Alec, estava sem sorte. Todas acharam que era uma ideia incrível, então finalmente cedi e deixei que elas assumissem o controle da minha vida social. Não podiam fazer nada pior do que eu fazia.

A campainha tocou, e dei mais uma olhada no meu look descontraído, feminino e esportivo antes de descer a escada. Para ser sincera, queria mesmo era ser alguém que fica se lamentando a vida toda pelo ex-namorado, mesmo que parecesse patético, pois ele me esqueceu em 12 segundos. Mas tinha tomado minha decisão, então lá fui eu me arrastando como uma tartaruga.

— Desculpe se Kyra forçou você a isso — disse Alec quando já estávamos a salvo fora de casa. Kyra não tinha mentido sobre o fato de ele ser lindo: cabelo escuro, sorriso torto encantador. Ele me ajudou a entrar no carro, então ganhou pontos extras por gentileza também. Podia me sair muito pior num encontro que não era encontro.

— Ela não me forçou — respondi com um sorriso. — Eu queria vir.

Ele parou com a mão na porta e me lançou um olhar de *você não precisa me enganar*.

— Bem, ela disse que achava que seria bom para nós dois.

Ele riu.

— Agora sim.

Decidimos ver uma comédia romântica leve e nos divertimos tanto sussurrando comentários como "Nossa, por *essa* eu não esperava" e "Ela nunca ia dizer isso com o chefe sentado ali do lado — ela é maluca?", que nem me preocupei quando a cena do beijo chegou. Alec e eu apenas olhamos um para o outro e rimos. Era como sair com um grande amigo, se algum dia eu tivesse tido um grande amigo homem.

Kyra tinha deixado Ben arrastá-la para ver o último filme de ação — ah, as coisas que se faz por amor —, e nos encontramos com eles no hall no final da sessão. Ficamos ali por alguns minutos, rindo e brincando como se não tivéssemos outra preocupação na vida. Quase me esqueci de que Alec e eu devíamos estar cuidando de corações partidos.

Seguimos o carro de Ben até a Delícia Gelada do Arnie e compramos sorvetes de casquinha para levar, depois fomos para o lago. Cuidei para que ficássemos só nas áreas principais, de forma que eu não tivesse de encarar qualquer lembrança.

Alec tinha crescido em Mt. Sterling, mas havia se mudado depois do oitavo ano. Tinha voltado algumas vezes, mas não desde que o Moinho começara a testar novos produtos no cardápio aqui. O delicioso wrap de frango de Audrey foi considerado como algo que ele não podia deixar de experimentar de forma alguma, e nosso jantar estava planejado. Kyra e Ben entraram na nossa frente, e Alec segurou minha mão, balançando-a para a frente e para trás enquanto caminhávamos. Sem entrelaçar os dedos, apenas um agradável contato das palmas.

— Você está incrível, a propósito — disse Alec. — Kyra disse que você poderia querer uma opinião masculina sobre seu novo estilo fabuloso.

Pensei em como tinha me sentido escolhendo minha roupa dessa vez. Finalmente pondo em prática um estilo próprio que realmente tinha a ver comigo. Eu tinha me arrumado um pouco mais para nosso encontro, mas ainda era cem por cento Jess Parker. Engraçado como quando você se veste para si mesma um cumprimento parece meio desnecessário, como glacê no bolo. Não que eu não pudesse apreciar um bom glacê, como todo mundo.

— Obrigada. Você também não está mal.
— Com esses elogios, você deve conseguir sempre o que quer.

Eu ri.
— Posso te dizer uma coisa?
— Claro.
— Está muito mais divertido do que achei que fosse ser.

Alec sorriu.

— Concordo. Isso me fez esquecer as coisas por um tempo.
— Eu também. — Olhei para ele. — Quer falar sobre isso?
— Não há muito o que dizer. Namoramos por cerca de um ano, mas terminei porque ela estava mais envolvida do que eu.

Pensei sobre mim e Ryan.

— Isso é difícil para os garotos, não é?
— É difícil para todo mundo, eu acho. Mas eu sempre meio que gostei de outra pessoa, então não era justo continuar enrolando-a.
— Ah.
— Eu não cheguei a fazer nada, se é o que está pensando. A outra garota não sabe que eu existo.

Ele só podia estar brincando.

— Você é bonito e engraçado. Como ela pode *não* saber que você existe?
— Ela não era da minha antiga escola. Mesmo se fosse, ela é muito preocupada com os estudos e não teria me notado. Eu namorei a irmã gêmea dela. Quando percebi que a garota dos meus sonhos estava escondida bem atrás da minha namorada, eu já estava de mudança.

Fiquei perplexa. Não era *possível*.

— Você e... está falando sério?

Ele ficou vermelho, mas não deu mais qualquer detalhe.

— E você, quer me contar sobre seu namorado?

Será que eu queria? Meus olhos foram levados para o trecho do calçadão onde as coisas tinham parecido tão perfeitas.

— Não sei — respondi, honestamente. — Muita coisa acontecendo muito rápido talvez? Nada superintenso — acrescentei, sem querer que Alec achasse que eu era rápida *daquele* jeito. — Acho mais que a coisa toda aconteceu muito rápido. De repente era avassalador e, então, simplesmente... acabou.

— Incompatíveis?
— Um pouco. Mas principalmente porque não conseguíamos aceitar um ao outro pelo que éramos.

A explicação saiu tão naturalmente que daria para pensar que eu tinha percebido isso antes de dizer as palavras. Mas não. Era tudo novidade para mim. Algo que, infelizmente, ia direto ao ponto.

E embaraçosamente óbvio depois de minha última conversa com Ryan. Devia ser meio lenta quando se tratava de entender os assuntos do amor.

Pensei no dilema de Alec enquanto seguíamos para o Moinho. Que tipo de garota não iria querer alguém como ele? Com certeza seria um ótimo namorado — bonito, engraçado, doce. Apesar disso, eu só gostava dele como um amigo, então o que havia de errado? Era assim que os rapazes me viam? Como alguém que servia para amiga, mas não para namorada?

Felizmente, o Moinho não estava tão cheio quando chegamos lá. Estava me divertindo tanto que não queria que as Malvadas e seus comentários maldosos estragassem a noite. Pegamos nossos wraps e bebidas e nos sentamos numa das mesas redondas.

Assim como no lago, jogamos conversa fora e fizemos brincadeiras. Ben e Alec começaram a falar sobre um filme de ficção científica que os dois tinham visto. Quando, por pouco, eles não derrubaram a bebida de Kyra da mesa enquanto representavam a cena final de ação (que Alec ganhou), achei que uma fatia de cheesecake de framboesa era uma boa ideia. Eu me levantei para escapar da luta.

— Querem alguma coisa?

— Vou com você — disse Alec, saindo da mesa comigo. — Venci essa batalha. Agora devo receber minha sobremesa de herói.

— É apenas cheesecake.

— Com espirais de framboesa — corrigiu ele. — Cheesecake dos campeões.

Esperamos no balcão, e Alec apoiou o queixo dele no meu ombro.

— Que bom que o copo de Kyra tinha tampa — disse ele. — Derramei suco de uva no short preferido dela quando tínhamos 9 anos, e ela nunca me perdoou.

— Você realmente parecia levar jeito para o caratê falso — provoquei. Virei na direção dele quando ergueu o queixo. Mas em vez de olhar para Alec, meus olhos se prenderam a dois outros, azul-claros, enquanto o dono deles segurava a porta aberta para seu séquito.

— Bem, uma vez que era *boxe*, e não caratê, eu diria que preciso treinar meus movimentos. Talvez dois golpes de esquerda e um de direita tivessem dado mais resultado... — Alec interrompeu o que falava quando percebeu que eu não estava me movendo. Ou respirando.

Os olhos dele seguiram os meus.

— Esse deve ser o tal cara — disse ele baixinho. — O que quer que eu faça?

Desviei os olhos de Ryan e olhei de volta para o amor de rapaz que tinha conseguido me dar minha primeira noite de diversão sem qualquer angústia em muitos dias. Relaxei.

— Nada. Não tem mais importância.

Ele me lançou aquele sorriso torto e prendi meu braço ao dele. Alec pagou nossas sobremesas e voltamos ao nosso encontro, ignorando Ryan e sua turma pelo restante do tempo. Ben pediu licença por um instante para ir cumprimentar Ryan, mas fez isso discretamente e não tentou unir os dois grupos. De modo geral, acho que nos saímos bem daquela situação embaraçosa. E nem recorremos a dar uns amassos para mostrar nada. Não que isso não tenha passado pela minha cabeça quando Gennifer passou o braço pela cintura de Ryan, muito embora ele tenha parecido não perceber.

— Você notou que ele não tirou os olhos de você desde que se sentaram, não é? — disse Alec, quando Kyra ligou para a mãe para dizer que não demorariam a ir para casa.

Dei uma olhada rápida para a mesa em que Ryan tinha se posicionado diretamente à nossa frente, me observando com atenção. Seu rosto estava impassível. Não parecia irritado, nem triste, só... distante.

Kyra pegou a bolsa e foi ao banheiro feminino, provavelmente para preparar o hálito para um beijo de boa-noite. Como eu não tinha um nos meus planos, fiquei na mesa com Alec e Ben e fingi estar interessada numa conversa sobre WWE. O que foi bem mais difícil do que parece (e fingir estar interessada em luta profissional *nunca* é fácil), porque Ryan tinha se levantado da mesa redonda e vinha em nossa direção.

Senti a presença dele quando se aproximou, como eu sempre sentia. Ele era como um ímã para mim. Se estivesse dentro de um raio de 30 metros, meu corpo naturalmente se inclinava naquela direção. Dessa vez, me inclinei um pouco na direção de Alec como defesa.

Ryan parou perto de Ben — que parecia claramente desconfortável — e estendeu a mão para Alec.

— É bom revê-lo, Alec.

Alec apertou a mão dele.

— É bom revê-lo também, Ryan. — Ele nos observou com cautela, claramente sem querer passar dos limites, mesmo eu tendo lhe dito que não tinha mais importância. Ou não devia ter.

Ryan virou para mim. A voz estava mais serena.

— Você parece ótima, Jess.

— Obrigada — falei sem desafinar, dessa vez. O glacê no bolo já não era mais tão tentador. Com o tempo, talvez eu conseguisse aplacar o desejo completamente.

Ben e Alec terminaram a conversa sobre luta para aliviar a tensão. Alec nos deu espaço, mas estava claramente prestando atenção em mim para o caso de eu precisar de apoio.

— Você parece feliz — disse Ryan. O olhar dele era terno. Triste.

— Fico feliz. Você merece estar com alguém que aprecie o quanto é incrível.

Podia sentir minhas defesas se desmanchando.

— Ryan, não.

— É verdade. — Ele falava só para mim. — Nunca se acomode. Por ninguém.

Meus joelhos viraram geleia quando ele me deu o mais doce e suave dos beijos na bochecha, depois se afastou. A dor estava bem ali, tão perto da superfície. E, pelo menos dessa vez, ele não fez nada para que ela fosse embora. Também não a libertou, mas não tentou escondê-la. Pude ver a tensão enquanto ele lutava com os demônios que mantinham todo mundo que se importava com ele a distância.

Então ele se virou e foi embora. Para longe de mim, dos amigos dele, de tudo. Ryan simplesmente desapareceu.

Fiquei tão surpresa que levei um minuto para registrar os gritos de indignação de Gennifer. Ela saiu correndo para o estacionamento, berrando a plenos pulmões para que Ryan parasse, e o alcançou quando ele abria a porta do carro. Algumas palavras acaloradas da parte dela e uma resposta dele que não demonstrava nenhuma emoção, e ele saiu dali de carro. Sozinho.

Olhei para Alec.

Ele suspirou.

— Ah, cara. Isso está parecendo A *Garota de Rosa-Shocking*, e eu sou Duckie. — Ele balançou a cabeça. — Sempre o amigo, nunca o herói.

Quantos garotos iriam conhecer o filme dos anos 1980 que era o meu preferido de todos os tempos? Só mesmo meu grande melhor amigo.

— Você é *meu* herói, Duckie.

Mas assim como no filme, meu coração pertencia a outra pessoa.

Capítulo 23

— EU RECEBO SALÁRIO?

Nan pegou um rolo de bilhetes de rifa do banco de trás e deu uma olhada nas pessoas que passavam pela festa da Independência.

— Com a agenda de treinamento para se tornar uma Guardiã, você não terá muito tempo para um emprego normal — explicou ela, baixinho. — Terá de diminuir as horas de trabalho se quiser levar isso a sério. A Guilda entende isso e oferece um pequeno salário para Guardiãs em treinamento para compensar a renda perdida pela redução nas horas de trabalho. Brooke não falou sobre isso?

Dada a quantidade de trabalho com que eu estava tendo de fazer malabarismo para lidar, certamente não estava reclamando sobre a renda. Mas salário? Tenho certeza de que me lembraria disso. Mesmo tendo ficado zonza e deslumbrada pela primeira parte da minha festinha com Brooke na casa de Sarah Jane.

— Ela deve ter falado. Mas quem vai cobrir minhas outras horas? Você ainda vai precisar de ajuda na loja.

— Vou pensar em alguma coisa. Algum dos meus clientes de costume pode estar procurando emprego, ou posso colocar um anúncio no jornal, se for preciso. — Nan me guiou pelo estacionamento quase vazio enquanto caminhávamos em direção à barraca da qual ela vinha cuidando no meio da festa. — Sem falar que você não precisa se preocupar com isso. Vai estar ocupada o suficiente sem se preocupar com seus turnos este verão.

Sabia que não era minha responsabilidade, mas ainda assim me sentia culpada enquanto seguíamos para a barraca de Nan. A Presentes Celestiais fazia parte da nossa família, mesmo que, nem morta, minha mãe fosse aparecer por lá durante eventos como o solstício de verão. Ou na maior parte do ano, para falar a verdade. Deixar Nan na mão para mim era o mesmo que desapontar minha família.

Ajudei Nan e os outros integrantes da organização de apoio aos veteranos de guerra a arrumarem as barracas de rifas para uma hospedagem romântica no Grand Hyatt Atlanta e fiquei prestando atenção para ver se encontrava Sarah Jane. Ela e Kyra iriam ajudar a Sra. Peterson a arrumar uma barraquinha de arremesso de argolas para ajudar o hospital infantil, mas eu ainda não as tinha visto.

No entanto, vi Lexy andando por ali de modo arrogante como se quisesse matar alguém. Imaginei que enquanto eu ficasse fora de seu campo de visão, estaria segura. Até Heather sair de trás da barraca de cachorro-quente no final da fileira e Lexy acelerar o passo.

Hora de fazer por merecer meu salário.

Heather carregava uma caixa vazia em direção ao El Camino enferrujado estacionado na grama. Colocou a caixa na mala e pegou outra cheia de pacotes de pães de cachorro-quente. Fiquei de olho nela por entre as ripas da barraca vazia de algodão-doce logo à frente.

Lexy estava uma fera.

— Olhe o que temos aqui — disse Lexy enquanto se aproximava de Heather. — Como estão indo as coisas, Trapaceira?

Heather parecia cansada.

— O que você quer?

— Só quero dar um aviso: sua heroína não estará sempre por perto para protegê-la. Se você me ferrar de novo, vou acabar com você e seu namorado.

Heather piscou.

— Meu namorado?

— Você se lembra dele, não é? Roqueiro, bonitinho e pobretão?

Heather assentiu lentamente.

— Então se eu não fizer o que querem, vai atrás de Cam para me atingir?

— Você é meio lenta, é? Deixe-me repetir para você entender. *Consiga. Que a gente. Entre. Na câmara. Ou Cameron. Vai se ferrar. Também.*

Se eu mesma não tivesse visto aquilo, nunca teria acreditado. Heather jogou a cabeça para trás e riu.

— Acha mesmo que sou burra, não é? — disse Heather, a risada dura e cínica. — Acha que eu não sei que já tentou ameaçar Cameron, mas ele a mandou para o inferno? Que ele te disse que não há nada que você possa saber sobre ele ou sobre mim que importe para ele?

Eu sabia que aquela última declaração devia ter atingido Heather como uma faca no coração. Queria abraçá-la.

Os olhos de Lexy ficaram grandes e redondos como discos de hóquei.

— Já arruinei a única coisa com a qual me importava — disse Heather. — Nada que você possa fazer importa mais para mim. Já cansei de ser seu cachorrinho.

Isso. Eu tinha mesmo encontrado a garota certa para liderar o levante.

— Feliz Dia da Independência! — gritei, andando rápido para ficar ao lado de Heather. — Que dia lindo para uma festa, não é mesmo?

— Dê o fora, Ladrazinha.

Sorri docemente.

— Acho que não, docinho. Que tipo de heroína eu seria se recebesse ordens de você?

— Mas você não pode salvar todo mundo, não é? — O olhar dela me deu um calafrio. — Principalmente se todas estiverem sofrendo ao mesmo tempo.

— Não preciso salvar todo mundo — falei, me mantendo firme. — Quando elas souberem o que está tramando, elas mesmas vão se salvar porque são mais fortes do que você. — Assenti para Heather. — Bem mais fortes.

Lexy debochou.

— Você não tem ideia de como sou forte ou do que sou capaz.

— Talvez. — Lancei um olhar matreiro para Lexy. — E você não faz ideia de como *elas* são fortes. Tudo o que elas precisam é da influência certa. Assim que souberem do seu jogo, você e suas amigas não vão conseguir nada.

— Ah, por favor. Esta é só a ponta do iceberg. Mas fico feliz em ver que você vai ficar no *Titanic*. Vai ser divertido vê-la afundar.

— Vou trazer as espreguiçadeiras. Enquanto isso, fique longe de Heather. Como pode ver, você não vai conseguir nada com ela. Se eu ouvir você ameaçá-la de novo, ou a qualquer outra pessoa, aliás, você e eu vamos ter uma conversinha em particular. — Cheguei bem perto dela. — Entendeu?

— Como se eu tivesse medo de você. Você só sabe falar, Ladrazinha. Não tem coragem de fazer nada. Se interferir na minha missão, é melhor chamar reforços.

— Eu estou aqui para ajudá-la — disse Heather, se aprumando. — Estou de saco cheio de ser seu capacho, Lexy. Também não sou a única. Se for atrás de Jess, nós vamos atrás de você.

Eu estava tão orgulhosa de Heather que queria gritar. *Celebre sua força, garota!* Mas ainda melhor do que ver Heather finalmente se defender foi o que aconteceu com Lexy quando ela fez isso. Por uma fração de segundo, o medo passou por seus olhos.

Foi quando tive certeza de que tínhamos achado o ponto fraco delas.

O que as Malvadas mais temiam era uma Jovial que pudesse contra-atacar. Uma Jovial que *iria* contra-atacar em vez de deixar as Malvadas manipularem-na.

Porque sem as Joviais para controlar, as Malvadas não tinham poder.

Se o contra-ataque de uma Jovial já havia abalado Lexy, imagine que tipo de estrago um levante em larga escala poderia infligir às Malvadas.

Como era de esperar, a expressão de ódio de Lexy estava de volta num instante.

— Bela tentativa. — Ela descartou Heather e olhou para mim. — É melhor você vir preparada com mais do que apenas perdedoras do seu lado.

— É só nos dizer quando e onde.

Lexy virou rapidamente a cabeça ao ouvir a voz de Sarah Jane, que vinha, acompanhada de Kyra e Gwen, se juntar ao nosso pequeno grupo.

— Se você mexer com Jess — disse Sarah Jane —, estará mexendo com todas nós.

Eu já tinha visto Lexy e SJ interagirem antes, mas sempre tinham agido de forma agradável e superficial. Eu estava feliz por ter contado a Sarah Jane o que eu tinha feito no curso do meu próprio inadequado episódio de chantagem. Se Lexy iria escolhê-la como alvo também, SJ precisava saber das coisas com antecedência.

— Bem, capitã — ronronou Lexy —, você com certeza me colocou no meu lugar. Não posso deixar que se aborreça comigo agora que vamos passar tanto tempo juntas nesse verão. — Ela curvou o lábio em direção a mim e a Heather, depois se despediu de todas nós com um giro de pulso. — Vejo vocês mais tarde.

— Espero que não vá mesmo passar tanto tempo com ela neste verão — falei, quando o trio parou em frente a nós. — Você está sendo punida por alguma coisa?

— Nós duas vamos passar um bom tempo com ela — disse SJ, claramente não gostando da ideia. — Amanda Hamilton me ligou essa manhã porque seu pai foi transferido para Dallas. Eles vão se mudar no fim do mês.

Eu ainda não conhecia Amanda muito bem, mas ela fazia parte do grupo de líderes de torcida. Perdê-la seria péssimo, mas a gente ia conseguir se virar. A não ser...

— Por favor, me diga que não é ela.

— Ah, sim, é ela — confirmou SJ. — Lexy acaba de ser promovida.

* * *

— Aonde nós estamos indo? — Heather me perguntou depois de receber autorização de seu supervisor para fazer uma pausa.

— Você trabalha para o cara do cachorro-quente?

— Normalmente não. Meu pai devia estar fazendo seu serviço comunitário, mas ele não está passando bem hoje.

Li nas entrelinhas. O Sr. Clark estava bêbado de novo, então Heather estava fazendo aquele turno para evitar que ele se metesse em mais problemas.

— Você trabalha no Burger Palace, certo? — perguntei enquanto seguíamos para o meio da área de festa. — Eu a vi lá um dia, quando minha mãe estava com desejo de comer picles.

— É. Eu só posso trabalhar 20 horas por semana lá, então eu também trabalho no The Dollar Hut.

Eu sabia que os dois lugares pagavam salário mínimo, porque eu tinha checado quando achei que pudesse precisar fazer umas horas extras para comprar um carro. Em vez disso, Nan ficou feliz de me deixar trabalhar quantas horas eu quisesse, porque ela estava muito atarefada com os projetos de verão para o centro local de idosos.

Ou foi o que dissera. Fiquei pensando agora se não tinha sido um disfarce para seus compromissos na ÍSIS.

— Isso acontece muito? Você ter de cobrir as faltas do seu pai?

— Bastante. Ele era um bêbado desagradável. Não agredia fisicamente, mas falava insultos e coisas assim. Agora ele praticamente não se importa comigo. Com nada, na verdade. — Ela nem parecia constrangida. — Não que eu ligue muito. A maioria das vezes eu não deixo essas coisas me aborrecerem.

Como mecanismo de defesa, isso podia ter funcionado, mas no dia a dia era péssimo. Não só ela havia perdido a mãe, mas estava cercada por pessoas que queriam pulverizar sua alma. Heather precisava era da boa e velha influência positiva feminina. Havia grandes coisas reservadas no futuro para Heather Katherine Clark, e ela iria precisar de um forte sistema de apoio para conseguir chegar lá. Era hora de retribuir o carinho de duas das minhas pessoas preferidas. Ao pensar nisso, minhas borboletas sorriram.

Entrei na barraca da rifa com Heather ao meu lado.

Nan cumprimentou Heather com um abraço.

— Heather! Que ótimo vê-la, querida. Vocês duas estão indo ao gazebo? Ouvi dizer que uma banda da escola vai tocar lá hoje.

— Não temos tempo a perder, Nan — falei. — Estamos aqui a negócio. Sabe aquela sua vaga?

Nan ergueu as sobrancelhas.

Guiei Heather um passo à frente.

— Eis aqui sua primeira candidata.

* * *

Um pouco mais tarde, uma Heather radiante voltou para tomar conta da barraca de cachorro-quente, empolgada por Nan tê-la contratado na hora.

Nan me envolveu num abraço.

— Estou orgulhosa de você, Jessica.

— Ela precisa abraçar seu futuro. — Dei de ombros. — Quem melhor para ajudá-la com isso do que você?

Sarah Jane tinha saído para ajudar a mãe de novo, então Kyra, Gwen e eu ficamos perto do gazebo para ver a banda se preparar. Dale tocava guitarra, então eu sabia que conseguiríamos lugares na primeira fila quando o show começasse.

Dale afinou o instrumento, e eles tocaram um pouco de "Neon", do John Mayer, para aquecer.

— Prefiro a versão acústica.

Dei um pulo ao ouvir a voz atrás de mim, mas os antigos arrepios de emoção foram substituídos por uma melancolia pelo que poderia ter sido. *Deveria* ter sido, se algum de nós tivesse sido forte o bastante.

Não me virei.

— Música acústica é sempre bom. Elas chegam à alma da música.

— Às vezes a acústica é a opção mais corajosa.

— Às vezes vale a pena.

Ryan estava tão perto que a respiração dele fazia meu cabelo se mexer.

— Podemos dar uma volta?

Andamos lado a lado sem nos tocarmos, mas ainda assim sentia a atração. Com o tempo, isso também deixaria de acontecer. Eu esperava.

Paramos perto da cerca e Ryan se virou.

— Eu te devo desculpas.

— Estou ouvindo.

— Você estava certa. — Ele respirou fundo e continuou: — Entrei em pânico porque você estava querendo me conhecer muito a fundo. As coisas não estavam mais fáceis, e eu precisava que fossem assim. É meu jeito.

— Fácil é bom. Mas nem sempre é realista.

— Não posso ser o que você quer que eu seja, Jess. Não sou esse cara. Mas você não merecia o que houve. Eu deveria ter deixado tudo às claras desde o início.

— Por que não fez isso?

Ele enfiou as mãos nos bolsos e ergueu um ombro.

— Você tomou conta de mim. Senti uma ligação incrível entre nós. E mesmo sabendo que eu nunca seria o tipo de cara que você merecia, não conseguia cortar o vínculo.

— Então armou para que fosse eu a tesoura.

— Não me orgulho disso. — Ele chutou uma pedra através de uma abertura na grade. — Não posso mudar o passado. Mas mudaria, se pudesse. Só achei que você devia saber disso.

Senti muita vontade de tocá-lo, mas não podia me abrir a mais rejeição.

— Não — falei. — Você não pode mudar.

Ele, então, olhou para mim, e a dor estava ali, nua e crua. Sabíamos bem que estávamos falando sobre mais do que só nós dois.

— Pensei também na questão da homenagem — disse ele. — Não tenho certeza se sei como fazer isso, mas faz mais sentido do que o que venho fazendo.

Eu poderia ajudá-lo, quis dizer. *Deixe-me tentar*. Mas as palavras não saíram da minha boca.

— Fico feliz.

— Então a questão é... eu quero outra chance. — A velha grade rangeu quando ele se apoiou nela. — Não mereço uma, e não sei se algum dia serei bom o suficiente para você, mas queria outra chance de qualquer forma. Se eu tiver chegado tarde demais, viverei com isso. De um jeito ou de outro, queria me desculpar com você.

— Por quê?

— Por que me desculpar?

— Por que você me quer?

Ele olhou para mim como se eu fosse uma louca.

— Porque você é a melhor coisa que já me aconteceu.

Eu nem pisquei.

— Porque quando estou com você, quase consigo ver o cara que costumava ser. É por isso que não quis sentar nas mesas redondas em nosso primeiro encontro. Não queria que você visse aquela parte da minha vida. Não queria que ficasse assustada e se afastasse. Mas estraguei tudo de qualquer forma, porque não conseguia superar essas coisas. — Ele desviou o olhar. — Você me faz querer ser uma pessoa melhor para merecer você. É bonita e inteligente, se preocupa com as pessoas e defende as coisas em que acredita. Fico extasiado na maior parte do tempo que passo com você.

— Também tenho meus defeitos, Ryan. Fiz uma confusão danada na minha vida tentando ser o que as outras pessoas queriam que eu fosse. Ou o que achava que queriam. — Balancei a cabeça. — Fiz coisas de que não me orgulho e tenho uma longa estrada pela frente para consertar tudo.

— Poderíamos ter defeitos juntos. — Ele fez uma pausa. — A não ser que você esteja com Alec.

— Somos apenas amigos.

Ryan parecia esperançoso, mas eu tinha de ir até o fim.

— Preciso saber mais uma coisa — disse a ele.

— Qualquer coisa.

— Por que você é tão diferente comigo? — Eu me preparei para a resposta dele. — Como no dia da festa dos cartazes. Senti toda aquela intensidade. Mas quando se afastou, você tinha um sorriso para todos que cruzavam seu caminho. É como se você guardasse seu melhor para todo mundo, menos para mim.

Ele parecia surpreso.

— Você realmente não sabe?

Eu estaria perguntando se soubesse?

— Porque você é a única pessoa com quem posso ser eu mesmo. Eu não preciso estar *animado* quando estou com você. Não preciso fingir que as coisas estão sempre bem. — Ele desenhou um arco na terra com a parte de trás do sapato. — É por isso que não pude aguentar quando você tentou forçar a história de herói. E depois começou a fingir ser algo que não era porque achou que era isso que *eu* queria? — Ele balançou a cabeça. — Você parou de me ver e só via a fantasia que tinha na sua cabeça. Já não era mais real.

Doeu ouvi-lo dizer aquelas palavras. Mas eu não podia negar que ele estava certo.

— Admito que me deixei levar. Mas isso não muda o que aconteceu. As pessoas de quem você mais gosta merecem ser tratadas da melhor forma, Ryan. Não é uma opção.

Ele recuou.

— Eu sei.

— Tudo desmoronou porque nós dois deixamos. — Talvez se eu tivesse confiado e dado mais tempo ao tempo, nada disso teria acontecido. Ou talvez ainda tivesse. — Se deixamos isso acontecer, talvez fosse mesmo para ser assim...

— *Não*. — A recusa de Ryan em aceitar as coisas ressoou antes mesmo que eu concluísse meu pensamento. — Não acredito nisso e não acho que você acredite.

Abri minha boca, depois me forcei a fechá-la. Era muito fácil deixá-la me trair.

Ele estava certo. Eu não acreditava naquilo. Pelo menos, meu coração não.

— Olhe, Jess, sei que é um tiro no escuro. Mas não podemos voltar ao que era antes das coisas desmoronarem? — Ele olhou para mim, a ternura em seus olhos enfraquecendo minha resolução. — Estar com você é como voltar para casa. Fazia muito tempo que eu não sentia isso.

Minha boca já estava formando a palavra *sim* antes de meu cérebro interceptá-la. A velha e conhecida batalha na qual meu coração tentava se impor à minha cabeça. Mas contive a palavra a tempo, o desespero me retorcendo por dentro.

— Não. — Eu não queria dizer isso... Eu precisava. — Não podemos.

— Não. — Ele assentiu, derrotado. — Acho que não.

— Não podemos voltar atrás, Ryan. A vida não é assim. Não se pode mudar o passado, não importa o quanto doa. E não se pode consertar o que está errado fingindo que isso nunca aconteceu.

— E se eu não conseguir consertar de jeito nenhum?

Dessa vez, estendi a mão para tocá-lo. Ele merecia ter esperança.

— Você pode. Mas precisa se perdoar primeiro. Você vai descobrir o que deve fazer durante o caminho.

Uma onda quente de paz me invadiu, uma que eu começava a reconhecer. Talvez fosse hora de eu seguir meu próprio conselho. E talvez, só talvez, fosse hora de arriscar novamente.

— Não podemos voltar atrás — falei, apertando delicadamente a mão dele. — Mas talvez a gente possa tentar outra vez.

A esperança iluminou o rosto de Ryan.

— Você tem certeza?

— Com uma condição.

— É só dizer.

— Não quero mais fingir. Temos de aceitar um ao outro pelo que somos, ou então... qual o sentido?

Ele pensou sobre isso por um minuto.

— A aceitação precisa acontecer nos dois sentidos. Você precisa aceitar o que é bom *e* o que é ruim — enfatizou ele.

Era justo.

— E se não der certo, deixaremos para lá. Se ninguém se ferir, não vai ter problema. — *Por favor, não deixe isso acontecer dessa vez.*

Parecia fácil, como se estivéssemos planejando algum projeto de escola em vez de abrindo nossas vidas para a possibilidade de mais mágoas. Mas o amor nem sempre era fácil. E eu tinha certeza de que valia a pena.

Ryan levantou minha mão com a dele e pressionou os lábios contra ela.

— Concordo. Mas acho que precisamos selar o acordo, só para ter certeza.

O sorriso pecaminoso em seu rosto fez meus dedos dos pés formigarem antes mesmo de ele se inclinar. Ele envolveu meu rosto com as mãos, acariciando minha bochecha com o polegar.

— Não faz ideia de como senti sua falta.

O beijo foi incrivelmente doce e suave, e eu soube que as coisas ficariam bem. Ele me beijou com mais força e, como ao ligar um interruptor, a mágica fluiu por nós como se tivesse estado ali o tempo todo. Teríamos uma segunda chance. Tudo o que precisávamos agora era fazer funcionar.

Para dois workaholics como nós, isso devia ser fácil.

Caminhamos lentamente de volta para a festa, começando de novo com olhos e corações bem abertos. Ryan entrelaçou os dedos nos meus, e parecia que tudo de bom que sempre quis finalmente estava ao meu alcance.

Nós nos aproximamos do meio da festa, que agora fervilhava de gente, e Lexy captou meu olhar. Ela se apoiou na barraquinha de sorvete e ficou nos observando, decididamente nada empolgada com essa última reviravolta nos acontecimentos. Olhou para nossas mãos e para mim, os olhos se estreitando. E, bem assim, cheguei à encruzilhada da minha nova vida.

Heather podia estar segura por ora, mas outras Joviais ainda estavam no radar de Lexy. Se eu tivesse de ser aquela que uniria as Cindys e as Joviais em uma insurreição para derrubar as Malvadas, então que fosse. Se estava preparada para o desafio? Tinha de acreditar que estava. Ou que estaria, quando chegasse a hora.

Tudo o que eu sabia com certeza era que, com uma estrela de cinema como mentora, a rainha da formatura como minha fada-madrinha e uma chance de viver um conto de fadas na vida real com meu próprio Príncipe Encantado, de forma alguma iria recuar. Heather não era a única que estava pronta para abraçar seu futuro.

Lexy levantou o sorvete em um cumprimento debochado, e eu sabia que o que quer que ela planejasse fazer, eu poderia encarar. Porque é isso que as Guardiãs fazem.

Inclinei minha cabeça para mostrar que aceitava o desafio.

Manda ver, Rainha do Gelo.

Agradecimentos

Algumas pessoas tocam nossas vidas sem perceber. Ou, se percebem, não compreendem a magnitude de quanto nos ajudaram em nossa jornada.

Meus agradecimentos sinceros:

A Holly Root, por ser uma agente extraordinária. Tenho muita sorte de ter uma sócia incrível que é igualmente uma pessoa adorável (e que sempre consegue me fazer sorrir). Agradeço aos céus por ter você!

A Elizabeth Law, por ser uma excelente editora, excepcional companheira e uma profissional brilhante em todos os aspectos.

A Regina Griffin, por falar de mim na Egmont e defender minha história desde o início. (Eu te devo uma!)

A Mary Albi, por ser uma das profissionais do marketing mais gentis e inteligentes que já conheci.

À equipe da Egmont USA: Doug Pocock, Nico Medina, Greg Ferguson, Rob Guzman e Alison Weiss, por torcerem tanto por todos os seus autores. Que equipe incrível vocês reuniram!

À equipe de design da TCS: Lisa Overton, Alison Lew e Becky Terhune, por tornarem realidade o sonho desta autora iniciante com um livro realmente lindo.

Às autoras incrivelmente talentosas cujo trabalho fez com que eu me apaixonasse pelo gênero: Ann Brashares, Meg Cabot, Ally Carter, Julia DeVillers, Shannon Hale, J.K. Rowling e Kieran Scott.

Às minhas maravilhosas colegas escritoras, cujo apoio inabalável, amizade e humor tornaram essa jornada tão agradável (mesmo quando era enlouquecedora): Tera Lynn Childs, Becca Fitzpatrick, Rachel Hawkins, Celesta Hofmann, Adrienne Hogan, Lindsey Leavitt, Jenn Stark, Leshia Stolt e Wendy Toliver.

Aos meus adorados amigos que também emprestaram seu conhecimento à Sociedade Cinderela (qualquer erro é meu!): Kristina McMorris e Linda Yoshida, por sua assistência a todos os assuntos havaianos e japoneses, Christina Diaz Gonzalez, por seu fabuloso jeito cubano, Nisha Sharma, por me ajudar com a cultura indiana, Melissa Walker, por entender tanto de moda, Chelsea Campbell, por seus incríveis conhecimentos latinos, e Steve G., por responder às minhas perguntas sobre carreira no último momento.

Aos incríveis Tenners, E-Nation Team, Success Sisterhood e Pixie Chicks, eu não podia ficar mais feliz por trilhar essa estrada com vocês.

À Equipe Cindy, por realmente *compreender* o que é a Sociedade Cinderela e se empenhar de tal forma que eu me encho de orgulho ao chamá-las de Cindys Honorárias.

À minha família e aos meus amigos, pelo amor, pela torcida e pela fé de que eu poderia conseguir.

Ao meu Encantado da vida real (mais conhecido como meu marido), pelo apoio e amor incondicionais, e por tantas risadas. Não poderia ter feito isso sem você, nem iria querer.

Ao maravilhoso e absolutamente incrível JW, vê como amo você?

À Girl Scouts®, Girls Inc.® e Dove® *Campanha pela Real Beleza*, por sua pesquisa sobre autoestima e imagem corporal e seu extraordinário comprometimento em ajudar garotas a aproveitar todo o seu potencial. Esses trabalhos mudam vidas.

E, por fim, um grande agradecimento ao autor de uma pequena coluna de jornal em meados dos anos 1980, que acabou dando origem à Regra dos Cinco das Cindys. Procurei muito o nome do autor para lhe dar o devido crédito, mas não obtive êxito. Onde quer que esteja, obrigada! (E obrigada, mãe, por dar aquela joia à adolescente dramática que fui um dia.)

Este livro foi composto na tipologia Electra LT Std,
em corpo 12/15,1, e impresso em papel off-white,
no Sistema Cameron da Divisão Gráfica
da Distribuidora Record.